LA ADVERTENCIA DE CLARISSA

ISOBEL BLACKTHORN

Traducido por
ALICIA TIBURCIO

Para J.F. Olivares

COMPRAR UN SUEÑO

TODO EL MUNDO TIENE SU PRECIO. ES EL DICHO FAVORITO DE MI padre. Es un vendedor de coches usados convertido en promotor inmobiliario. Yo no soy ninguna de esas cosas. Pero cuando leí en un periódico local que el dueño de la casa de mis sueños tenía la intención de demolerla, tomé una acción rápida. Me puse en marcha con la corriente y, en una sola y complicada jugada, me esforcé por salvar la casa.

En realidad, no era una casa, no era nada que pudiera llamarse hogar, el edificio –no mucho más que secciones de pared de piedra y techo–aguantando con su propia tenacidad, solo sosteniéndose contra un viento implacable. Porque la casa en ruinas no estaba situada en las grandes extensiones de verde de mi condado natal de Essex, ni en ningún otro cuarto de pasto bucólico, sino en una llanura plana y polvorienta en la seca y desértica Fuerteventura, una isla que había visitado cada año para mis vacaciones anuales.

No estaba totalmente desprovista de sentido común. Mi ruina estaba situada en la ciudad interior de Tiscamanita, a una distancia prudencial de las playas, pero no tan lejos de los caminos más transitados como para estar aislada y remota. La isla era lo suficientemente desolada como para esconderme en uno de sus muchos valles áridos y vacíos. En un pueblo bien establecido, tendría todo lo necesario para una vida confortable, con la seguridad de saber que había otros cerca si los necesitaba. Como una mujer soltera acostumbrada a vivir en una ciudad inglesa y bulliciosa, una tenía que pensar en estas cosas.

Los problemas comenzaron en el momento en que decidí actuar. El antiguo dueño de mi amada ruina, el caballero con su bola de demolición, no había sido difícil de identificar. Su nombre se había mencionado en un artículo del periódico, el periodista de Fuerteventura se había esmerado en detallar la historia reciente de la propiedad. Los diversos detalles genealógicos no significaban nada para mí. Podía leer bastante bien el español – había estado aprendiendo durante años – pero no entendía nada de la nobleza española, y me faltaba un conocimiento profundo de la historia colonial de Fuerteventura. En la era de la tecnología de la información, cuando los negocios se podían hacer a distancia con unos pocos clics del mouse y una extraña firma aquí y allá, nada podía ser más sencillo que comprar una propiedad en el extranjero. Había sitios web que brindaban información a los posibles compradores de todos los requisitos legales, trampas y peligros. Si no fuera por el hecho de que el poseedor de mi codiciada casa de ensueño residía en algún lugar de la España continental y si no se hubiera empeñado en utilizar la propiedad para cualquier aspiración de desarrollo que pudiera haber tenido, la compra habría llegado a su fin en unos pocos meses.

La primera complicación fue localizar la dirección del propietario. Introduciendo su nombre en unas pocas búsquedas en línea pude conocer sus intereses comerciales. Con esos garabatos en mi cuaderno, contraté a un abogado para hacer el contacto inicial y establecer mis credenciales: Yo, Claire Bennett de Colchester, una humilde cajera de banco de profesión, hasta que mi fortuna cambió con los números de un billete de lotería y me encontré sorprendentemente acomodada.

Poseer toda esa riqueza se había apoderado de mí, me había dado la oportunidad de lanzarme, de arriesgarme. La mayor parte de mí quedó sorprendida de que tuviera el coraje de seguir adelante con ello.

Para mi disgusto, el dueño, el Señor Mateo Cejas, respondió a mi pregunta con una fría y firme negativa. La ruina no estaba en venta. Bueno, ya lo sabía. El gobierno local, en un arrebato de culpa por dejar que tantos edificios antiguos se arruinaran, había considerado la vivienda de especial interés y ya había hecho una oferta, pero había sido rechazada. El escritor del artículo del periódico, que compartía su opinión, mostró la frustración de varios funcionarios y de la comunidad local.

Sospechaba que el Señor Cejas se oponía a la transformación del edificio en otro museo de la isla, la restauración de un molino de viento tradicional en Tiscamanita que ya había cumplido su propósito. O tal vez tenía en mente la construcción de cabañas de vacaciones en la importante parcela de tierra. Era el tipo de plan que mi padre, Herb Bennett de Bennett y Vine, habría tenido en mente. Demoler y reconstruir. Vender con prima a los inversores que quisieran alquilar a los veraneantes; los constructores no podían perder. Eran una raza inexorable, preparados para jugar un largo juego. Sin duda, Cejas habría esperado a que los muros se derrumbaran hasta los escombros, entonces el gobierno habría cedido y concedido un permiso de demolición. Que Cejas pudiera tener una razón más profunda y compleja para querer borrar la estructura no entraba en mi mente.

Mi padre trató de convencerme de que no siguiera con mis planes. Me llamaba por teléfono por las tardes cuando sabía que estaba viendo a Kevin McCloud, y no paraba de hablar de que había un millón de usos mejores para mis ganancias. Yo mantenía el teléfono lejos de mi oído y lo dejaba despotricar hasta que se quedaba sin palabras.

Yo me mantenía inmutable. Había pasado por esa ruina muchas veces en mis viajes por los caminos secundarios de la isla y me había fascinado. Me detuve una vez y tomé una foto. A lo largo de los años, había tomado una gran cantidad de fotos de las ruinas que llenaban la isla, pero hice que ampliaran y enmarcaran esa foto y la colgué sobre la chimenea de mi sala de estar. La podía mirar todos los días, y la imagen se convertía para mí en un foco de deseo, ferviente a veces, un potente símbolo del anhelo de una vida diferente a la que yo tenía. Hasta que gané la lotería, entonces se convirtió en el objeto de mi deseo.

Un depósito muy grande en mi cuenta bancaria y ya no estaba atascada donde había estado antes. Tenía libertad y esa libertad había entrado en mi vida como un rayo, desestabilizándome hasta la médula. De repente, no podía imaginarme hacer nada más con mi vida. De todas las viejas viviendas que caían en ruinas en la isla – una combinación de falta de interés, estrictas normas de restauración, apatía y la facilidad de construir con bloques de hormigón – había elegido salvar esa, como un niño con la nariz apretada contra un armario de una tienda de dulces, su dedo puntiagudo golpeando el cristal.

El obstinado Señor Cejas no se había topado con gente como Claire Bennett, una mujer obsesionada con un sueño, una mujer dispuesta a ofrecer mucho más que la cantidad ya excesivamente inflada que ofrecía el gobierno. Inicialmente, propuse los cuatrocientos mil euros ofrecidos. Fue rechazada. Cuatro cincuenta. Rechazada. Subí la oferta en incrementos de cincuenta mil, el tono de las cartas de mi abogado a Cejas aumentó en indignación, sus cartas a mí en exasperación, hasta que por fin acordamos una suma. Seiscientos mil euros y yo tenía mi gran diseño.

Cuando recibí la noticia de que mi oferta había sido aceptada, ya había regresado a mi puesto de empleada en el banco. Renuncié en el momento en que supe que era rica y que no tendría que volver a trabajar si era sensata con mi dinero. Fue con un alivio considerable cuando salí de mi sucursal por última vez, despidiéndome de la única carrera que había conocido.

Durante veinte años había soportado ese ambiente enclaustrado, lidiando diariamente con depósitos y retiros, hipotecas y préstamos, y con aquellos incapaces de manejar sus finanzas, de una manera u otra. Prefería los días previos a Internet cuando teníamos que escribir en las libretas de ahorro. Incluso en 2018, siempre hubo alguien para quien la banca por Internet era incomprensible. A menudo, eran personas mayores, pero no siempre. O había quienes usaban la banca telefónica pero no podían recordar su número de referencia o pin de cliente, o las respuestas a las preguntas de seguridad que ellos mismos habían creado, o incluso el saldo en cualquiera de sus cuentas. Venían a la sucursal para que les restituyeran su cuenta después de haber sido suspendida. Despotricaban por esa pequeña injusticia como si el banco hubiera forzado sus manos bajo la pantalla del cajero y guillotinado las puntas de sus dedos, luego tardaban siglos haciendo una serie de simples transacciones y me imagino una placa de acero descendiendo con fuerza para impedirles aspirar los asquerosos gérmenes a través del Plexiglás.

Cuando este tipo de clientes buscaban a algún personal del banco, inevitablemente me elegían a mí, la amable Claire, para descargar una potente mezcla de indignación y desesperación, y yo los miraba con frialdad y les explicaba que la banca por Internet era realmente muy fácil y los ponía al mando de su propia banca y que no tendrían que salir con cualquier clima y esperar en una larga fila para hacer lo que les llevaría dos minutos sentados cómodamente en la calidez de sus hogares, con una buena taza de cacao. Muchas veces un cliente descontento argumentó que eran ellos quienes me mantenían en el trabajo y yo respondí interiormente con, ojalá no lo hicieran, porque no quería el trabajo. De hecho, lo odiaba. Había solicitado el trabajo veinte años antes sólo porque en ese entonces era el final de la década de 1990 y Blair estaba en el poder después de años de recesión económica y los trabajos eran difíciles de conseguir y las finanzas parecían ser el nuevo dios y yo, como muchos otros, creía que las cosas sólo mejorarían. Acababa de salir de la escuela y el banco era el lugar para estar. Pero no en Colchester.

Las actividades bancarias nunca habían sido mi sueño. El mundo de las finanzas era todo sobre números, mientras que yo había conseguido buenas notas en inglés de nivel A, que me parecía fascinante, Historia, que adoraba, y Estudios Generales, este último debido a que mi padre, amante de los concursos, insistía en que fuera con él todos los miércoles a la noche de trivias del pub local. Él ponía un par de pintas de Directores y yo me sentaba con una limonada y un paquete de chicharrones de cerdo y aprendía un considerable conjunto de hechos aparentemente irrelevantes. Altamente relevantes, resultaron ser, cuando se trató de alcanzar el nivel A de Estudios Generales, un curso ingeniosamente diseñado para evitar que la chusma lograra suficientes puntajes altos en los niveles A para entrar en las universidades más prestigiosas.

Cuando llegó el momento de elegir una carrera, mi padre rechazó todas mis preferencias acerca de la universidad, especialmente en las humanidades y las artes, describiendo esos cursos como callejones sin salida.

No había ninguna madre para discutir mi caso. Ella había fallecido en el verano de 1985, cuando yo tenía siete años. Hice lo que cualquier hija obediente haría a falta de alternativas, conseguí un trabajo en el banco local. En mi último día, entregué mis uniformes y me fui a casa pidiendo comida india y licores para llevar, para celebrar.

Mi casa, una humilde morada situada a medio camino de una fila de monótonas casas adosadas en Lucas Road, vendida en quince días. Cuando se resolvió la venta y la compra me sentí como si hubiera frotado la lámpara de Aladino y estuviera a punto de ser transportada al paraíso en una alfombra mágica. La única otra persona con un interés personal en mi vida es la tía Clarissa. Ella es mi madre, la hermana mayor de Ingrid, una psicóloga retirada con predilección por todo lo oculto. Ella había jugado un papel vital en mi educación después de la muerte de Ingrid. Una mujer robusta, sensata, con un afecto por los colores profundos y los olores aromáticos, la tía Clarissa me había expuesto a lo largo de los años a la Ouija, el tarot, la quiromancia, los eneagramas y su pilar, la astrología. No me interesaba nada de eso, porque lo oculto me parecía construido sobre asociaciones espurias y fantasía. Sin embargo, no podía negar que debido a esto, mi tía era extrañamente precisa cuando se trataba de percibir los motivos más profundos y oscuros de la gente. Atribuí este talento a su formación como psicóloga, pero ella insistía en que sus percepciones eran totalmente el resultado de lo oculto. No siendo alguien que discuta, tomé un papel pasivo, aceptando su compañía, complaciéndola por el bien de nuestra relación. Cuando le hice saber que había comprado una propiedad en Fuerteventura y que estaba a punto de mudarme a la isla, se invitó a sí misma a un café matutino.

Estaba sacando una bandeja de muffins de chocolate blanco y frambuesa del horno cuando sonó el timbre.

"Huele maravilloso", dijo mientras esquivábamos las cajas de embalaje camino a la cocina, donde se encaramó a un taburete.

Era una mujer corpulenta y de huesos grandes con pelo grueso y enredado que enmarcaba un rostro agudo pero agradable. Esos perspicaces ojos suyos me siguieron por la habitación mientras yo me ocupaba de los muffins. Luego hurgó en su bolsa y extrajo una hoja de papel protegida por una cubierta de plástico.

Sin perder mucho tiempo en bromas, dijo que había introducido mis datos de nacimiento en una web de astrología que calculaba cartas de reubicación. La idea era, dijo, que los ángulos de una carta natal pueden ser ajustados a la nueva ubicación. De hecho, toda la carta natal de una persona puede superponerse al mundo en una serie de líneas rectas y onduladas, proporcionando una enorme fuente de diversión e intriga tanto para los astrólogos como para los turistas. Clarissa me lo había explicado una vez antes. Era una gran fan. Yo era escéptica.

Mientras servía el café y ponía los muffins en los platos, Clarissa dijo: "No estoy segura de cómo decirte esto, pero pensé que era mejor advertirte. De hecho, al ver esto," señaló mi carta de reubicación, "desearía que me lo hubieras dicho antes de seguir adelante y comprar la casa. ¿Ya la has comprado?"

"Sí."

"¿No considerarías la posibilidad de venderla? No, supongo que no. Pregunta tonta."

Reprimiendo mi irritación, la miré con curiosidad.

"Bueno, verás, la cosa es", y ella señaló las líneas y los glifos, "trasladarte a Fuerteventura pone a Neptuno en tu Nadi."

"¿Y?"

"Bueno, Neptuno también cuadra tu reubicación ascendente. Como si eso no fuera suficiente precaución, tienes a la Luna y a Saturno en la duodécima casa, la casa de las penas."

"Quiero decir, ¿qué *significa* todo esto?"

Ella elevó su mirada al techo. "Típico de la Luna en Leo."

"Siento tener la Luna en Leo. Por favor, dime."

"La ubicación de Neptuno te provocará decepción en el frente doméstico, como mínimo. Es una de las ubicaciones más difíciles cuando se trata de comprar una casa. A menos que estés abriendo un retiro espiritual, supongo."

"¿Realmente me ves haciendo eso?"

"Difícilmente, pero todo es posible." Una mirada vidriosa apareció en su cara mientras continuaba. "Estarás abierta a las impresiones psíquicas. Con tu Luna en la doceava casa, esta tendencia se refuerza. Y con Saturno allí también, soportarás mucho aislamiento, soledad, y estarás expuesta a mucho miedo. Ten cuidado con los enemigos ocultos."

No respondí. Mantuve una cara insípida mientras contenía una explosión de risa cínica. Viendo que mis oídos estaban cerrados, no continuó.

Mientras comíamos y bebíamos me puso al día de sus propias aventuras y pequeños chismes sobre sus amigos.

Cuando las magdalenas se redujeron a unas pocas migajas en nuestros platos, volvió al tema de mi carta. "Siento ser el presagio de la perdición. Puede que no resulte tan malo. Especialmente si tienes cuidado. En el lado positivo, aprenderás mucho."

"Bueno, eso es un consuelo."

"Sólo ten en cuenta que la gente no siempre es lo que parece."

"No nací ayer."

"Oh, ahora te has ofendido."

Jugué con mi taza. "Sé que tienes buenas intenciones, pero es que todo el mundo está en mi contra. Incluso el dueño, Cejas."

"¿Qué ha dicho?"

"Primero no quería vender hasta que yo subiera el precio." No dije cuánto. "Luego me escribió personalmente aconsejándome que hiciera lo que había planeado y que la demoliera."

"Me pregunto por qué", dijo lentamente.

"Para construir cabañas de vacaciones, supongo."

Fui a poner mi plato vacío en el escurridor y me quedé de espaldas a la habitación para terminar mi café. Me sentí a la defensiva, como si todos estuvieran en mi contra, con mi gran proyecto despreciado. Me sentía sola; cuando realmente necesitaba apoyo, nadie me lo daba. Al ver mi cara cuando giré, Clarissa se deslizó del taburete y me dio un abrazo.

"La astrología no es ´lo más importante´. Realmente no se sabe cómo se desarrollará todo. Siempre hay otros factores. Sé positiva. Estás siguiendo tu sueño. No muchos tienen la oportunidad de hacerlo."

Animada por su empatía, describí mis planes de renovación. Pronto me animé y me entusiasmé, y ella dijo que podía ver que estaba actuando por un noble impulso.

"Te visitaré cuando esté hecho."

"¿No antes?"

"No soporto las obras en construcción. Demasiado perturbador."

Después de que se fue, continué con el embalaje y reflexioné sobre sus palabras. Incluso si me hubiera avisado a tiempo, nunca habría pospuesto una decisión importante en mi vida por una coincidencia astrológica. Además, actuaba en base a mi profundo aprecio por la isla y mi deseo de salvar una de sus grandes casas de la completa ruina. Y no me estaría mudando si no fuera por el premio de la lotería. No me atreví a preguntarle a Clarissa el significado astrológico de ese golpe de suerte. No quería saber lo que las estrellas tenían que decir. Mi saldo bancario decía lo suficiente.

LLEGADA

Una mañana temprano en marzo, estaba sentada en la sala
de salidas del aeropuerto de Gatwick, toda engreída y complacida de dejar la neblina del clima británico. Vestida como para
una cita con pantalones lisos y una blusa holgada, estaba apretujada junto a un hombre corpulento vestido con pantalones
cortos y una gran camiseta blanca, y una mujer con falso bronceado y con un fuerte olor a aceite de coco. Estaba vestida con
una falda ajustada que apenas llegaba a la mitad del muslo y
un top que revelaba sus pechos. Ambos personajes eran claros
recordatorios del destino de vacaciones al que me dirigía. Parecían conocerse, también, y mantuvieron una conversación a
través de mí. Me incliné más hacia atrás en mi asiento para
dejarlos conversar, cada uno informando al otro de su lugar
preferido en la isla, el hombre que se dirigía al Gran Tarajal, la
mujer Morro Jable - ambos pueblos costeros del sur. Eran el
tipo de veraneantes con los que nunca me había preocupado de
estar en los vuelos anteriores. Esta vez, me sentí diferente. Con
la riqueza recién adquirida, no tenía necesidad de viajar en
clase turista, pero los únicos vuelos de primera a Fuerteventura
implicaban cambiar de avión en Madrid. Aun así, conside-

rando las condiciones que las aerolíneas de bajo costo obli-
gaban a los pasajeros a soportar, esa molestia podría valer la
pena.

La sala de embarque, un recinto que parecía engañosa-
mente grande en la primera entrada, se había vuelto claustrofóbica, ya que los pasajeros llenaban todos los asientos
disponibles y se amontonaban alrededor del perímetro del
espacio. La puerta del pasillo estaba cerrada y había una
marcada ausencia de personal. La gente se estaba poniendo
inquieta. La mujer a mi lado a la derecha estaba inquieta y las
axilas del hombre a mi izquierda, si mi sistema olfativo funcionaba bien, habían empezado a bullir.

La sala dio un suspiro cuando apareció una mujer con un
traje prolijo, y detrás de ella un hombre muy pulcro. Cada uno
de ellos tomó su posición detrás de una pantalla de computadora y miró impasiblemente a la multitud. La gente se puso
de pie y se formó una fila. La mujer recibió una llamada telefónica, hizo contacto visual con la persona que estaba al frente de
la cola y comenzó a abordar. Me volví a sentar. Tenía asegurado
mi lugar en el avión y decidí que cuanto menos tiempo pasara
apretujada en un asiento estrecho, cubierto de vinilo y sin
espacio para las piernas, mejor.

La corriente se paralizó cuando una mujer con ridículos
tacos altos intentaba llevar una bolsa del tamaño de una maleta
grande. La mujer insistió en subirla a bordo y el joven insistió
en que fuera a la bodega. Entonces otros se pusieron nerviosos,
irritados, y todo el fiasco fue como una pelea en un pub. Sentí
lástima por el personal. Cualquier trabajo que significara tratar
con el público tenía sus desventajas.

Cuando el área de salida – que difícilmente podría llamarse
salón – se vació, me puse de pie y ocupé mi lugar al final de la
fila.

Viajaba con un ligero bolso de lona que contenía mi bille-
tera, llaves, iPod y auriculares inalámbricos junto con varios

documentos oficiales que me permitirían residir en Fuerteventura, guardados en una gruesa cartera de plástico: mi futuro.

Era difícil saber si el asiento del pasillo o de la ventanilla era la opción preferible. Ciertamente no era el asiento del medio, ya que la aerolínea estaba decidida a meter tantos pasajeros en el avión como fuera humanamente posible, basando el cálculo en las proporciones generales de un niño delgado de diez años. Yo había optado por el pasillo, a pesar de tener que inclinarme a un lado cada vez que alguien pasara.

La forma en que la compañía podía justificar el hecho de meter a los turistas en su avión de esta manera era un tema de considerable especulación, pero la mayoría estaba contenta con las tarifas baratas y estaba dispuesta a soportarlo.

Me abroché el cinturón y saqué los auriculares. Un vuelo de cuatro horas y media significaba que podía escuchar una buena parte de la lista de canciones de mis Gemelos Cocteau.

No siempre había disfrutado de los Gemelos Cocteau. Nunca había oído hablar de ellas hasta mi madre murió. La tía Clarissa me dijo en mi adolescencia que Ingrid solía escuchar la banda en su walkman. Dejó escapar en un momento de nostalgia que un estribillo de su single, 'Las Gotas de Rocío Perladas Caen', fue lo último que mi madre escuchó antes de salir de su vida. Su walkman se había detenido cuando Elizabeth Fraser estaba a la mitad del primer verso.

Mi madre, Ingrid Wilkinson, se parecía mucho a la tía Clarissa. Aunque había sido mucho más que una aficionada cuando se trataba del lado místico de la vida. Las hermanas venían de una larga línea de psíquicos, adivinos y ocultistas. Uno de sus bisabuelos fue miembro de la Orden Hermética del Amanecer Dorado. Una de sus abuelas era Teósofa. Los Wilkinson eran de buen nivel social, entre ellos se encontraban banqueros y ricos hombres de negocios. ¿Cómo llegó una mujer de la familia de Ingrid a casarse con un vendedor de coches usados de Clapton-on-Sea? La respuesta estaba en la excepcional apariencia y el magnetismo natural de mi padre, junto con un nivel de compatibilidad que indicaba que eran almas gemelas. Además, se conocieron en los años del Flower Power cuando el idealismo formaba una niebla ilusoria en la mente de los susceptibles y mi madre le creyó cuando le dijo que era actor. Lo cual, en cierto modo, era.

Clarissa nunca le tuvo cariño a mi padre. En un momento cándido, ella expresó su opinión de que hombres como Herb Bennett debían estar tras las rejas por todas las estafas que hacían. Ella nunca había sido una persona que se andaba con rodeos y siempre había tenido la convicción de que él me había llevado a una carrera mediocre en el banco cuando yo era capaz de mucho, mucho más.

Ingrid había sido la soñadora de la familia. Nacida en 1950, sus gustos musicales pasaron del Álbum Blanco de los Beatles y la psicodélica Grace Slick a las acrobacias vocales de Elizabeth Fraser de los Gemelos Cocteau, pasando por temas como Sueño de Mandarina, favoreciendo el lado electrónico de la era post-punk de los 80. Después de su muerte, mi padre se apresuró a guardar sus cosas, pero la tía Clarissa intervino para salvar la colección de discos de mamá, fotos y un álbum de recuerdos musicales.

Después de descubrir la estrecha relación entre la banda y el fallecimiento de mi madre, no quise escuchar a los gemelos Cocteau, incluso cuando mis amigos del colegio, amantes del dream-pop, deliraban con el último lanzamiento de la banda. Para entonces ya había escuchado el tema que mi madre había estado disfrutando en ese fatídico momento y rechacé toda la producción de la banda por una cuestión de principios, como si su música en su totalidad hubiera causado su muerte. Pasé mis veinte y gran parte de mis treinta años sorda como un poste a los sonidos que emanaban de la banda. Hizo falta el trigésimo aniversario del fallecimiento de mi madre para despertar el interés, gracias a un asistente de la tienda de discos que había elegido mi entrada para poner la pista ofensiva, 'Gotas de rocío nacaradas'.

Me detuve, y por primera vez en mi vida realmente escuché, abriéndome y dejando entrar el sonido, y en segundos estaba hipnotizada. Fue una especie de despertar. Usé el vale de regalo de cumpleaños que me había dado mi tía e invertí el resto para comprar todo lo que tenían de los Gemelos Cocteau. Treinta años, y me curé de mi terca resistencia y me sentí más cerca de mi madre de lo que me había sentido en todo ese tiempo, como si estuviera conmigo, moviendo la cabeza a mi lado, cautivada.

Desde ese momento, la única banda que mi madre y yo apreciábamos eran los Gemelos Cocteau, y su música era la única forma en que me sentía conectada con ella.

El avión despegó y yo me sentí allí, contenta en mi pequeño mundo de sonido, llena de expectativa. No tenía ni idea de la clase de vida a la que estaba volando.

Liz Fraser me acompañó hasta Fuerteventura, los armoniosos tonos de su voz en 'Aikea Guinea' se elevaban mientras el avión descendía. Estábamos en la pista de aterrizaje cuando la canción terminó y apagué el iPod y devolví los auriculares a mi bolso.

Me senté derecha con mi bolso en el regazo, deseosa de desembarcar antes que la multitud. En el momento en que el avión se detuvo y los demás se movieron y se pararon, salí corriendo hacia la salida más cercana, luchando con los hombres que sacaban el equipaje de la cabina de los compartimentos superiores y las mujeres que apuntaban sus traseros hacia el pasillo mientras buscaban sus cosas en sus asientos.

La pista de aterrizaje es paralela al océano y el edificio del aeropuerto funciona con ella. Diseñado para parecer una percha, el edificio es alargado con un techo elegantemente curvado, paredes de vidrio y muchos tragaluces. Es un espacio abierto, luminoso y aireado que da una impresión al visitante que viene por primera vez, de un clima acostumbrado a un sol interminable.

De vuelta entre la multitud, recogí mi equipaje –dos maletas de proporciones modestas –y me registré en la cabina de alquiler de coches.

La libertad me saludó cuando crucé al estacionamiento. Localicé mi coche protegido bajo su propio toldo de hierro corrugado y me fui en ese brillante y soleado día de marzo, dirigiéndome al norte por la autopista hacia la capital, Puerto del Rosario, donde había reservado un departamento por un mes.

Todo parecía como siempre, pero yo me sentía muy diferente, como si detrás de mí el aeropuerto se doblara como una silla de playa y se guardara en un depósito.

El viaje fue bastante agradable, el océano a la vista, y luego la capital, una lejana extensión de blanco que cortaba la llanura seca y escarpada. A mi izquierda, en la parte alta de la autopista, pasé por una serie de viviendas poco imaginativas, una al lado de la otra, promotores, residentes y veraneantes enamorados de la vista del océano y de la playa, a poca distancia. Aunque la caminata con ojotas y una toalla se hacía ridículamente difícil por la presencia obstructiva de la autopista. Me pareció que el desarrollo de la isla necesitaba urgentemente una regulación y una planificación urbana estrictas. De lo contrario, cada centímetro cuadrado de tierra se entregaría a la codicia y el resultado sería un ataque a los sentidos.

Conocía Puerto del Rosario, lo suficiente como para saber las mejores zonas para quedarse. Elegí alquilar en la capital porque las tiendas, los bancos, las zonas industriales, los depósitos de coches y los comercios estaban cerca.

Mi departamento estaba en una calle lateral de la Avenida Juan de Bethencort, llamada así por el caballero normando que había conquistado las islas. Un supermercado estaba a unas pocas manzanas y el puerto en sí mismo estaba a unos quince minutos a pie; bajar allí significaba volver a subir, así que yo elegiría mi momento. La calle Barcelona era una de las más concurridas, pero el desarrollo de la ciudad había sido esporádico, e incluso aquí las manzanas vacías todavía esperaban ser llenadas.

Las calles son estrechas, el tráfico en una dirección, las aceras sin espacio para árboles. Los edificios son en su mayoría de dos pisos. La concentración de calles se centra en la ciudad, algo así como las calles de Colchester. En total, hay muy pocos árboles, una escasez de verde, aunque el ayuntamiento se ha tomado la molestia de incluir un poco de follaje aquí y allá, demostrando una conciencia de la necesidad de sombra en un clima tan cálido y seco.

Al recorrer las calles de la ciudad, tomé nota mental para ponerme a trabajar en el establecimiento de un jardín adecuado en mi propiedad, un jardín lleno de árboles autóctonos y palmeras, todo lo que fuera resistente y tolerante a la sequía y al viento.

En un impulso, me abastecí en un supermercado por el que pasé, y llegué a mi departamento a media tarde, parando en el espacio designado para el coche en la parte delantera. La mujer de al lado me estaba esperando.

Dolores debió haberme visto llegar, porque salió y me saludó en la calle, entregando mis llaves. Su español era rápido y su acento marcado, pero en los años de visita a la isla había llegado a entender el rápido fluir, el tono nasal, la falta de consonantes completamente enunciadas. Un breve intercambio y Dolores me dejó entrar mis maletas y comestibles.

El departamento estaba en la planta baja y contaba con un salón abierto con una pequeña cocina en un rincón, un dormitorio doble y un baño. El mobiliario era básico y limpio. Una vez que los productos perecederos estuvieron en el refrigerador, me senté en el sofá y puse los pies en la mesa de café. Estaba a punto de tomar posesión de mi vieja ruina señorial. La sensación de triunfo hizo que me hinchara al doble de mi tamaño.

No tenía ni idea de lo que me esperaba, aparte de lo que había recibido de Kevin McCloud. Tampoco tenía idea de lo que haría con mi vida en la isla, ahora era una dama de ocio, pero confiaba en que se presentaría alguna actividad. Todo lo que me importaba era que había llegado y estaba lleno de expectativas.

Mirando las paredes blancas y desnudas del departamento pronto me invadió una sensación de desgano y estaba ansiosa por conducir hasta Tiscamanita. Me tomé un vaso de jugo de naranja e hice un sándwich de queso y jamón local y salí por la puerta.

TISCAMANITA

HAY CINCO RUTAS A TISCAMANITA Y LAS HE TOMADO TODAS. La más rápida es la que va hacia el oeste desde Puerto del Rosario y corta camino a través de Casillas del Ángel antes de virar hacia el sur y pasar por Antigua. El camino corta un camino recto a través de la llanura costera plana y despojada, haciendo un vuelo de cuervo a las montañas que se elevan en la distancia cercana. Lejos de la carretera principal que conecta el pueblo pesquero del norte convertido en centro turístico de Corralejo, bajando a Puerto del Rosario y luego al sur a Morre Jable, Fuerteventura adquiere su verdadera naturaleza, una vasta extensión de tierra sin árboles, cultivada en algunos lugares, decorada con cordilleras bajas que definen el paisaje y le dan su belleza. Encantada de dejar la ciudad atrás, me sentí atraída por esas áridas cordilleras, sus formas moldeadas y sus delicados matices.

La mayoría de los veraneantes vienen por las playas. Fuerteventura es una isla de playas. Para apreciar el interior el espectador necesita la paleta del artista, un ojo capaz de detectar los suaves tonos ocres y dorados y siena y tostados pálidos, los matices de rosa y cobre y bronce. Si el espectador piensa que todo eso es marrón, no tiene cabida en la isla. A menos que el ojo capte los matices, el corazón la fragilidad del entorno desértico, entonces el observador sólo verá llanuras sin vida flanqueadas por montañas sin vida, el tipo de tierra que muchos verían en partes de África del Norte y el Medio Oriente y que no se consideran aptas para nada. Los siempre cambiantes y sutiles colores fueron una de las características de la isla que me cautivó por primera vez. La arquitectura tradicional fue la segunda. Después de tres vacaciones, mis amigos empezaron a preguntarme por qué no elegía ir a otro lugar, después de todo, tenía todo el mundo para ver, y defendí mi decisión diciendo que tenía garantizado el calor y el sol y, para satisfacer sus prejuicios, hermosas playas.

Tiscamanita es un pequeño pueblo agrícola situado un poco al sur del epicentro de la isla, en una llanura inclinada rodeada por una serie de picos de formas interesantes. Las vistas son tres sesenta y espléndidas. No se puede decir mucho del pueblo en sí mismo. Se han hecho algunos esfuerzos con la plaza principal y algunas tiendas, el interior consiste en granjas salpicadas aquí y allá, intercaladas con parcelas de tierra y casas a medio construir junto a muros de piedra seca que se están desmoronando o a los restos de las paredes de alguna antigua vivienda, lo que demuestra que la gente todavía intenta hacer las cosas bien mientras que muchos han fracasado. Siempre ha sido un lugar hostil para estar. El campo desparejo está cultivado donde una vez todos los campos lo estuvieron. En su mayor parte, Tiscamanita ha abandonado el modo de vida tradicional y ¿quién podría culpar al granjero por querer las cosas más fáciles? ¿Cómo se puede cultivar una tierra que recibe ocho centímetros de lluvia al año en el mejor de los casos? Es brutal.

Sin embargo, Tiscamanita fue una vez rica según los estándares de la isla, enriquecida con el jugo de la barriga de un escarabajo. El pequeño chupador de savia bebía del higo chumbo y sus entrañas se volvían de un color rojo intenso, y cuando se aplastaba, el jugo del escarabajo se filtraba en la carne y la tela formando manchas de color rojo brillante que sin duda resultaban difíciles de eliminar. Estos descubrimientos dieron lugar a la industria de la cochinilla a finales del siglo XVIII, y los pobres agricultores se enfrentaron a la incómoda tarea de cultivar los campos de cactus, y luego tuvieron que abrirse camino luchando para eliminar los escarabajos. Lo único positivo con respecto a la agricultura era que los recolectores se mantenían erguidos. Por otro lado, estaba a punto de descubrir que la pesadilla de la vida de cualquier agricultor se encuentra en la dificultad. Había mucho dinero en la cochinilla, y los propietarios burgueses de tierras lo sabían. Demonios afortunados. No eran ellos los que terminaban con sus manos heridas. Mirando alrededor mientras conducía por el pueblo, la evidencia del higo chumbo estaba por todas partes, pero no parecía que nadie lo cultivara, ni siquiera para hacer mermelada.

Mi corazón se hinchó en mi pecho cuando me detuve delante de mi propiedad. Apenas podía creer que era dueña de todo el medio acre. La ruina había sido construida en el extremo norte de la manzana, dejando un considerable terreno que se extendía desde la calle hasta el muro de piedra seca en la parte trasera. Más allá, dominando el paisaje al noreste y elevándose detrás de algunas colinas bajas, un volcán se alzaba con su enorme boca y sus flancos rojizos. Hacia el sudeste estaban los otros volcanes de la cadena y hacia el sur, una serie de picos de bordes dentados en la distancia. El macizo de Betancuria se elevaba hacia el este, con montañas salpicadas delante de él. Después de cuatro décadas encerrada en Colchester, el efecto sobre mí fue de regocijo. La amplia extensión de tierra árida elevó mi espíritu y descarté como un engaño las preocupantes predicciones de la tía Clarissa. También me reconfortó saber que tenía un vecino a cada lado y

otro al otro lado de la calle, aunque no había ninguna señal de
que alguien estuviera en casa en ninguna de esas cons-
trucciones.

Caminé hasta la ruina. La estructura estaba retirada de la
calle y construida con mucha uniformidad. La fachada principal comprendía ocho cavidades tapiadas donde antes había
ventanas. Las cavidades estaban espaciadas uniformemente,
cuatro arriba y cuatro abajo. En el nivel inferior, una de las
cavidades centrales era más ancha que las otras y habría conte-
nido la puerta principal. En algunos lugares, el revestimiento se
estaba desmoronando. Algunas áreas estaban construidas con
piedra expuesta. Las paredes laterales no eran interesantes,
contenían dos cavidades de ventanas tapiadas en el nivel superior. En la parte trasera había tres pequeñas dependencias, una
de ellas en buen estado, aunque sin el techo.

Por derecho necesitaba un permiso en forma de llave para
entrar en el edificio principal, no es que hubiera una puerta
para abrir, pero conocía una forma de entrar en la parte trasera
donde había un hueco en una puerta mal tapiada. Me había
encontrado con el hueco en mi última visita a la isla, el día que
tomé mi preciada foto que había agrandado y enmarcado, la
foto que había colgado en mi sala de estar como un señuelo.

Me metí por el hueco y entré en un corto pasaje que me
llevó a un patio interior, observando el interior del edificio que
sólo había visto en las imágenes online que me había enviado
mi abogado cuando el Señor Cejas se empeñó en aplazar la
compra. La dilapidación apenas describía el estado de deterioro. Algunas de las paredes interiores eran independientes.
Gran parte del techo había desaparecido. Las escaleras del nivel
superior no existían, y el balcón que debería estar ubicado a lo
largo de tres de las paredes del patio interior no existía, salvo
una sección con un soporte voladizo en el muro occidental y
sostenida por dos postes delgados. No me atreví a caminar
debajo de él. Pude escuchar la voz en off de Kevin McCloud

expresando que, una vez más, se puede decir de la dueña que el que mucho abarca poco aprieta y que el costo y el tiempo de la fiesta sería enorme.

No si podía evitarlo.

Elegí mi camino. Había evidencia de pintura en algunas de las habitaciones, recordando tiempos más gloriosos. Muchas de las paredes habían sido pintadas de amarillo ocre. Un simple friso decoraba la parte superior de algunas de las paredes, líneas rectas de azul cobalto y negro y flores en las esquinas. Diferentes colores más terrosos se habían empleado en un diseño similar de bordes de línea recta y un simple trabajo de plantillas en otras partes de la casa.

Parecía haber cuatro grandes salas de estar, un comedor y una cocina, y lo que probablemente era una lavandería o un baño. No había forma de acceder al piso superior pero imaginé una disposición similar de grandes habitaciones y calculé al menos seis dormitorios. En una de las habitaciones de abajo, las tablas del suelo se habían elevado, revelando el subsuelo de vigas y viguetas.

Toda la disposición de las habitaciones daba al patio interior, que estaba dividido en dos por un tabique. La pared tenía un gran agujero en su centro como si alguien no hubiera querido la pared allí y la hubiera atravesado, y la evidencia de que era una adición posterior se podía ver en la forma en que cortaba una porción de arquitrabe, y diseccionaba el balcón existente en la pared oeste.

Me paré al lado del agujero en el tabique en lo que habría sido el centro del patio y me empapé de la atmósfera. El viento soplaba a través de cada grieta de la ruina, giminedo y silbando. Aparte del viento no se escuchaba ningún sonido. No podía oír el ladrido de un perro o el motor de un vehículo o cualquier otra evidencia de vida más allá de los muros. A pesar del viento, había burbujas de quietud y la ruina exudaba una cualidad intemporal. Incrustados en su estado ruinoso quedaban tenues ecos de su historia, cubiertos de dolor, como si las mismas piedras y maderas antiguas lloraran su antiguo ser, cuando estaban unidas como una sola, fuerte y orgullosa y verdadera.

Se rumoreaba que la casa tenía doscientos cincuenta años, construida por una familia adinerada de Tenerife que disfrutaba de las riquezas de sus exportaciones de vino y que luego fue vendida a una familia de abogados. Me imaginé lo que podría haber sido, la grandeza de la madera tallada y los techos abovedados, los balcones, el patio lleno de plantas y elegantes asientos al aire libre.

Imaginé a hombres y mujeres con vestidos de época, todos de espaldas rectas y fieles a Dios, realizando sus actividades diarias en voz baja. También podrían tener sirvientes para cocinar y limpiar. La señora de la casa cuidaría sus plantas e iría a misa. El caballero leería un libro o un periódico y se iría de viaje a lomo de un camello o un burro para atender sus asuntos. Discutirían sus preocupaciones sobre el clima, la salud pública, la cosecha, asuntos de política y comercio. Tal vez recibían visitas, el sacerdote, huéspedes nocturnos. Y podría haber niños y miembros de la familia extendida. Tías, tíos y primos. Uno o dos abuelos sobrevivientes.

Fuera de los muros, el viento habría soplado y recogido el polvo. El interior de Fuerteventura soporta muchos días de calor en verano, y sin árboles que den sombra a la tierra rocosa, las temperaturas ambientales suben a alturas infernales. No podía imaginarme a ninguno de los bien educados familiares aventurándose a salir a menos que tuvieran que hacerlo. No en verano. En su lugar, habrían aprovechado al máximo su vida enclaustrada en el interior, disfrutando del fresco del patio interior.

Un leve olor a orina animal flotando en la brisa me trajo de vuelta al presente. ¿Un perro? ¿O un gato? La luz se estaba desvaneciendo y pensé que era prudente volver a mi departamento antes de que anocheciera. Por impulso, pensé en llevarme un pequeño trozo de mi nueva casa de campo para celebrar la ocasión. Tomé una piedra escarpada del muro divisorio. Era del tamaño de mi mano y del color ocre anaranjado y áspera al tacto. Mientras me alejaba, una repentina ráfaga de viento sopló a través del agujero en la pared. Era un viento frío y no habitual del clima cálido. Se me puso la piel de gallina. No pensé en nada de eso.

EL CONSTRUCTOR

DE VUELTA A MI DEPARTAMENTO, COLOQUÉ MI ROCA DE RECUERDO en el estante individual de la sala, entre el televisor y un jarrón blanco en forma de urna, arreglando la roca en varias posiciones hasta que me convenció de que mostraba su mejor cara. A la hora de la cena, preparé una tortilla de queso y una ensalada. Después de comer, me empapé del ambiente del espacio moderno y rectangular, con su sensación limpia y aerodinámica.

Me sentí un poco aturdida. Allí me asenté, dejando la única carrera que había conocido, vendí la única casa que había poseído y me mudé a una isla donde no tenía ni familia ni amigos, para embarcarme en un gran proyecto de restauración. ¿Había asumido demasiado? No era un pensamiento que estuviera dispuesta a despreciar. Estaba cansada del viaje, eso era todo, y la fatiga estaba coloreando mis pensamientos. Necesitaba acostarme temprano.

Me dormí a las nueve a pesar de los ruidos desconocidos en mi nuevo barrio.

Al día siguiente me levanté, me duché y salí por la puerta a las siete y media. Estando en Colchester, le había preguntado a la abogada de Fuerteventura encargada de mi transporte si conocía a un constructor fiable. Me puso en contacto con Mario, a quien envié rápidamente un correo electrónico. Quedamos en encontrarnos en el lugar ese día a las nueve. Yo estaba allí a las ocho, vagando por mi tierra en la mañana fresca, marcando mi territorio con mis pasos, jugando con la idea de comprar una casa rodante en lugar de un coche y estacionar en mi futuro jardín mientras durara la construcción. Sólo podía imaginar lo que los lugareños pensarían de una extraña mujer inglesa que emergiera cada día de su casa sobre ruedas.

¿Alguien me miraba a través de las ventanas de alguna de las casas que podía ver? ¿Me estaban juzgando? Porque allí estaba yo, vestida con capris beige y una blusa blanca suelta, mi melena de color cobrizo sujeta con la ayuda de un gran pañuelo, mi piel clara y mis ojos azules no adaptados al terreno, mi forma de cajera de banco, más grande en las caderas y suave en el vientre, muy lejos de la musculatura enjuta necesaria para labrar la tierra. Pero Claire Bennett de Colchester ya no era una empleada de banco. Claire Bennett planeaba ponerse en forma, y había mucho que hacer.

Pensé que empezaría por crear un lecho de jardín en el rincón de la propiedad más alejado de los trabajos de restauración. Plantar algunos árboles y arbustos. O al menos empezar a ordenar el lugar. Había piedras por todo el suelo y los muros de piedra seca en la parte trasera estaban en mal estado.

Una vieja camioneta polvorienta se detuvo un poco después de las nueve. Hubo una larga pausa antes de que la puerta del conductor se abriera y saliera un hombre fornido, profundamente bronceado y con el pelo corto y negro. Lo saludé con la mano. Él miró y se acercó. Pude ver que era un constructor a simple vista. Tenía ese aire de autoridad al observar la ruina y llevaba un gran y maltrecho cuaderno bajo el brazo.

"Mario", dije, en el momento en que estaba cerca. Le tendí la mano.

No correspondió a mi sonrisa pero me dio la mano con un firme apretón de manos.

"Claire."

Su mirada se deslizó hacia la ruina. Mientras caminábamos, puse en primer plano mi conocimiento del idioma español, lista para repetir los términos de construcción que había aprendido de memoria en la preparación. Pero Mario no era del tipo hablador y no le interesaba lo más mínimo mi opinión. Sus ojos estaban en todas partes, haciendo rápidas evaluaciones de esto y aquello y garabateando en su cuaderno. Incluso antes de que hubiéramos entrado por la grieta de la ventana tapiada, hacía ruidos que sugerían una visión negativa del proyecto.

En el interior, su actitud fue aún peor. Al poco tiempo, estaba sacudiendo la cabeza y suspirando y haciendo suaves ruidos chasqueando la lengua. En general, su comportamiento empezó a irritarme y tenía en mente encontrar otro constructor, ya que tenía que haber docenas en la isla con las habilidades para trabajar en una restauración.

Después de haber husmeado en todas las habitaciones de la planta baja y de haber mirado largo y tendido las vigas y lo que quedaba del techo, nos detuvimos en el patio junto al agujero de la pared, la única área de toda la estructura que se sentía segura para permanecer de pie durante un tiempo. El edificio puede haber estado en pie durante siglos, pero no se sabía cuándo algo podría resbalar y una sección entera caer sobre nuestras cabezas.

"Esta es una pared divisoria", dijo, dando palmaditas en el enlucido que se desmoronaba y mirando donde la pared se encontraba con el resto de la estructura.

"Quiero que desaparezca, obviamente."

"Está reforzando las dos paredes, ahí y ahí", dijo, señalando hacia delante y detrás de él.

"Tiene que derrumbarla."

"Está bien, pero empezaremos con esa habitación de ahí."
Señaló la sala de estar en la esquina noroeste, la habitación en
mejor estado.

"¿Alguna razón?"

"Podemos terminarlo más rápido. No hay mucho que
hacer." Sus ojos se clavaron en mí bajo unas cejas gruesas y
arqueadas. "Esto costará mucho dinero."

"Soy muy consciente de ello."

Y yo tengo mucho dinero, pensé. No lo dije. No quería darle
la impresión de que podía permitirme algo más que una restauración básica en caso de que me viera como una excusa para la
extravagancia.

A pesar del impulso de mirar hacia otro lado, mantuve su
mirada.

"¿Cuándo puede empezar?"

Exhaló y hojeó su cuaderno, que parecía ser su diario. El
viento soplaba y una de las maderas crujió. Miró a su alrededor
con sorpresa y ambos esperamos otro crujido. No se produjo,
pero ese único sonido le hizo cerrar su cuaderno y decir, "¿Por
qué no derriba todo y pone algo bonito y moderno?

Me puse a la defensiva al instante.

"Amo esta casa", dije, infundiendo en mi voz una cierta
indignación.

Ignoró mi reacción, o le fue indiferente.

"Una nueva construcción será más barata y rápida." Creció
en entusiasmo mientras hablaba. "Podemos reutilizar la piedra.
Hacerla distintiva. Tendrá una casa muy bonita."

"No quiero una casa muy bonita y moderna. Mire, Mario,
me dijeron que era el mejor constructor para restaurar esta
ruina. ¿Lo hará? De lo contrario, tendré que buscar a otro."

"Por supuesto, puedo hacerlo. Sólo quiero estar seguro de
que es lo que quiere. Pensé en hacer una sugerencia alternativa.
Esto es mucho, me refiero a *mucho* trabajo y será muy caro.

¡Pero si está segura!" Hizo una pausa como para darme tiempo a reconsiderar. No hice ningún comentario.

"¿Quiere usarla para algo?" preguntó.

"Sólo quiero devolverla a su estado original."

Él infló sus mejillas mientras exhalaba. Luego dijo: "¿Tiene planos de arquitecto?"

"No, pero quiero restaurarla, no cambiarla."

"Querrá algunos cambios, créame."

Si él lo dice. Aunque probablemente tenía razón.

"¿Qué pasará después?

"Puedo hacer los planos y presentarlos al consejo para su aprobación. Luego debo encontrar materiales locales. No puede usar materiales nuevos en un edificio viejo como este. Y debo formar un equipo. Necesita a todos aquí, para el techo, la carpintería, la albañilería, y luego la plomería y la electricidad. Son muchos hombres."

"¿Cuánto tiempo llevará todo eso?"

"¿Tres meses?"

"¡Tres meses!"

"Es rápido. Puedo trazar los planes de inmediato. Tengo un amigo en el consejo que puede hacer que el proceso de aprobación sea más rápido. Pero necesitaré un depósito."

Con la situación que de repente se veía positiva, dije, "Dígame cuánto y le transferiré el dinero."

"De acuerdo."

"¿Va a trabajar en los planos tan pronto como le pague?"

"Sí, sí".

Me miró expectante. Parecía deseoso de irse. Lo acompañé afuera a través del hueco de la puerta tapiada, con cuidado de no enganchar o ensuciar mi ropa bonita.

Nos quedamos juntos por un momento. Él extendió su mano y yo estaba a punto de tomarla, pero al ver las dependencias tuve una idea.

Le brindé una sonrisa ganadora y le dije: "Mario,

seguro que puede empezar antes. Quiero decir, ¿no hay trabajo que pueda empezar antes de que el consejo se involucre?

Me miró sin comprender.

"Tal vez pueda empezar aquí", le dije haciendo un gesto hacia las dependencias.

Parecía resistirse. "Normalmente el propietario quiere la casa completa antes de trabajar en las dependencias."

"Normalmente el propietario se ha quedado sin dinero para entonces. Yo sé cómo es. Pero en mi caso, eso no sucederá." Me preguntaba si había revelado demasiado, pero su manera de actuar no cambió.

Fui al edificio más grande, el que no tiene techo. Mario me siguió. El edificio consistía en gruesos muros de piedra, una abertura donde habría habido una puerta, y un pequeño rectángulo alto en el muro adyacente que debió servir de ventana. El espacio del suelo parecía de unos tres metros por tres, lo suficientemente grande para un estudio o taller de algún tipo. Una pila de piedras en el centro era evidencia de algún tipo de pared interior.

"Para guardar las cabras", dijo, pateando una piedra y creando una nube de polvo.

"Con un techo, un suelo y algo de revoque, podría usarlo como almacén."

"Tendrá mucho espacio ahí", dijo, señalando la casa y luego me miró con perplejidad.

¿Tenía que ser tan resistente?

"Usted también podría usarlo", le dije. "Podría querer guardar herramientas o bolsas de cemento, tal vez."

"Es cierto."

"¿Cuándo puede empezar?"

"¿Con esto?" Se encogió de hombros.

"¿Mañana?"

Se rio. "Le enviaré un mensaje."

"Quiero que se haga de inmediato, si es posible", le dije a su espalda mientras se alejaba.

Viéndolo subir a su furgoneta e irse, no pude decir que me gustaba Mario. Era evasivo, no vital y un poco inescrutable, y esperaba no volver a verlo nunca más. La advertencia de la tía Clarissa me vino a la mente y la descarté sin considerarla. Le daría a Mario unos días para probarse a sí mismo, y luego buscaría otro constructor si fuera necesario.

PACO

No podía escabullirme de la cuadra. El sol quemaba y me dio hambre y sed, pero quería hacer algo en mi propiedad, hacer una pequeña diferencia para celebrar la ocasión. Pensando en ordenar, volví a la dependencia y recogí las rocas esparcidas en la tierra, creando una pequeña pila de ellas afuera. Pronto me cansé. Mis manos sin guantes ardían y mi espalda se puso rígida por el esfuerzo. No me había vestido para el trabajo duro y no quería ensuciar mis capris.

Necesitaba guantes, una carretilla, herramientas de jardinería y una estrategia para reutilizar toda esa roca que ensuciaba mi cuadra. Estaba a punto de regresar a Puerto del Rosario a una ferretería cuando vi a un hombre parado al otro lado del camino, mirándome. El proyecto ya había despertado interés, pensé, sintiéndome complacida aunque un poco molesta. ¿Un vecino quizás? ¿O un veraneante entrometido? Curiosa, me acerqué.

Él cruzó la carretera y nos encontramos en la acera.

"Una mañana encantadora para ello", dije con una sonrisa alegre.

No me devolvió el saludo. Al oír que yo era inglesa, dijo con una voz baja y de acento marcado: "¿Qué hace en esta tierra? Es privada."

"La tierra *es* privada", dije. "Yo soy la dueña."

Sacudió la cabeza. "No puede. Pertenece a la familia Cejas."

"Ya no. La han vendido."

"Eso es imposible. Ni siquiera el gobierno podría hacer que la vendieran."

"El gobierno no ofrecía lo suficiente."

Me miró atentamente, quizás un poco sorprendido, como si no le pareciera que yo fuera rica.

"Usted es inglesa. ¿Y usted compra esto?" Inclinó su cabeza hacia la ruina. "¿Para qué? ¿Un hotel?"

"La compré para vivir en ella."

¿Quién demonios se cree que es, tratándome con tanto desdén?

Ambos miramos la ruina, desolada y deteriorada, sus ventanas y puertas tapiadas, el revoque desmoronándose de las paredes que aún estaban en pie. Aproveché la oportunidad para echar un vistazo a este hombre brusco y un tanto grosero que estaba teniendo un interés extremo y quizás posesivo en mi casa. Era alto, más de 1,80 m, delgado y en forma. Tenía el pelo largo y negro, atado en una cola de caballo, enmarcando un rostro bien proporcionado, con una inteligente curva en su boca y un ferviente brillo en sus profundos ojos. La tez morena indicaba un linaje del sur de Europa. ¿Un local? Pensé que estaría al final de los treinta. Una mochila sucia, gastada y abultada colgada de su hombro izquierdo.

"Una casa grande, ¿no?", dijo en su inglés formal. "¿Tiene un marido? ¿Hijos? ¿Una familia numerosa?"

Encontré su comentario entrometido.

"Sólo yo."

"¡Guau!"

Podía detectar el juicio en esa simple palabra incluso en español y no se refería a mi estado civil. Estaba inundada de culpa, culpa que no me pertenecía a mí, sino a los expatriados en general. Había muy pocas viviendas accesibles para los locales, mientras que los extranjeros compraban las viviendas a precios exorbitantes y vivían una existencia paradisíaca en tierras que realmente no eran suyas. En esencia, la tendencia era una forma de colonización y era una queja común en los grupos de medios sociales españoles en los que estaba. La diferencia clave en mi caso, era que no muchos extranjeros compraban ruinas. No importaba dónde vivieras, eran notoriamente caras de restaurar. Por no hablar de que consumían mucho tiempo. Estando de pie ante el alto y misterioso extraño me hizo sentir como si hubiera cometido la última transgresión cultural. No tenía derecho de propiedad. Peor aún, sentí que podría haber pensado que me estaba apropiando de la historia local. Debí haber comprado un departamento en Corralejo como todos los demás de mi clase y dejar el interior del país en paz, mi idea de que estaba haciendo un servicio público a la isla, se desvaneció.

Mi segundo día en la isla como residente, y algo agrio invadió mi ser. No me había dado cuenta de cuánto deseaba que mi elección de restaurar una ruina y salvarla de la demolición no fuera sancionada, no hasta ese mismo momento en que ocurrió. No pude evitar ver lo absurdo de la situación también. Ya que un lugareño común y corriente no podía permitirse el gasto de la compra, y ni hablar del trabajo de construcción. Tales proyectos se habían convertido en el terreno de los ricos y del gobierno. Este hombre ante mí debería estar agradecido, no condenándome.

El viento se levantó, tomando las puntas de mi pañuelo y usándolas para abofetearme. Me deshice de la tela y cambié mi postura. De espaldas a la casa, miré al desconocido y una parte de mí, llámenlo auto conservación, me obligó a cerras la grieta que se había formado entre nosotros. No quería la animosidad de un hombre que sospechaba que aparecería por ahí a su antojo.

"Soy Claire." Extendí mi mano.

Dudó, la tomó y dijo: "Paco."

"Encantado de conocerte, Paco. ¿Vives en el pueblo?"

"¿Tiscamanita? No."

NO ME DIO NINGUNA ALTERNATIVA. No tenía ni idea de cómo avanzar en la conversación o cómo cerrarla. Un momento incómodo pasó entre nosotros. El viento no mostró signos de amainar. A pesar de los mechones de su propio cabello que se le cruzaban por la cara, a Paco no le preocupaba.

"¿Tienes interés en esta casa?" Pregunté, diciendo lo obvio.

Le dio una palmadita a su mochila. "Soy fotógrafo." Anunció su profesión, o su hobby, como si fuera una explicación suficiente.

"Entonces te gustará saber que planeo devolver al edificio su antigua gloria."

"¡Ja!" dijo con tanto sarcasmo cómo fue posible en esa corta palabra. "Y luego venderla y hacer una fortuna."

El hombre, Paco, me estaba volviendo loca con sus comentarios antagónicos. Hice lo que pude para no darle el beneficio de ver mi disgusto, manteniendo mi voz fría y firme. "Vivir en ella, como dije. ¿Has estado dentro?"

"Muchas veces."

Pensé en ofrecerle recorrer la casa pero no estaba segura de cómo lo interpretaría. En un último esfuerzo por apaciguar al irascible fotógrafo le dije: "Entonces tal vez me ayudes. He visitado la isla cada año y he pasado por esta ruina muchas veces. Pero no conozco su historia. Me gustaría aprender todo lo que hay que saber. Tal vez lo escriba todo y produzca un folleto como recuerdo. De esa manera, todo lo que yo, nosotros, descubramos será preservado."

No tenía ni idea de dónde había surgido la idea, no había llevado ni siquiera un diario de infancia en todos mis cuarenta años, pero su cara se iluminó con interés y sentí que me había comprometido, a través de una lengua inusualmente floja, a un proyecto que no tenía la capacidad o la inclinación de llevar a cabo. Fue un momento de desesperación para tratar de apaciguarlo, pero no podía entender por qué sentí que tenía que llegar tan lejos para obtener la aprobación de Paco. Quizás alguna parte intuitiva de mí sabía que él jugaría un papel importante en los meses venideros, o quizás en el fondo había decidido que necesitaba un aliado y como él tenía un gran interés en mi ruina, encajaba en el proyecto. Cualquiera fuera el motivo, le aseguré que era bienvenido a visitarme cuando quisiera y observar el progreso.

Tranquilo, se marchó y me dejó vagar por mi cuadra, aplacando una mezcla de inquietud y frustración, y un deseo igualmente fuerte de seguir adelante y causar una impresión en el jardín.

MOVIENDO ROCAS

Poco después de que Paco se marchara, me dirigí a Puerto del Rosario, a la ferretería de las afueras de la ciudad. Allí compré una zapa y una pala, un rastrillo y una paleta, cuatro pares de guantes de jardinería resistentes, una regadera y una pequeña carretilla. Tuve que doblar los asientos traseros para meter la carretilla en el coche. Consciente de la suciedad que esas herramientas traerían al maletero, volví y compré una lámina de plástico grueso. Quería volver a Tiscamanita, pero se acercaba la hora de comer y mi estómago se estaba comiendo a sí mismo.

Conduje a mi departamento e hice una baguette de jamón y queso, y vertí un gran vaso de jugo. Comí y bebí tan rápido que eructé en el último bocado. Luego me puse una camiseta suelta y pantalones cortos y un par de zapatillas de lona y volví a mi cuadra en un par de horas.

Esa tarde, con las manos enguantadas y una carretilla me las arreglé para limpiar todas las rocas del edificio, haciendo un montón a unos diez pasos de distancia. Añadí otras rocas que estaban por ahí, al montón. Estaba satisfecha con el resultado. El área alrededor de las dependencias parecía mucho más ordenada. Había dejado mi marca y se sentía como un progreso.

En los días siguientes, fui a la casa y pasé unas horas desafiando al sol y al viento para recorrer la tierra despejando las rocas, decidida a ocuparme de cada metro cuadrado de ella. Amontoné las rocas en pilas que crecieron y crecieron en tamaño hasta que fueron visibles desde la distancia.

De vez en cuando, me enderezaba y estiraba la espalda, y me tomaba un momento para absorber las curvas del volcán que se elevaba detrás de las colinas cercanas, con cierta evidencia de la lava ardiente que había arrojado hace mucho tiempo, evidencia también de la poderosa geografía de las Islas Canarias. Era extraño que en Fuerteventura, una isla con pocos volcanes comparada con su hermana, Lanzarote, hubiera elegido tener uno dominando la vista desde mi patio trasero. El volcán era el primero de una cadena de cuatro que habían arrojado lava y ceniza hacia el este, hacia la costa. Parada junto a una de mis pilas de rocas, contemplando la majestuosidad de ese asesino natural, me pregunté si me había atraído tanto el escenario como la propia ruina.

Una semana de trabajo agotador al sol, gané un bronceado y perdí algunos kilos, con la cintura de mis pantalones notablemente más floja. La exposición en mi tierra desnuda había acabado con la idea de la casa rodante. Me puse en contacto con el dueño del departamento y reservé un mes adicional. No era el alojamiento más lujoso que podía permitirme en cualquier sitio, pero seguía siendo Claire Bennett de Colchester y la frugalidad me convenía hasta la médula.

Por las noches, bloqueaba el ruido de los vecinos con mis auriculares, y me perdía en la música de los gemelos Cocteau. A veces pensaba en mi madre y me preguntaba qué habría hecho de la isla. Imaginaba que estaría tan encantada como yo. Habría visto la belleza y la sutileza en las vistas desérticas. Le habrían recordado la Persia y la Arabia de antaño, Marruecos, las tierras desérticas y los antiguos misterios, las momias sufís y derviches con sus formas místicas. Habría caminado por las calles de Tiscamanita imaginando que iba camino a un zoco. Clarissa dijo que Ingrid tenía ese tipo de imaginación. Ella estaría caminando por una calle perdida en otro mundo, un mundo de su imaginación. Ella había sido un peligro para sí misma, dijo Clarissa. Cuando estaban creciendo, muchas veces Clarissa tuvo que decirle a mi madre que se detuviera en el cordón cuando se disponía a salir a la calle. Era una cualidad que nunca perdió.

En Fuerteventura, Ingrid también habría disfrutado de las playas. Clarissa me dijo una vez que a Ingrid le encantaba estar al lado del mar. No recuerdo que la hayamos visitado, pero aparentemente, fuimos de excursión a Clacton-on-Sea. Construíamos castillos de arena y disfrutábamos de las diversiones en el muelle y comíamos palos de azúcar. Debe haber sido cuando era muy pequeña.

Mario se puso en contacto conmigo el miércoles de esa semana de trabajo duro y hablamos del proyecto. Sonaba más amable por teléfono y pensé que quizás había tenido un día libre cuando nos reunimos en la cuadra para discutir mi propuesta. Al oírle ceder ante mis deseos, me ablandé y pagué el depósito. Discutimos mis ideas y le envié fotos de mis planos a mano. Le rogué que hiciera los planos lo antes posible y me dijo que tenía suerte de que tuviera un día libre para cuidar a uno de sus hijos que no estaba en la escuela. Al día siguiente, me envió capturas de pantalla de sus bocetos. Sin querer discutir y reducir el ritmo, acepté sus pequeñas modificaciones y sugerencias. Luego elaboró los planos finales que presentó al consejo antes del cierre de ese día viernes.

Después de eso, por las noches, cuando me cansaba de escuchar música, descargaba mi copia electrónica de los planos de la casa.

El diseño era formal. La sala de estar en la esquina noroeste era una habitación de unos tres por cinco metros, a la que se accedía por el vestíbulo que llevaba a las puertas dobles que daban a la calle. La entrada al cuarto contiguo, una vez el comedor, era desde el patio y esos dos cuartos estaban interconectados. Había una ventana en la sala de estar, orientada al oeste como la puerta principal. La otra habitación no tenía ventanas, no había ninguna ventana en la pared que daba al norte. Inteligente, ya que esa era la dirección del viento predominante. En la esquina noreste estaba la cocina, una habitación de cinco por seis metros. No había ninguna puerta que diera acceso al comedor. Como la mayoría de las habitaciones del edificio, el acceso era a través del patio. Las dos ventanas de la cocina daban al volcán. Imaginando que enjuagaba un vaso en el fregadero, empecé a ver a través de la magnificencia del edificio la alegría de vivir en medio de unas vistas impresionantes.

Había una lavandería centrada en la pared este, junto a la salida trasera. Un baño ocuparía la esquina sureste. Una habitación idéntica al comedor sería un estudio o biblioteca, y en la esquina suroeste habría una gran sala de estar en forma de L. Ambas habitaciones tenían ventanas que daban al jardín y la habitación de la esquina tenía ventanas que daban a la calle.

El edificio entero tenía trece metros de ancho y quince metros de largo, con paredes de noventa centímetros de espesor. El piso de arriba reflejaba el de abajo en las dimensiones de las habitaciones, y comprendería seis dormitorios y dos baños, y un área de techo plano para una terraza sobre la lavandería. Elegí la mejor habitación para mi dormitorio, la que está encima de la cocina, con una magnífica vista del volcán.

El patio interior medía unos ocho por siete metros, lo suficientemente grande como para contener el amplio balcón que se extendería a lo largo de tres de las paredes, y el aljibe abajo en su centro. El plan era a la vez grande y sencillo y eminentemente habitable, una casa noble que contaba con una especie de confort subtropical.

Después de imaginarme en cada habitación, estudié otras restauraciones en línea y visualicé cómo sería mi casa. Mi mente bullía con ideas de linos para cortinas, patrones de telas para muebles y alfombras, diseños de cocinas, lámparas y pantallas de luz, incluso accesorios de baño. Mario me advirtió que tendría que considerar cada uno de los detalles de cada una de las habitaciones y que era una buena idea empezar a investigar. La única dificultad a la que me enfrenté fue la necesidad de restringir mis búsquedas a la isla. Era demasiado fácil entrar en páginas web donde los productos sólo estaban disponibles en el Reino Unido. No quería enviar los muebles. Me atraían los estilos antiguos y los muebles antiguos tradicionales de las islas, pero esto limitaba mis búsquedas en consecuencia.

Mientras esperábamos la aprobación del ayuntamiento, Mario reunió un pequeño equipo de trabajadores para abordar la mayor dependencia, que Mario llamaba granero.

El primer día de la construcción, hice una compra temprano en el supermercado y pasé la mañana ordenando el departamento y lavando la ropa que había formado una pequeña montaña en el suelo de mi dormitorio. Despreocupada, ordené mi maleta. Escondida en el fondo estaba la foto enmarcada de mi casa en ruinas que había traído conmigo por impulso; un símbolo de la razón de mi presencia allí. El resto de mis posesiones llegarían en barco.

Queriendo que la foto estuviera expuesta en un estante de todo el departamento, la puse entre el televisor y el jarrón, moviendo la roca que había tomado del tabique en el otro extremo del estante, colocándola delante de una corta fila de libros sostenidos por sujeta libros de madera tallada. Los libros incluían un diccionario español-inglés y otro en español-alemán, una guía de Fuerteventura en inglés, un Agatha Christie en español, dos romances que parecían ser holandeses, uno en tapa dura sobre el expresionismo alemán y un Stephen King en francés. Imaginé que cada uno había sido dejado allí, intencionadamente o no, por un invitado anterior. La roca se veía muy bien junto con los otros adornos. Una roca de ninguna belleza o significado en particular, aparte de que provenía de esa pared, y a la que había imbuido de significado; la primera roca removida de una pared que durante demasiado tiempo había separado esa ruina, dividiéndola en dos viviendas separadas.

Estaba dispuesta a restaurar esa casa a su estado original unificado. Pensando en cómo el tabique había restado integridad al edificio, ese muro me pareció una transgresión y cuanto antes desapareciera, mejor.

Tomé la roca y la di vuelta en mi mano. Tenía seis caras distintas entre los pequeños cráteres y brotes. Deslicé un dedo sobre la superficie, sentí su peso–alrededor de doscientos veinticinco gramos–, y la devolví al estante, ubicándola en su superficie más grande y plana, apuntando una prominente protuberancia hacia el frente. De esta manera la roca tomaba la forma de una cabeza ancha y aplanada y podía distinguir los ojos, la nariz y los labios de todas las hendiduras y protuberancias, como solía hacer de niña con las cortinas de flores de mi madre.

Hecho el trabajo doméstico, deposité en una fina bolsa de lona lo que se había convertido en mi habitual baguette de jamón y queso, junto con dos naranjas y un litro de agua, y partí hacia Tiscamanita. Dudaba que los obreros me quisieran allí, pero necesitaba ser testigo de la ocasión.

En las estrechas calles de Puerto del Rosario, no había notado la nube de polvo, pero en campo abierto, allí estaba, reduciendo la visibilidad, las montañas ya no se distinguían, el horizonte detrás de mí se difuminaba. La temperatura subía constantemente mientras el aire entraba por el este. Era una calima, una tormenta de polvo sahariana. No tenía ni idea de cuánto tiempo duraría ni de la intensidad de la misma, pero cuando llegué a mi propiedad frente a una fila de coches y

furgonetas, abrí la puerta del coche, mi yo inglés se vio brutal-
mente afectado por unas condiciones meteorológicas que
daban sentido a cualquier prenda que cubriera el cuerpo de la
cabeza a los pies, incluyendo, no en particular, la cara. Había
soportado mi cuota de calimas y variaban en intensidad, pero
ese día las condiciones eran especialmente malas y, pensé, poco
estacionales.

Los otros vehículos estaban ubicados en sentido contrario a
donde yo había estacionado. Los hombres debían venir todos
del sur. No sabía si dejar la ventanilla abierta para que saliera el
calor o mantenerla cerrada para que no entrara el polvo. La
dejé cerrada y saqué mi bolsa de almuerzo del asiento trasero.

Los signos de la construcción estaban por todas partes, en
herramientas y carretillas, voces, y repetidos golpes de martillo
en el cincel. La madera estaba apilada cerca de la pila de rocas
que había creado junto al granero. Aunque ya no era una pila
de rocas. Mi ordenada y pulcra disposición había sido aplastada, las rocas se habían dispersado. Apacigüé mi consterna-
ción, todo mi trabajo duro para nada.

Mario y yo habíamos acordado un tejado a dos aguas.
Con el calor abrasador, el polvo y el viento, cuatro hombres
–conté cuatro– trabajaban reparando y tapando los muros de
piedra en preparación. Me ignoraron, pero uno de los
hombres debió decirle algo a Mario, porque miró a su alrededor y al verme de pie junto al muro lateral de la casa, se
acercó.

"¿Usted hizo todo esto?" dijo, sin molestarse ni siquiera en
saludar, agitando una mano despectiva a mi pila de rocas.

"Quería ayudar."

"¿Ayudar? Ha hecho que un trabajo fácil sea difícil. Esas
rocas dentro del granero se habían caído de las paredes.
Hubiera sido mejor dejarlas donde estaban y no mezclarlas con

las demás rocas. Ahora los hombres tienen que buscar cada roca, gracias a su pila."

"No tenía ni idea", dije a la defensiva, sucumbiendo a una repentina humillación. Hice lo que pude para reprimirlo. ¡Cómo se atreve a dirigirse a mí con tanta impaciencia, con tanta grosería!

"Por favor, Claire", dijo en un repentino cambio de actitud, "debe dejarnos el trabajo a nosotros." Me tomó la mano y la apretó entre las dos, un gesto tan conciliador como condescendiente, y yo le arrebaté la mano. La situación me hizo preguntarme por la verdad de la advertencia metafísica de Clarissa. No tenía ni idea de dónde estaba con este hombre. Sin embargo, sabía que tenía razón; tenía que dejarlo en paz. Ellos eran los expertos, yo, la dueña, claramente la ignorante.

"¿Ya están tapando la pared?" Dije, ansiosa de mostrar mis escasos conocimientos técnicos y avanzar en la conversación más allá de esa coyuntura.

"No había mucho que hacer en algunas sectores."

Di un paso adelante. Él dio un paso a la izquierda y se puso de pie delante de mí, bloqueando mi camino. Levanté mi cabeza para ver más allá de él. Emitió una risa sin sentido del humor cuando se hizo a un lado, pero había dejado claro de la manera más descarada que no quería que me acercara a los hombres. Estaba avanzando mucho más allá de lo que yo hubiera considerado un comportamiento apropiado, incluso si estaba haciendo tonterías. Además, sus ojos y sus palabras eran serios. No permitiría ninguna interferencia de mi parte.

"Mario", dije, sonriendo para suavizar la tensión. "Este es un día importante para mí. Dejaré a los hombres trabajar, pero primero me gustaría tomar algunas fotografías, si está bien."

No esperé una respuesta. Pasé junto a él, teléfono en mano.

Los hombres miraron todos a la vez, observando brevemente a la inglesa loca que estaba haciendo una foto con su teléfono, luego continuaron trabajando. Cuando me acerqué al granero escuché su charla. Asumieron que no entendía el español o que el viento se llevaría sus voces. Ambas cosas eran ciertas hasta cierto punto, tuve que esforzarme para escuchar e interpretar sus marcados acentos.

"¿Quién es ella?"

"La dueña", dijo un hombre de camisa blanca. "Mario dice que ella quiere restaurar la casa principal."

Hubo una oleada de risas oscuras. Fingí no darme cuenta.

"No estoy trabajando en eso", un hombre bajito con una camisa sucia de color beige, hizo un gesto detrás de él.

"Yo tampoco."

"Me alegra oírlo. Estarías loco", dijo un tercer hombre.

"Mario tendrá que traer hombres de Lanzarote."

"Encontrará trabajadores aquí", dijo el hombre de camisa blanca. Parecía tener autoridad sobre los demás.

"¿Tú crees? Los extranjeros tal vez. Ningún local trabajará en ello."

"Cierto. Tendrían que estar locos." Escupió en el suelo.

Tomé tres fotos discretas y me fui. Mi mente se aceleró. ¿Qué querían decir? ¿Los había escuchado correctamente? Empecé a dudar de ello.

Mario salió de la abertura de la puerta tapiada. Guardé mi teléfono y me uní a él.

"¿Alguna noticia sobre los planos de la casa?"

"¿En una semana?" Se rio. No me reí con él. "Cuando esto termine, empezaremos."

"Esos hombres acaban de decir que no trabajarán en la casa."

"No les haga caso. Hay muchos hombres que puedo usar."

Así que los había escuchado bien.

"Pero dicen que tampoco lo hará la gente del lugar. No lo entiendo. ¿Qué ocurre con mi casa?"

"Relájese. Es sólo superstición y chismes locales."

Se marchó antes de que yo pudiera investigar más. Me dejó

perpleja. La superstición significaba fantasmas, actividad paranormal, una maldición lo suficientemente poderosa como para impedir que los hombres racionales y trabajadores ganaran un buen salario en un proyecto importante. Algo tenía que estar muy mal con mi ruina para causar esa reacción. Quizás explicaba por qué nadie la había restaurado antes, por qué Cejas quería que fuera demolida. Me había deseado buena suerte. Parecía que la iba a necesitar. La advertencia de la tía Clarissa me vino a la mente otra vez, pero la rechacé. La carta de reubicación que ella había creado pertenecía a toda la isla, no sólo a mi cuadra.

Me quedé unos momentos más para tomar un trago de agua. La baguette, metida en mi fina bolsa de lona todo este tiempo y cada vez más caliente, era, decidí, incomestible. Si quería llevar almuerzos, necesitaba invertir en una hielera. Los hombres no dejaban de mirarme. Al darse cuenta de que mi presencia estaba disminuyendo el ritmo, volví a mi coche.

Al abrir la puerta, el auto era un horno y me quemé las manos con el volante que había recibido la mayor parte del sol, ahí me di cuenta de por qué todos los demás vehículos estaban mirando hacia el otro lado. Tenía que aclimatarme de ahora en delante.

Encendí la radio para el viaje de regreso a Puerto del Rosario para ahogar mis pensamientos confusos. Por encima de todo, me negué a escuchar la voz interior que estaba ocupada evaluando el día de la inauguración del edificio como portentoso. La coincidencia de la calima no había ayudado. El problema era que esos obreros sabían algo que yo desconocía y mientras Mario les quitaba sus miedos, una parte de mí no podía. Era la parte de mí que habían formado Ingrid y Clarissa, una que estaba en desacuerdo con mi yo racional de empleada de banco. Elegí no creer en fantasmas, ni en lo sobrenatural, ni en las predicciones de Clarissa, pero esos hombres claramente lo creían y yo me quedé inquieta por ello.

El coche indicaba una temperatura exterior de treinta y cinco grados y quedaba mucho día para que la temperatura subiera más. En el pasado, los lugareños se habrían quedado dentro, habrían cerrado todas las persianas de las ventanas y resistido, listos para barrer el polvo una vez que el viento cambiara. Tenía la ropa secándose fuera, una ventana del baño abierta, y cuanto antes siguiera esas sensatas tradiciones, mejor.

Estacioné afuera del departamento con mi ecuanimidad parcialmente restaurada. Permaneció así durante dos minutos. Luego, entré en el departamento y vi que la roca que había colocado con tanto cuidado en el estante delante de los libros, estaba en el suelo.

¿Cómo diablos terminó allí?

Traté de buscar explicaciones para calmar mi mente alarmada. ¿Se había caído? No, no podía ser. ¿Cómo es posible? Estaba descansando sobre su base natural de la cual no podía haberse caído. Las baldosas no estaban quebradas, y si se hubiera caído o si alguien la hubiera tirado, seguramente habría habido una quebradura. ¿Había estado alguien en mi departamento? ¿Dolores? ¿La dueña? ¿Un intruso? ¿Por qué alguno de ellos pondría esa roca en el suelo? Sin embargo, esa tenía que ser la respuesta. Tal vez vinieron con un niño que vio la roca, la recogió y la examinó. Sí, eso es lo que había sucedido.

Busqué otras pruebas de que alguien hubiera estado dentro mientras yo estaba fuera, pero no había ninguna. El presagio de Clarissa se disparó al primer plano de mi mente, pero ella no había dicho nada sobre fantasmas y me negué a pensar en un espíritu burlón. Prefiriendo evitar que se repitiera, puse la piedra en un armario de la cocina, bien escondida en la parte trasera, detrás de una pila de platos.

Hizo falta una cerveza fría y un tazón de helado para calmar mis pensamientos. Luego entré la ropa lavada, cerré la ventana del baño y me dispuse a guardar en mi disco duro las fotos que había tomado de mi dependencia.

Más tarde, escribí mi primera anotación en mi cuaderno, complacida de usar por fin, el bonito cuaderno de tapa dura del tamaño de un folio que había encontrado en una librería local. Llamé a mi primera entrada, Día Uno. No era una entrada fácil de escribir. Había querido que el día fuera alegre y festivo y me había ido con una depresión y llena de negatividad. Mi construcción estaba bajo una nube de fatalidad. Describí la calima, Mario, los hombres, el buen progreso e incluso mi paso en falso con las pilas de rocas. No vi la necesidad de mencionar la roca del muro divisorio en mi sala de estar.

BETANCURIA

La calima duró otros tres días. Permanecí en casa durante todo el tiempo, leyendo la traducción de Agatha Christie en español que alguien había dejado en la estantería única, y cuando me cansé de eso escuché música a través de mis auriculares. Me alejé de los gemelos Cocteau, escogiendo a Fela Kuti y Angelique Kidgo, música alegre y estimulante, de artistas con raíces no muy lejanas a las Islas Canarias. Un novio – Simon, creo que era –me había hecho conocerlas a ellas una vez.

Cuando el álbum Kidgo llegó a su fin, envié a mi padre y a mi tía un breve correo electrónico informándoles de que las obras habían comenzado. Ninguno de los dos respondió, al menos no lo suficientemente pronto. Me encontré revisando mi bandeja de entrada de forma intermitente, deseando interacción humana, incluso a distancia electrónica. Sola en mi diminuto departamento mientras se desarrollaba la tormenta de polvo, escuchando las risas y el estruendo de mis vecinos a través de las paredes con poros sonoros, miraba fijamente a mi futuro inmediato preguntándome cómo me iría durante mucho más tiempo sin amigos y con poco contacto humano significativo. Pero no iba a dejar que un punto de aislamiento me molestara. La respuesta era simple. Me mantendría ocupada. Mi estado sin amigos no duraría para siempre. Siempre había sido buena para charlar. Tal vez es un atributo que viene con la vida de soltera.

El viernes de esa semana, conduje hasta Tiscamanita y estacioné fuera de mi propiedad en el lado opuesto de la carretera, con una línea de visión directa al granero. Los prismáticos habrían sido útiles, pero pude ver a la distancia que las maderas habían empezado a subir al tejado y la puerta tenía un nuevo dintel. Cuatro hombres significaban un progreso rápido. El granero era pequeño y estaba mucho menos deteriorado que la casa principal. Era una vista agradable, pero no me quedé esperando. En el momento en que uno de los hombres me vio en mi coche, encendí el motor y me fui.

Deseosa de aprender más sobre la historia de la casa, me detuve en la calle principal de Tiscamanita cerca de un pequeño café que tenía estampado "local" por todas partes. Antes de entrar, me paré en la acera y observé los alrededores, dándome cuenta de que en todo el tiempo que había recorrido el pueblo, nunca me había molestado en parar y visitar las tiendas y cafés.

Los negocios del centro del pueblo comprendían una panadería, una carnicería, una pequeña tienda de comestibles, una peluquería, dos cafés y un restaurante, todos apiñados alrededor de la iglesia y la plaza. Suficiente para servir a la población local y nada más. Con una población de unos quinientos habitantes, no se podía esperar mucho en cuanto a instalaciones. Sin embargo, el pueblo hacía poco para atraer a los veraneantes que pasaban por allí. El potencial estaba ahí; el pueblo estaba cortado en dos por la carretera Antigua-Tuineje y albergaba un molino de viento restaurado, Los Molinos, que se había convertido en uno de los numerosos museos de la isla. Aunque el molino de viento estaba situado en los límites del pueblo y los turistas sin duda irían al siguiente lugar turístico.

Probablemente se necesitaría mucho para que se detuvieran un rato, mucho más que un poco de embellecimiento del pueblo. Lamentablemente, Tiscamanita tenía una atmósfera de decadencia. Los locales de la tienda estaban vacíos. Muchas de las granjas abandonadas. No había suficiente para atraer a la gente, nada alrededor para mantener a la gente en el pueblo. La mayoría de los extranjeros preferían la costa y quién podría culparlos, y los locales que se quedaron probablemente disfrutaban de su tranquilo estilo de vida mientras sus hijos se iban en busca de trabajo y emoción.

Me acerqué al café con una sensación de inquietud, preguntándome cómo sería recibida esta recién llegada de Colchester, una nueva residente con dinero en efectivo deseosa de establecerse entre los locales. Al menos era capaz de comunicarme en el idioma. Seguramente eso provocaría una respuesta positiva.

Elegí vivir en Tiscamanita en parte porque allí podía disociarme del resto de mi cohorte, los británicos, o al menos, eso pensaba. Parada en la acera observando la quietud, mis suposiciones parecían poco realistas. No sabía nada sobre el pueblo o su gente, excepto lo que podía ver con mis propios ojos y algunos párrafos que había encontrado en Internet. Era, y sospechaba que sería durante mucho tiempo, una extraña.

Entré en el café, renunciando a los asientos exteriores en favor de una mesa junto a la ventana. Era demasiado pronto para el intercambio de la hora del almuerzo. Dos hombres con equipo de trabajo entraron no mucho después de que me sentara. Hicieron sus compras y siguieron su camino, dejándome a mí como única cliente. Revisé el menú escrito en tres pequeños tablones colgados en la pared detrás del mostrador. No iba a haber servicio de mesa. Me levanté y me acerqué a la mujer que estaba en el bar de tapas y pedí un café. Pensando en complacerla con mi costumbre, también pedí una rebanada de la tortilla en exhibición. Parecía bastante agradable: rechoncha, de mediana edad y orgullosa. Supuse que era la dueña.

Me senté y cuando vino con mi pedido, le di mi más cálida sonrisa de empleada de banco y le pregunté si el café era suyo. Cuando asintió con la cabeza, dejé que mi sonrisa se ampliara y, sosteniendo la mirada, le dije: "Entonces somos vecinas."

La mujer pareció desconcertada, sin duda pensando que no era otra inmigrante inglesa la que estaba comprando la propiedad. Abrió la boca para hablar y cambió de opinión.

Viendo que estaba a punto de irse, me moví en mi asiento. "He comprado la casa de Cejas. En la calle Cabrera."

Una mirada curiosa apareció en la cara de la mujer, en parte maravillada, en parte dudando, en parte con miedo.

"¿Casa Baraso?", dijo lentamente. "He oído que alguien la ha comprado. ¿Eres tú?"

"¿Casa Baraso? ¿Era el propietario original?"

La propiedad había estado en la familia Cejas durante muchas generaciones y yo había presumido que ellos eran los dueños originales. No me había encontrado con un Baraso.

"El señor Baraso nunca fue el dueño de la casa", dijo ella, dando un pequeño paso, acercándose. "Vivió allí durante muchos años. Era un funcionario del gobierno de Tenerife."

Volví a pensar en el artículo que había leído, el que había despertado mi interés en la compra de la casa. Estaba seguro de que no se había mencionado a un tal Baraso. Tal vez era conocimiento local, o simplemente no había asimilado la información. Me pregunté cómo haría para investigar al hombre. ¿Una biblioteca? ¿Una sociedad histórica? Debería empezar preguntándole a la dueña del café.

Abrí la boca para hablar cuando dos mujeres entraron y saludaron a la dueña en voz alta. Se dirigieron juntas al mostrador y yo claramente había perdido mi oportunidad. Me ocupé de mi tortilla, disfrutando del débil sabor a ajo, y tomé mi café, que era normal. Mientras comía podía sentir los ojos de las mujeres en mi espalda. Habían bajado la voz pero sabía que estaban hablando de la casa. Escuché "Cejas" y "Baraso" claro como una campana. Quería hacer más preguntas, especialmente sobre el señor Baraso, y también quería preguntarle a la dueña del café si conocía la razón por la que mis obreros se negaban a participar en la restauración, pero enfrentarme a tres mujeres del lugar a la vez me resultaba desalentador. Los cotilleos de la pequeña aldea y el saber que estaba siendo juzgada ya me había hecho retroceder un poco. Era una defensa. Cuando me sentía amenazada, me refugiaba en la coraza que había creado de niña para protegerme de las heridas. En ese momento fue un retroceso que sirvió para reforzar la sensación de que mi nueva vida no sería tan fácil de llevar como había pensado.

Terminé la tortilla y el café y esperé a que las dos mujeres se sentaran o se fueran – se fueron – antes de acercarme al mostrador para pagar. Intenté llamar la atención de la mujer, pero no mostró ningún interés en hablar conmigo. Le di las gracias y al salir le dije que la tortilla estaba deliciosa, lo que evidentemente le gustó, pero se quedó impasible.

Después de la oscuridad interior, el repentino brillo del día, que resplandecía en las paredes encaladas del café, me lastimó los ojos. Una fría recepción en el café, y a pesar del calor que me golpeó cuando abrí la puerta del coche, me sentí aliviada de ponerme en marcha.

Con los hombres en la obra impidiendo mi presencia en mi propiedad y todo el día por delante, decidí por capricho conducir hasta Betancuria, la capital original de la isla, tomando la ruta sur vía Pájara para disfrutar de las curvas extensas a través de las montañas. Me comportaría como una veraneante, pensé, y me tomaría mi tiempo. Incluso me detuve en el mirador designado para admirar la vista de las montañas.

Betancuria está enclavada en una pequeña cuenca de un valle, rodeada por todos lados por montañas bajas con sus suaves y casi sensuales curvas, el macizo ondulando como una manta arrugada y con pliegues. Elevado, y situado en la costa oeste, el casco antiguo tiende a ser más frío que el resto de la isla. Ese día, también me pareció más refinada, con sus estrechas calles zigzagueando por las laderas del valle, flanqueadas por edificios encantadoramente restaurados. Había una sensación de opulencia en el centro del pueblo, la joya de la isla. Cuidada e inmaculada, se había prestado atención a cada detalle.

El conquistador de la isla, Jean Bétancourt, había elegido Betancuria como capital no por su ambiente, sino por la protección que ofrecía contra los ataques piratas. Su posición protegida no impidió que la ciudad fuera arrasada por piratas en 1593, un acontecimiento que me fascinó incluso cuando la violencia de la misma me produjo rechazo.

Me detuve en la calle principal, con la suerte de encontrar un lugar para estacionar fuera de la iglesia. Fuerteventura, pensé irónicamente al salir del coche, era conocida no sólo por sus playas. Aunque me llevó unas cuantas visitas antes de que me topara con el arte de la isla.

La Iglesia Santa María de Betancuria es sin duda el mejor ejemplo, una iglesia que domina la antigua capital. Es un magnífico edificio, en todos los sentidos. De estilo barroco, tiene ventanas en arco en lo alto de sus brillantes paredes blancas, una robusta torre y un revestimiento de piedra. La iglesia llama la atención de todo el mundo. No hay forma de escapar de la fe que reina allí.

La estructura está cortada en la ladera. Una gran plaza pavimentada, que contiene varios asientos de piedra y una disposición de plantaciones formales, proporciona a los veraneantes y a los locales la oportunidad de empaparse de la atmósfera. La entrada a la iglesia se hace a través de puertas de madera tallada en un arco redondeado, con un frontón intrincadamente tallado. Pasé junto a una familia que se preparaba para ir a la tienda de regalos y me dirigí hacia el fresco.

El interior de la iglesia exuda una majestuosa religiosidad, con sus techos abovedados y sus impresionantes retablos, que son aún más llamativos junto al blanco de las paredes. Ignorando a algunos veraneantes que se movían por ahí, entré en la sacristía para mirar el artesonado. Había visitado esta iglesia cada día festivo desde el día que entré para ver por qué tanto alboroto, después de escuchar a dos mujeres entusiasmadas.

El techo de la sacristía era suficiente para causar un crujido de cuello incluso al más cínico de los observadores. Cada cuadrado contiene un patrón uniforme de rosetas y follaje pintado en ricos tonos de oro, rojo y verde.

Cuando mi cuello se sintió rígido y dolorido, observé las pinturas. Luego, volví a la nave y me senté al final de un banco, con la mirada fija en uno de los retablos más pequeños, pintados con los mismos ricos colores. Una estatua de la Inmaculada Virgen María estaba en su propio hueco flanqueada por pilastras. Mi ojo fue atraído primero por aquí, luego por allá, por todos los detalles intrincados. Tal pieza de arte era seguramente suficiente para atraer incluso a los no religiosos a la iglesia. Casi se sentía un impulso de adoración.

Nunca había entendido ese impulso. Ninguno de los miembros de mi familia era devoto de ninguna fe. Mi padre es un materialista hasta la médula, y mi madre era una ocultista empedernida. No es de extrañar que para mí, la religión fuera un lavado de cerebro, diseñado para forzar la obediencia a cambio de explicaciones vagas e insatisfactorias del sufrimiento humano y falsas promesas de una vida después de la muerte. Con demasiada frecuencia la religión se usaba para controlar y oprimir. Cuando las Islas Canarias fueron conquistadas, los nativos fueron forzados a renunciar a su propio sistema de creencias y adoptar el catolicismo. Si no lo hacían, morirían. Durante los siglos siguientes, se construyeron iglesias y las congregaciones iban a misa y comulgaban y aprendían a hacer lo que se les decía. Asfixiante. Lo mejor que se puede decir es que dejó un legado de arte antiguo.

La gente entraba y salía. Sin prisa por moverme, yo permanecí sentada, absorbiendo los resultados de tanta riqueza y poder. Me llené de una paz interior, pero iba a ser una paz de corta duración. Porque se me vino un pensamiento no deseado que había comprado mi casa en relación con la historia colonial de la isla. Porque me había enamorado de la casa de un noble, no de la de un humilde granjero. ¿Significaba eso que tenía delirios de grandeza? Yo, Claire Bennett, una humilde cajera de banco de Colchester, dueña de una mansión según los estándares de la isla. El darme cuenta me hizo sentir incómoda en mi propia piel. ¿Qué imaginé que iba a hacer en una casa tan grande una vez restaurada? Ese fotógrafo, Paco, tenía razón. Necesitaba un marido, hijos, gente para llenar seis habitaciones. Quizá debería alquilar habitaciones o sacar provecho de ellas, pero nada de eso me atraía. Quería mi casa para mí sola, aunque sentada en esa antigua y gran iglesia, la perspectiva parecía de repente absurda. Era como si alguien me hubiera desinflado con un alfiler mi globo aerostático de deseo fantástico y de gran diseño.

Conmocionada, dejé la iglesia y me senté en la plaza, mirando a los caminantes que iban y venían. Llevaba dos semanas en la isla. Había tenido pocas oportunidades de disfrutar de mi riqueza, aunque la sensación de libertad que daba era liberadora. Me consumía la ansiedad por la construcción. Porque una vez más sabía que no había abordado una pregunta fundamental y espantosa: ¿Había hecho lo correcto al mudarme a Tiscamanita? ¿No debería haber comprado una villa en la costa?

La tía Clarissa saltó a mi mente, recordándome por enésima vez todas esas líneas astrológicas que cruzan Fuerteventura. Esta vez, me detuve a pensar. ¿Qué fue lo que dijo sobre Neptuno y la casa doce? Fuera lo que fuese, dudé de la relevancia y mi yo racional se sumergió en una respuesta. Hay veces que los puentes se queman y no hay vuelta atrás. Tenía seiscientos mil euros invertidos en esa ruina y no estaba dispuesta a ceder. Además, no tenía un pasado al que volver. El único camino era hacia adelante. Puede que no fuera una progresión fácil, pero era lo que tenía que hacer.

Después de un tiempo, mis palabras de ánimo funcionaron y mi mentalidad positiva regresó. A la caza de un buen lugar para almorzar, dejé la iglesia y fui a dar un paseo primero por una, y luego por otra de las estrechas calles pavimentadas.

Elegí un restaurante cerca del centro cultural, atraído por los viejos barriles de vino que servían de mesa en el exterior. Como el restaurante estaba lleno, me senté en una mesa junto a la puerta y pedí el menú del día y una botella de cerveza. Me empapé del estruendo, el ruido, los deliciosos aromas de la cocina. ¿Qué mejor razón tenía para estar aquí?

Una sopa de verduras fue lo primero que probé, sin darme cuenta de que estaba hambrienta hasta que ese primer sorbo del rico caldo animó mis papilas gustativas.

Estaba raspando lo que quedaba de la sopa de mi tazón cuando una figura entró en el bar. Levanté la vista para encontrar a Paco mirándome. Qué extraño.

"Nos encontramos de nuevo", dijo, deteniéndose detrás de la silla vacía.

Le ofrecí una sonrisa. "¿Te encuentras bien?"

Hizo un gesto hacia la mesa y, viendo que asentía, corrió la silla y se sentó.

"¿Cómo va la restauración?"

"Primero voy a renovar un granero. Los hombres estaban trabajando en él hoy cuando pasé por allí. Creo que va bien."

"Yo también los vi. ¿Por qué no están arreglando la casa?"

"¿Pasaste por mi propiedad?" Dije, sintiéndome invadida,

casi espiada, aunque sabía que ese sentimiento era una tontería.

"A menudo tomo un desvío", dijo, como si pasar por mi ruina fuera algo cotidiano. "Soy fotógrafo".

"Me contaste." Mantuve su mirada, esperando más.

"Me gusta vigilar las casas antiguas, asegurarme de que no les pase nada malo." No estaba convencida, pero su explicación tenía que servir. No parecía haber nada que decir al respecto.

"¿Qué te trae por aquí?" preguntó.

"¿Qué te trae *a ti* por aquí?"

"Estoy visitando a un amigo."

"Yo estoy disfrutando de ser una veraneante por un día." Sonrió. Era una sonrisa cálida y le devolví una de las mías. La incomodidad entre nosotros se alivió. Paco llamó a un camarero y pidió una cerveza.

"¿Por qué estás especialmente interesado en mi casa?" Le dije, esperando una respuesta honesta.

Esta vez, fue muy comunicativo, no, más que comunicativo; sus ojos estaban ardiendo y su cara estaba llena de asombro. "Una mujer, una inglesa, visitó la casa hace muchos años. Es ella con la que estoy fascinado."

"¿Quién era ella?"

"Su nombre es Olivia Stone. Puede que hayas oído hablar de ella."

"No, no creo que haber conocido a ninguna Olivia Stone."

"Entonces debes comprarle sus libros", dijo, inclinándose hacia adelante en su asiento.

"¿Era escritora?"

"De diarios de viaje. Escribió un libro muy famoso sobre las islas."

"No puedo decir que lo haya visto."

"En la década de 1880. Hace mucho tiempo para ti, tal vez.

Vino a Fuerteventura y se alojó en varias casas de los pueblos. La tuya era una de ellas."

"Vaya, estoy impresionada", dije, sin creer ni una sola palabra de lo que decía.

"Deberías estar impresionada. Era una mujer muy especial."

Quería saber más sobre la misteriosa mujer, pero mi plato principal llegó junto con la cerveza de Paco, y después de que el camarero me quitara la sopera, vi un generoso plato de guiso de cabra con papas enteras y una guarnición de perejil. El aroma me hizo agua la boca. Dudé.

"Come. Come", dijo, señalando mi comida.

Masticando el primer bocado, decidí que era el guiso de cabra más delicioso que había probado nunca. Paco sorbió su cerveza y miró.

"¿No tienes hambre?" Pregunté entre bocados, incómoda bajo su mirada.

"Acabo de comer."

Algo le llamó la atención, se balanceó y se puso de pie, saludando a una mujer que aparecía por una entrada lateral.

"Hasta otra ocasión", dijo mientras se alejaba.

Tragué y levanté mi tenedor a modo de despedida, viéndolo marchar y sintiendo su ausencia.

DE VUELTA en Puerto del Rosario pasé por la librería local pero no tenían ningún libro de Olivia Stone. La asistente ni siquiera había oído hablar de ella.

Volví a mi departamento y busqué a la autora en Internet. Hicieron falta varias búsquedas antes de que la encontrara. *Tenerife y sus seis satélites: Volumen II* estaba disponible en varias librerías internacionales. Fue una sensación extraña el fichaje de mis datos y el dar mi dirección actual.

LÁGRIMAS

Era sábado. Después de escribir una breve nota en mi cuaderno sobre el progreso del granero, visto desde la ventana de mi coche, pasé la mañana creando una hoja de cálculo. Hice presupuestos para las instalaciones, la cocina y el baño, y los muebles. Sumergida en los números y detallando cada aspecto del interior me dio una sensación de control y me puso a gusto después de la turbulencia del día anterior. Necesitaba recuperar la sensación de normalidad y hacer números era la mejor manera que se me ocurrió de hacerlo.

Durante mis viajes en línea a varias tiendas de artículos para el hogar y ferreterías, había descargado folletos y listas de precios y tomado capturas de pantalla de otros para darme una idea. Mis raíces en Essex me advirtieron sobre los aumentos de costos. Adoptaría un estilo que permitiera una pieza ocasional de mobiliario impresionante, pero que no disminuyera mi saldo bancario. Me decidí en contra de las antigüedades en favor de las rústicas y hechas localmente siempre que fuera posible. Tendría mucho tiempo para buscar lo que quisiera.

Incluso con mi enfoque frugal me sorprendió el monto de la cifra final. Una barra de cortina puede costar sólo diez euros, pero si se multiplica por el número de ventanas y los costos pronto empiezan a llegar a los cientos, incluso miles. Los toma-corrientes y los interruptores de luz eran aún peores. Tuve que seguir recordándome que podía permitírmelo. Adaptarse a ser una multimillonaria después de cuidar los centavos durante décadas, no era fácil. Mis antecedentes bancarios tampoco ayudaban. Automáticamente buscaba los ahorros.

Antes de cerrar mi portátil, introduje 'Olivia Stone autora de viajes' en el buscador para ver qué aparecía aparte de su libro sobre las Islas Canarias. Pronto descubrí que era la esposa de un abogado, John Matthias Stone, y su libro había sido presentado a la Reina Victoria. Estaba bien conectada en ese entonces, una dama de sociedad quizás, y era la autora de un trabajo anterior, *Noruega en junio*. Vivió en una época de curiosidad y exploración. Debió ser una de esas robustas mujeres británicas acostumbradas a viajar a lugares lejanos. Podría imaginarla, usando vestimenta racional, de huesos grandes con muslos fuertes y una mirada estridente y directa en ella.

Hice clic en algunos sitios web más y al no encontrar mucho más, mi interés disminuyó. Esperaría y leería el libro yo misma. Ya estaba harta de seguir investigando a una mujer que podía o no haberse quedado en mi casa una o dos noches.

Almorcé otra baguette de jamón y queso, esta vez con rodajas de tomate. Realmente debería ampliar mis hábitos culi-narios, me dije, mientras las migas se esparcían por la mesada.

Los constructores no trabajan los fines de semana. Con la tarde por delante, llené mi botella de agua y tomé las llaves del coche pensando que podría comprobar los progresos. El viaje ya se había convertido en algo natural y llegué a mi cuadra en media hora sin notar cómo había llegado allí.

Ningún otro auto estaba estacionado en la calle. Como todavía no había conocido a ningún vecino, empezaba a preguntarme si todas las propiedades de los alrededores estaban vacías. Si no, ¿por qué nadie había aparecido? Seguramente, ¿ya se estarían muriendo de curiosidad?

El primer cambio que noté en el lugar fue la completa ausencia de mi pila de rocas cerca del granero. Eso, y que todas las maderas del techo estaban puestas. En una inspección más cercana, las paredes habían sido cubiertas con argamasa y una placa superior, y dos vigas uniformemente espaciadas abarcaban el ancho del edificio. No podía estar segura, ya que no tenía ni idea de cuánto tiempo llevaría un trabajo como este, pero parecía que los hombres estaban trabajando a una velocidad vertiginosa. Para acelerar el ritmo de los trabajos, cuando Mario me envió por correo electrónico su presupuesto completo para el granero, me explicó que la madera había sobrado de otro trabajo, por lo que había llegado al lugar tan rápido. No es que pareciera que me hubieran hecho algún tipo de descuento. El tejado a cuatro aguas estaría revestido con las tradicionales tejas curvas de arcilla que también habían llegado. Presumiblemente Mario también tenía un stock de ellas a mano.

Mario podría haberme considerado loca al insistir en que se empezara a trabajar en ese pequeño granero, pero una vez que estuviera bien cerrado con llave, podría usarlo como almacén. Mis posesiones llegarían del Reino Unido en unos dos meses y, por pocas que fueran, aún no tenía dónde guardarlas en mi pequeño departamento.

Me acerqué a la casa principal con temor. No había entrado desde aquella vez con Mario. Cada vez que pensaba en el estado de la ruina me sentía ansiosa. Tenía la sensación de que los muros se caerían antes de que el consejo aprobara los planos.

El hueco en la puerta entablada era más grande; una sección inferior del contrachapado había sido arrancada. Me escabullí y, deseosa de no quedarme en habitaciones con vigas, me apresuré a ir al patio.

Nada había cambiado. Ni siquiera las malas hierbas habían crecido. Me puse de pie en dirección a la calle y observé la sección restante del balcón, un balcón que habría proporcionado acceso a las habitaciones superiores, y noté cómo la pared divisoria cortaba el balcón en dos, para evitar que alguien de arriba caminara por el perímetro interno del edificio. En el lado donde me encontraba, la madera estaba desgastada y parecía haber evidencia de que habían sido perforados.

Con cautela, caminé alrededor, estudiando las paredes más de cerca que antes. Donde el yeso se había desprendido, el método de construcción era evidente. Las piedras angulares eran bloques de basalto tallados, el resto del muro estaba formado por grandes rocas encajadas, con piedras mucho más pequeñas y guijarros que llenaban los huecos. Grietas verticales corrían a lo largo de los dos hastiales de la sección norte de la ruina, confirmando mi temor de que si no se hacía algo pronto, toda la estructura se derrumbaría.

Como para reforzar mi pensamiento, una de las maderas crujió en una habitación a mi derecha. Escuché un aleteo, y el batir de las alas de un pájaro que bajó para investigar mi presencia.

En mi última visita, no me había aventurado a través del agujero en la pared. Me incliné y atravesé, notando como se producía un curioso descenso de la temperatura, como si el lado sur del edificio recibiera menos sol y atrajera más viento. Sin embargo, era lo contrario.

La pared interna del sur estaba en un estado de reparación terrible. Quedaba poco techo, no había suelo en el segundo nivel y partes de las paredes internas se habían caído. Otras se estaban desmoronando. El patio había sido casi despojado de su balcón. De las dos porciones de la casa, el lado sur era el más deteriorado y abandonado. A diferencia de la mitad norte, que crujía y amenazaba con derrumbarse, la sur ya lo había hecho. No quedaba mucho por derrumbar.

Queriendo al menos sentir la emoción de ser propietaria y tener una idea realista de lo que había asumido, encontré un trozo plano de suelo sin escombros cerca del tabique y me senté, con las piernas cruzadas. Ajusté la hebilla de una sandalia que estaba clavada en el tobillo de mi otro pie. Luego me estiré la blusa.

Tan pronto como me sentí cómoda y quieta, un extraño estado de ánimo, como de trance, me superó. No me gustaba meditar, pero una vez había tomado clases de relajación y había experimentado la misma tranquilidad embriagadora.

En lugar de reflexionar sobre las circunstancias actuales de la casa en ruinas, me sentí atraída por su pasado. Sentí como si estuviera presentando mis respetos a los anteriores propietarios, a todo lo que había sucedido allí. Me encontré imaginando la antigua gloria de la casa. Imaginé un estanque y quizás una fuente en el centro del patio, y bajo el balcón plantas colocadas en las esquinas y al lado de cada poste. Imaginé puertas que se abrían a un salón o a un comedor, las escaleras subiendo. Sentí la quietud, y casi podía oír la acústica.

Entonces oí la voz de Elizabeth Fraser resonando por las paredes, la música de los gemelos Cocteau llenando la atmósfera de una belleza etérea, un sentimiento de piedad en el sonido, mi ruina equivalente a una catedral. Estaba llena de una fuerte sensación de bienestar mezclada con euforia. Cualquier duda que tuviera sobre la enormidad del proyecto se ausentó y me sentí completamente fascinada.

Mi trance se profundizó y fue entonces cuando vi a mi madre bajando de puntillas las escaleras con un largo vestido blanco. Me sorprendió verla en este escenario alienígena, me sorprendió incluso poder imaginarla de esta manera. Sin embargo, allí miré, sus mechones de cabello color miel fluyendo, su cara tan serena, sus ojos iluminados por el asombro. Fascinada y paralizada, vi como su mano se deslizaba por la barandilla.

ISOBEL BLACKTHORN

Ella no era real. Cuando sus pies tocaron el pavimento del patio, desapareció y en su ausencia un brote de dolor me abrumó. A través de mi angustia, vi la restauración como un homenaje a la madre que apenas había conocido. Las lágrimas cayeron de mis ojos y se deslizaron por mis mejillas. Me dolió la garganta. Me estremecí bajo un peso que presionaba mi pecho. Pronto estaba jadeando por aire, agachándome donde estaba sentada, mis manos arañando las hierbas a mi alrededor, arrancando tallos y hojas, extendiendo los brazos y arrancando las raíces.

La emoción se desvaneció tan rápido como había llegado y me quedé sintiéndome vacía y aturdida. La angustia, más la intensidad de la misma, había sido inesperada. No había llorado por la muerte de mi madre desde el funeral y sólo lloré entonces porque todos los demás lo hacían. No tenía ni idea de que llevaba dentro de mí una pena no expresada. Durante treinta años había ido por la vida acomodándome a su ausencia, echándola de menos, preguntándome cómo habría sido mi vida con ella, pero ni una sola vez llorando por ella como si me hubieran vaciado.

Tal vez fue un error escuchar tanto a los gemelos Cocteau. Mi imaginación se estaba volviendo hiperactiva. Sin quererlo, había invocado una oscuridad en lo más profundo de mi ser y estaba desconcertada por ello. No quería que la restauración llevara un sello de religiosidad personal. No estaba restaurando la ruina para crear un monumento a mi madre. Quería un hogar donde vivir.

Me puse de pie, respiré profundamente y me limpié los ojos con el dorso de las manos. En algún lugar de mi bolso tenía un pañuelo.

Ansiosa por tener una sensación de espacio a mi alrededor, me escabullí por el agujero del tabique y me dirigí de nuevo al exterior. Esta vez no me atreví a llevarme una piedra a casa.

PUERTO DEL ROSARIO

ME DESPERTÉ TARDE AL DÍA SIGUIENTE. ERA DOMINGO Y EL barrio estaba tranquilo. Abrí las ventanas del dormitorio y encontré nubes que borraban la luz del sol, normalmente resplandeciente. La nube se hizo más espesa y a la hora de comer estaba lloviendo, no mucho, pero lo suficiente para mantenerme dentro. Mi humor reflejaba el clima y sucumbí a un ataque de desánimo. Merodeé por el departamento como un animal enjaulado, imaginando mi vida solitaria en una ruina restaurada, dueña de recuerdos problemáticos. Estaba aburrida, sensible y perturbada por momentos. Mi pena se había desatado y parecía que iba a vagar dentro de mí con voluntad propia. Mis dudas volvieron. Estaba asumiendo demasiado. No tenía derecho a restaurar esa ruina y nunca debí haberla comprado. ¿Qué haría yo cuando la hubiera restaurado? Estaría condenado a vagar por mi gran casa y enloquecer lentamente por la soledad, perseguida por mi propia madre. Empecé a cuestionar lo que estaba haciendo en la isla. No pude escuchar a los gemelos Cocteau por miedo a que mi dolor se agudizara aún más, así que me puse a escuchar a Gorillaz, esperando que me alegraran.

No lo hicieron.

Mi estado miserable y fragmentado estaba tan fuera de lugar, que no me reconocía a mí misma. Finalmente, apliqué mi mente apática a estudiar español, mirando ver las gotas de lluvia caer por el cristal de la ventana de la cocina como si fueran mis propias lágrimas.

Sólo una vez abrí el armario de la cocina para asegurarme de que la roca seguía ahí, escondida detrás de los platos. Así era.

El lunes el tiempo había vuelto a su normalidad, bueno y soleado. Aproveché el aire fresco y seco y, con mi cuaderno en mi bolso, salí a pie para ver si podía descubrir en los registros públicos algo de la historia de mi casa.

Recorrí la avenida Juan de Bethencourt hasta que desemboca en la calle León y Castilla. Ambas calles presentaban una reserva central plantada con árboles consolidados, incluyendo palmeras. Los esfuerzos de embellecimiento de Puerto del Rosario se centraban en la zona portuaria. Mi espíritu se elevó un poco en la contemplación. Era la turista que había en mí la que estaba en primer plano. Quería que todos los lugares de la isla se parecieran a Betancuria, aunque Puerto del Rosario nunca había sido un destino turístico. Un viejo puerto pesquero conocido como Puerto de Cabras, la capital era el centro comercial y municipal de la isla y eso era todo.

Siempre me ha parecido una pena que no haya más pueblos y ciudades de Fuerteventura que conserven su encanto. Sin embargo, se pueden encontrar rastros de encanto del viejo mundo, en La Oliva, Tuineje y Pájara, pueblos que he visitado en numerosas ocasiones para disfrutar de un paseo por sus plazas protegidas y llenas de árboles, y de un agradable almuerzo.

El entorno común y poco inspirador de la ciudad dio paso a

la grandeza en la siguiente manzana donde el consejo municipal, un edificio señorial, de diseño formal, se enfrentaba al igualmente señorial ayuntamiento. Ambos se enfrentaban a la misma plaza que estaba dominada, no por la autoridad gubernamental, sino por una antigua iglesia: La Parroquia de Nuestra Señora del Rosario. La plaza estaba elegantemente dispuesta y pavimentada, pero carecía de sombra.

Como para completar los símbolos del poder, nuevos y viejos, todo ese oficialismo se acompañaba de una serie de bancos. Me pareció sorprendente que el poder y la influencia del dinero se amontonaran así, mostrando su importancia. Sin embargo, ¿por qué no lo harían? Fue más sorprendente que en todo el tiempo que trabajé para una sucursal de banco en Colchester, nunca hubiera cuestionado o incluso reconocido el mismo tipo de agrupación. Muy consciente de mi propia riqueza, me había vuelto más consciente de la riqueza que me rodeaba, pero seguiría siendo una extraña cuando se tratara de ese nivel de privilegio. Nunca tendría poder o influencia. Ni siquiera lo quería. Seguiría siendo la humilde Claire Bennett por siempre. A diferencia de quien había construido mi ruina, que ciertamente tenía poder, o influencia, o ambos.

Vagando por el perímetro de la plaza, encontré una ironía aún mayor. Si un ciudadano cometía una transgresión, el departamento de policía estaba detrás del ayuntamiento y el juzgado estaba detrás de la iglesia. Cada aspecto del poder institucional, entonces, se concentraba en esa pequeña área. Probablemente era casualidad, pensé, dando excusas, pero supuse que sería conveniente para el personal. Y para mí. Si lograba descubrir la verdad sobre los anteriores propietarios de mi casa, sería entre esos edificios.

Primero fui al ayuntamiento, pero me trasladaron al consejo municipal donde se encontraban los títulos de todas las propiedades de la isla. El ayudante de la oficina de información me saludó en inglés. Le expliqué mi petición y le mostré mi identificación y los detalles de la compra de mi propiedad. El asistente, un hombre impasible de mediana edad, se alejó. Tuve una larga espera en ese interior fresco y austero. Detrás de mí, se había formado una fila. Me sentí inclinada a hacerme a un lado, pero no apareció ningún otro asistente, así que me quedé donde estaba.

El hombre volvió con una carpeta, murmurando algo sobre los abogados y preguntándose a sí mismo por qué el mío no me había mostrado los detalles. Le respondí, en mi mejor español, diciéndole que era porque no había preguntado. Su actitud cambió al instante y dio vuelta un documento para que yo lo leyera, señalando los detalles relevantes con un bolígrafo. El artículo del periódico era exacto, dijo.

Sentí inquietud por la fila, pero el asistente apareció sin prisa y como claramente no me iba a confiar el archivo, leí tan rápido como pude.

El dueño original era un tal Don González, un hombre rico que tenía un viñedo en Tenerife. Había construido la casa en 1770. Lo que esperaba ganar viviendo en Tiscamanita, sólo lo sabía el cielo. Tal vez era un propietario ausente de ese viñedo de Tenerife, un don que residía en España y, siendo un amante de la playa, había elegido Fuerteventura para su casa de vacaciones. ¿En *Tiscamanita*? Ah, bueno. Tal vez vio potencial en la cochinilla. Sigo leyendo. En 1870, sus descendientes, por la razón que fuera, vendieron la casa a la familia Cejas. A la muerte del señor Juan Cejas en 1895, la propiedad cayó en manos de su hija, Doña Antonia Cejas y su sobrino, Santiago Cejas. Debió ser entonces cuando el muro se derrumbó.

El artículo no me dijo nada más. Escribí todos los detalles, agradecí al asistente y llevé mis notas a la biblioteca municipal, a una corta distancia por la calle Primero de Mayo.

La biblioteca se encuentra en un moderno edificio que da a un centro cultural y a una sala de conciertos, en lo que es el centro artístico de Puerto del Rosario. A pesar de la separación de la cultura del poder institucional, me gusta dividir la pequeña ciudad de esta manera. Tiene sentido práctico. En ese día de mi búsqueda, me gustó especialmente que pudiera caminar hacia todo lo que necesitaba.

Dentro, la biblioteca era iluminada y espaciosa, y en el nivel superior se había utilizado mucho la barandilla tubular pintada de amarillo de la escuela primaria. Fui directamente al mostrador de información con mi pregunta y fui dirigida por un asistente, que hablaba claramente en inglés, a una selección de libros de historia local. Le di las gracias en español e intercambiamos miradas y nos sonreímos suavemente. Era joven, quizás no más de veinticinco años, y su actitud era complaciente y, pensé, refrescantemente cosmopolita.

Fui y saqué todos los libros de historia local de la estantería y los apilé en una mesa cercana. Revisé los índices en la búsqueda de Don Gonzáles y el Señor Cejas. No encontré ninguna mención de González. Quizás no había causado ninguna impresión aquí ni se había involucrado en la política o la cultura local. La casa pudo haber sido una gratificación, una locura, incluso una forma de hundir su riqueza en la roca y el mortero. Tal vez era un tipo solitario y quería esconderse. O los registros referidos a él, se habían perdido. Encontré un pequeño párrafo sobre Cejas en un libro sobre la historia de Tuineje.

Por lo que pude deducir, la familia Cejas era un brazo lejano y menor de una de las dinastías nobles de España, y había obtenido mucha riqueza del escarabajo de la cochinilla. Recordando que la dueña del café de Tiscamanita se refirió a mi casa como Casa Baraso, volví a revisar todos los índices. No pude encontrar ninguna mención de nadie con ese apellido. Sin tener idea de cuándo había vivido en la casa, no busqué más.

No había descubierto mucho, pero hojear esos volúmenes

despertó mi interés por la historia de Fuerteventura, así que decidí quedarme y explorar.

Tomé un libro titulado *Arte, Sociedad y Poder: Casa del Coroneles* que había sido publicado en 2009 por el gobierno de las Islas Canarias. Esforzaría mi español en la comprensión, pero después de mis recientes observaciones de cómo el poder gustaba de agruparse y cuidarse a sí mismo, pensé que era apropiado que me tomara un tiempo para entender la historia. Me sentía culpable de que en todos mis años de vacaciones, nunca me hubiera tomado la molestia de conocer realmente el lugar. Poseer una ruina había cambiado eso y estaba pagando rápidamente mi ignorancia.

El libro trataba del reinado de los coroneles que comenzó a principios del siglo XVIII. La descendencia era dinástica, todos los coroneles procedían de la misma familia, los Cabrera Bethéncourts. Principalmente, el volumen se refería a una gran casa en La Oliva, la Casa de los Coroneles, una vez la casa del tan temido Coronel Agustín de Cabrera Bethéncourt Dumpierrez. Un preámbulo en el libro proporcionaba una breve historia de la vida en Fuerteventura durante los siglos XVIII y XIX, que incluía la primera historia centenaria de mi casa.

Por lo que pude deducir, tanto la burguesía local como la nobleza española se aferraron a su riqueza mediante el matrimonio y el legado al primer hijo, como solía hacer la aristocracia de todo el mundo. Inicialmente los ricos, los Señores, vivían alrededor de Betancuria donde la tierra era fértil. Eso, ya lo sabía. Durante doscientos años después de su conquista, la población de la isla se organizó en milicias bajo el mando del capitán elegido por el Señor. Luego, en 1708, bajo la dinastía de los Borbones, comenzó la época de los coroneles, y durante los siguientes ciento sesenta y dos años, hasta el año en que Cejas compró mi ruina en 1870, el poder judicial y militar estuvo en manos de un solo coronel que respondía sólo ante el rey de España. Ninguna otra autoridad local o señor tenía influencia.

Tanto poder se concentraba en un solo hombre, y como su señor era el rey español que estaba muy, muy lejos, el coronel podía hacer lo que quisiera. La iglesia no fue de ayuda. Los obispos estaban confabulados.

Había habido siete coroneles en total, y mi casa se construyó durante el gobierno del más famoso, el brutal y codicioso Agustín Cabrera que tomó el puesto en 1766 cuando tenía sólo veintitrés años y gobernó durante cuarenta y cuatro años. También fue en varias ocasiones durante su mandato como coronel: concejal, juez y jefe de policía del tribunal de la Inquisición. Se enriqueció al entablar demandas contra los terratenientes que carecían de medios para defenderse, con el fin de tomar posesión de sus propiedades. Sonaba como un tirano absoluto.

A menudo había tratado de imaginar cómo sería la vida de los locales antes de que el turismo se apoderara de ellos. Había visitado muchos de los museos e imaginado la vida agrícola de subsistencia, primitiva y simple, e inventiva. Vi los molinos de viento, me maravillé con los artículos de cocina y los utensilios agrícolas y los filtros de agua. El simple campesinado. Sus cabras. Vi viejas fotos de bueyes arando los campos y camellos cargados de heno, y los curiosos graneros abovedados que construyeron los granjeros. Luego estaban las iglesias, una en cada pueblo, indicando una población dedicada al catolicismo. Sabía que la religión había aplastado la fe indígena de los nativos. Sabía que la isla había estado poco poblada y que las principales exportaciones de la isla habían sido la orquídea y la barilla y mucho más tarde, la cochinilla, junto con los granos cuando llovía lo suficiente para un excedente. También sabía que Fuerteventura era considerada como el pariente pobre por sus vecinos insulares superiores, especialmente Tenerife. En general, había construido una imagen romántica de campesinos luchando contra las circunstancias y había despertado en mí el deseo de defender a los desvalidos.

También conocía la famosa casa de invierno de Cofete, en el extremo sur de la isla, donde vivía un ingeniero alemán con estrechos vínculos con España y Fuerteventura. Todos los que vinieron a la isla terminaron conociendo la Casa Winter. Gustav Winter hizo construir la casa a finales de los años 30 en una parte remota e inaccesible de la isla, y la casa pasó a ser la fuente de muchas especulaciones y teorías de conspiración asociadas con los nazis. No había visitado Cofete, ya que no tenía interés en las playas salvajes golpeadas por el Atlántico y no había nada allí abajo aparte del terreno montañoso que termina, en la costa oeste, en un largo acantilado.

Después de mi estadía en la biblioteca municipal, me sentí equipada con todo lo que necesitaba saber sobre la isla. No parecía mucho. Después de todo, cómo podría haber mucho, si el lugar era así de pequeño. No tenía ni idea de que me estaba aferrando a un entendimiento parcial y unilateral. Lo que nunca me había tomado la molestia de conocer antes de comprar mi ruina, era el dominio del campesinado por parte de la nobleza española y una burguesía local. Era como si se corriera un velo. Primero Betancuria y ahora aquí. No estaba segura de qué hacer con todo esto, aparte de que me hacía sentir incómoda y, peor aún, inquieta.

Dejé el libro. No soy muy propensa a vagar por las casas señoriales, todavía no he visitado la Casa de los Coroneles, pero decidí que debía hacerlo, aunque sólo fuera para ver qué clase de vida habían llevado los ricos, mientras los pobres luchaban contra el clima. Yo haría un viaje a La Oliva en algún momento.

Claire Bennett de Colchester podría estar a punto de dar un buen giro a la isla restaurando una de las casas antiguas de la burguesía local, y todavía sentía que era importante hacerlo, pero intuía que estaría elevando la historia de los opresores, algo que me había estado molestando desde que me senté en la iglesia de Betancuria. Porque mientras ese coronel y sus compinches habían engordado, la miseria se había apoderado de muchos campesinos que se enfrentaban a la sequía y a la enfermedad. Parecía extraño que una opulencia como la que se evidenciaba en las iglesias y casas señoriales pudiera derivarse de una tierra tan difícil de vivir.

Llené un par de páginas de mi cuaderno con información general, tomé fotos de antiguas imágenes y dejé la biblioteca con la cabeza llena de datos. Después de parar para almorzar en un café local, volví a mi departamento. El camino fue cuesta arriba todo el tiempo.

OLIVIA STONE

Mis investigaciones en la oficina del gobierno y en la biblioteca me habían dado una idea de la historia de mi ruina, pero no estaba más cerca de averiguar sobre el Señor Baraso, o por qué los lugareños se referían a mi casa como Casa Baraso. El libro de Olivia Stone no llegaría pronto y parecía que mis investigaciones en Puerto del Rosario se habían detenido. Me pasé el resto de la semana buscando en tiendas de muebles, salas de exposición de cocinas y baños, y depósitos de coches – necesitaba comprar mi propio vehículo y dejar el alquiler – para pasar el tiempo. Respondí a un correo electrónico de mi padre con una breve actualización y envié un correo electrónico más largo a la tía Clarissa, hecho a medida. El sábado siguiente ya estaba harta de andar por Puerto del Rosario.

Mientras la luz del sol calentaba la calle y el aire de la ciudad se entibiaba, guardé mis herramientas de jardinería en el maletero del coche y me fui a un centro de jardinería en Tefía que, según su sitio web, tenía una amplia gama de plantas resistentes a la sequía y al viento.

Tefía está situada en una llanura elevada hacia el remoto borde nororiental de la isla. La llanura es azotada por el viento, dura y demasiado expuesta para la comodidad. Las montañas en ese extremo norte de la isla son tan moldeadas y escarpadas como en cualquier otro lugar. Los tonos son pálidos, más blanquecinos en los barrancos. En general, el lugar es un remanso, si una isla tan pequeña como Fuerteventura pudiera tener algo así.

Salí del pueblo y encontré el centro de jardinería, al que se accede por un corto tramo de camino de tierra. Estacioné mirando hacia el norte para evitar lo peor del sol en el parabrisas, dejé la ventanilla abierta un poco, y caminé haciendo crujir la grava y entré.

Era relajante recorrer las hileras de plantas. Disfruté del verde. Una tranquila satisfacción me llenó mientras deambulaba de arriba a abajo. Encontré que la compra de plantas era infinitamente preferible al ambiente estéril de las tiendas de muebles y ferretería. Aunque me enfrenté al mismo problema. No tenía ni idea de qué comprar.

Los cactus y las palmeras parecían las opciones más obvias, pero me gustaba un aspecto diferente. Me habían dicho que el consejo municipal proporcionaría hasta cuarenta plantas gratis al año a cada cabeza de familia en un esfuerzo por hacer más verde la isla, pero aún no podía aprovechar ese plan. Me interesé en tres dragos, cinco plantas de aloe vera, diez tubos de una hierba resistente y algunas macetas con una cubierta de tierra suculenta. No eran opciones particularmente aventureras, pero todas estaban etiquetadas como resistentes y tolerantes a la sequía y al viento, y tendrían que serlo. Estaba plantando en la esquina más alejada de mi cuadra, bien lejos de la construcción. Era un lugar expuesto y cualquier cosa que pusiera allí podría ser olvidado.

El viaje de Tefía a Tiscamanita me llevó de vuelta a través de la llanura plana bordeada de montañas, una llanura que parecía ser eterna, aunque pronto me enfrenté al macizo de Betancuria y bajé por Antigua. Media hora y estaba subiendo el cordón fuera de mi casa, contenta de haber despejado el bloque de rocas.

Estacioné a una distancia prudencial de la zona que planeaba cultivar, abriendo la puerta del coche con una ráfaga de viento. Eran las once en punto, y el sol arrasaba. Alcancé mi pañuelo de algodón para envolver mi cabeza. Sin duda me veía extraña, mi cabeza y cuello cubiertos con un pañuelo, mis ojos detrás de unas gafas oscuras. Realmente necesitaba uno de esos grandes sombreros que las mujeres solían usar.

Con macetas a mis pies, mis manos en guantes de jardinería, mi rastrillo y pala de jardín apoyados en mi carretilla, me sentí tan lejos de la cajera Claire como era posible. Mi jardín en Colchester, orientado al norte y sombrío, consistía en un pequeño rectángulo pavimentado decorado con algunas plantas de maceta desordenadas. Una cesta colgante junto a la puerta principal orientada al sur que mantenía como adorno. Ahora, estaba vestida con pantalones sueltos y una camisa de manga larga, mi cabeza y mi cuello envueltos en un pañuelo, que no estaba segura de quién era, me había convertido en una mujer que estaba sola en un acre de tierra con vistas a un volcán, a punto de cavar hoyos y plantar un jardín.

¿La señora de la ruina?

Miré hacia atrás a la triste estructura, y a mi granero con su nuevo techo de tejas. Parada en mi propia tierra, lista para cavar mi primer hoyo y cultivar una planta, me sentí fortalecida y débil al mismo tiempo. Estaba sola. No tenía a nadie con quien compartir ninguna de mis experiencias. Ni mi madre, ni mi padre, que no tenía ningún interés – no es que hubiera sido otra cosa que una molestia, con un sinfín de reproches y miradas de advertencia –, ni mi tía Clarissa, aunque hubiera estado perdida en este entorno salvaje e inhóspito. Ella prefería las comodidades de su vivienda, como una querida tía. Además, era demasiado anciana para ayudar. En cuanto a mis amigos del banco, habían empezado a enviarme correos electrónicos con entusiasmo y hacían fila para visitarme. Empecé a verlos como vividores, buscando unas vacaciones baratas e hice una nota mental para distanciarme de todos y cada uno de ellos. Lo que dejó un agujero dentro de mí. Había estado en la isla un mes y en ese tiempo no había hecho ningún amigo en la isla. Ni uno solo.

Me sacudí mis pensamientos sensibleros, recordándome a mí misma que cuando los visitantes vinieran, quería mostrarles algo de lo que estuviera orgullosa. Me dispuse a elegir un lugar a dos metros del muro de piedra seca y empecé a cavar.

El suelo estaba seco, el progreso era lento. Lo único positivo era la escasez de maleza y la presencia de una capa de grava volcánica, que desvié mientras preparaba un agujero. ¿Qué profundidad debía tener el agujero? ¿Cómo de ancho? Sabía que la planta no debía estar orgullosa del suelo que la rodeaba, pero ¿qué pasa con el suelo de debajo? ¿No tenía que estar suelto también? ¿O podía dejar que las raíces se endurecieran allí abajo? Diez paladas de rastrillo más tarde y al encontrar que la excavación era demasiado dura, cedí.

Planté un drago y di un paso atrás para admirar mis esfuerzos. La pequeña planta parecía solitaria, así que perseveré con otro agujero a unos tres metros del primero. El suelo resultó ser más suave. La determinación se apoderó de mí y entré en ritmo. Cuando el tercer drago estaba en el suelo, bajé las herramientas y fui a un pequeño supermercado a comprar algo para comer y beber, tanto para mí como para mis plantas, trayendo cinco contenedores de agua de diez litros.

Tener que transportar el agua de esa manera parecía ridículo y me hubiera venido bien una canilla de jardín, pero esa idea pertenecía a Inglaterra, donde las cañerías estaban por todas partes y llovía. Aquí afuera, el agua era preciosa. Cada casa tiene su propio tanque de agua subterránea. Pensando en la frecuencia con que esas plantas necesitarían ser regadas, decidí que era mejor no hacer mucho ruido en el jardín o me sentiría como una portadora de agua.

Seguí cavando y plantando, tomando cortos descansos para beber agua o comer patatas fritas y fruta, agradeciendo que las plantas más pequeñas necesitaran agujeros más pequeños. Puse los pastos a lo largo del borde delantero de mi cantero de jardín, y los aloe veras que espacié junto a las paredes. Escaloné las cubiertas del suelo entre los dragos. Eran las tres en punto cuando terminé. Para entonces, el sol era feroz. Empezaba a sentirme débil y desesperada por buscar una sombra.

Me alejé por un momento. Antes de empezar a regar las plantas, me quité el pañuelo y me mojé el pelo y la cara con el agua embotellada, volviendo a ponerme el pañuelo para recoger las gotas y atrapar el frío húmedo.

Terminada la jardinería dejé mis herramientas y di la vuelta a la manzana, observando la casa de al lado, toda encerrada detrás de un denso seto de chumberas, y la del lado norte, con su larga y alta pared detrás de la cual no oí ningún signo de vida, ni un susurro o un grito o un ladrido de perro. La vieja granja de enfrente era claramente otra ruina detrás de su fachada erosionada, y más arriba, las ventanas delanteras de otra granja estaban cerradas. Nadie pasaba por allí, ya que la calle no llevaba a ninguna otra parte más que a ruinas. No podría haber elegido un lugar más solitario. Cuando llegué a mi granero restaurado, abrí la nueva puerta sin pintar y miré dentro, pero no había nada que ver, excepto el entrecruzamiento de las vigas del techo y la nueva ventana situada en lo alto de la pared trasera. El suelo de cemento aún no había sido colocado.

Estaba a punto de volver a mi coche para guardar todas mis herramientas, cuando un viejo y polvoriento todoterreno redujo la velocidad y se detuvo fuera de mi casa. Reconocí el coche como el de Paco.

Viéndome, se acercó, ajustando la correa de su maltrecha

mochila. No estaba segura de cómo saludarlo, ya que sólo lo había visto dos veces, pero se decidió por mí, inclinándose y ofreciéndome su mejilla.

"Buen progreso", dijo, asintiendo con la cabeza al granero. Recorrimos las ruinas y le enseñé el lugar. Él miró dentro y arriba hacia el techo.

"¿Cuándo empiezan con la casa?", preguntó.

"No lo sé."

No estaba segura de qué más decir. No quería entrar en una explicación de los permisos del ayuntamiento. "Pedí el libro de Olivia Stone", dije, ansiosa, quizás demasiado ansiosa por mantener la conversación.

"Probablemente puedas conseguir un pdf en línea."

"Prefiero el papel. Además, no hay prisa."

"Tal vez no. Ella visitó Tiscamanita."

"Me lo dijiste."

"¿Lo hice?" Parecía desconcertado, como si no pudiera recordar completamente nuestra conversación en Betancuria. Para cubrir su vergüenza añadió: "Se quedó en casa de Don Marcial Velázquez Curbelo".

"¿Y él era?"

"El hermano mayor del hombre en cuya calle estamos ahora."

Su mirada se deslizó detrás de mí, hacia mi pequeño jardín. Aprovechando su interés, le señalé el camino. Mientras caminábamos dije: "Calle Manuel Velázquez Cabrera", enuncié cada sílaba. "¿Quién era él? Pregunté con repentino interés.

"Un abogado que defendió las causas de Fuerteventura y Lanzarote."

"Impresionante."

"Su hermano, Marcial, era un hombre culto y de letras que impresionó a Olivia Stone con su ingenio e inteligencia. Probablemente ella leyó su periódico."

"¿Produjo un periódico?"

"El Eco de Tiscamanita."

"¡Qué maravilla! ¿Sigue en marcha?"

"Apenas." Su tono no era despectivo, aunque quizás un poco burlón. Era difícil de leer. Nos detuvimos cerca de mis herramientas.

"¡Guau, has sido una mujer muy ocupada!"

"Es un comienzo", dije con modestia.

"¿Por qué aquí en este rincón?"

"Está a salvo de la construcción."

"Ah, sí, por supuesto."

Debí dejar que la conversación terminara ahí, pero tenía curiosidad por esta mujer, Olivia Stone.

"¿Crees que ella sabía leer español entonces?"

"Definitivamente. Tal vez. Un poco." Sonaba confuso.

No queriendo que el tema de la conversación se esfumara antes de empezar, dije con mucho entusiasmo: "Parece una mujer extraordinaria".

"Ella era mucho más que eso", dijo, su tono extrañamente serio. Volvió la mirada hacia mi rostro. "Desapareció, sabes. No hay registro de su muerte y nadie oyó hablar de ella después de que publicó su libro."

"Seguramente, han sabido de ella." No quise sonar desdeñosa. Era una respuesta habitual que habría usado como cajera de un banco. Me previne a mí misma de cambiar esa tendencia inteligentemente. Deseosa de restablecer mi interés anterior, añadí: "¿Qué más sabes de ella?"

"Nació en Irlanda y se casó con un abogado inglés. Vivían en Londres y se movían en altos círculos sociales." Como sospechaba, se volvió frío conmigo otra vez.

Sonreí, esperando ganármelo.

"¿De dónde sacaste toda esta información?"

"De una biografía publicada en una revista de gran prestigio. Venía con referencias." Parecía orgulloso. Sentí que mi sonrisa había tenido el efecto deseado. Continuó. "El escritor del artículo sugiere, y creo, que ella vino a vivir aquí a las Islas Canarias. Se menciona una Stone, sola, que llegó al Wazzan en Tenerife en noviembre de 1895."

"Y crees que fue ella."

"Tiene que serlo".

"Pero la gente habría sabido de ella en ese entonces. La gente que vivía en Tenerife."

"No si ella vino aquí."

"¿A Fuerteventura?"

"A Tiscamanita."

"Pero no tienes pruebas." Hice una pausa. "Lo siento, no quise parecer grosera. Tal vez sí tienes pruebas. ¿Las tienes?"

"El artículo dice que nombró su casa en Dover, "Fuerteventura"."

Hice una pausa. *¿Era eso?* Todos mis esfuerzos por aplacar al tipo sólo para descubrir que Paco estaba realmente loco.

"Pero eso no significa que haya venido a Tiscamanita", dije suavemente, y mi impaciencia aumentó. "Además, ¿qué le pasó a su marido?"

"Se volvió a casar en 1900."

"Entonces ella murió."

"O se divorciaron."

"La gente no se divorciaba en ese entonces."

"Tal vez se fue."

"¿Y abandonar su matrimonio? ¿Tuvo hijos?"

"Tres niños."

"Ahí está entonces. No los habría dejado."

"Serían adolescentes. Y una manga de ratas si se parecían a su padre".

"No puedes decir eso. No lo conociste."

"El artículo tiene una foto de él. Te la traeré la próxima vez y te la enseñaré. Parece un cerdo de hombre."

"Aun así, habría habido un escándalo. Una mujer de su posición, habría salido en todos los periódicos."

El viento soplaba, pegando mis pantalones y mi camisa a la piel. Le di la espalda a lo peor. Una maceta vacía cayó sobre su costado y rodó a corta distancia, llegando a descansar al lado de la carretilla.

Paco esperó a que el viento se calmara antes de continuar con su teoría. "Todo lo que sé es que las pruebas se acumulan. No hay certificado de defunción, ni noticia de la muerte en ningún periódico, nada en absoluto para registrar su muerte. Y tampoco hay registro de un divorcio. No según el artículo, que fue escrito por un académico de la Universidad de La Laguna."

"Bien, entonces ella desapareció. Tal vez vino a Fuerteventura, pero ¿por qué Tiscamanita?"

"La respuesta es simple. Una vez que leas su diario de viaje verás. Ella disfrutaba mucho de la compañía de Marcial." Él hizo una pausa. "Tal vez tuvieron una aventura."

"¿Iba en serio?"

"Tal vez sí", dije, decidiendo seguirle la corriente.

Me señaló y dijo en voz baja. "Justo ahí, bajo tu techo".

"Pero esta era la casa del señor Cejas."

"Que Cejas fuera el dueño no significa que viviera en ella." Miró su reloj. "¿Te apetece una cerveza? Parece que necesitas una."

Me reí. Fue un alivio marcar el final de la conversación con una invitación social. "Sólo necesito guardar mis cosas."

"Te veré en el café frente a la iglesia en Antigua."

"¿El que está al final de la plaza?"

"¿Lo conoces?"

"Café Rosa. Sí, lo conozco."

Giró, dudó y dejó su mochila para ayudarme a guardar mis herramientas. Luego lo vi volver a su coche, desconcertada por este extraño hombre con una obsesión aún más extraña, que posiblemente se convertiría en mi primer amigo en la isla.

ANTIGUA

ESTABA SUDADA Y PEGAJOSA Y MI CARA ARDÍA DE CALOR A PESAR del pañuelo y las gafas de sol. Y estaba tan emocionada como una niña que espera un pastel. Vi Antigua más adelante. Paco giró a la izquierda en la carretera que lleva al ayuntamiento. Lo seguí. La cafetería estaba a la derecha, justo después de la comisaría de policía.

Los alrededores de la plaza se beneficiaban de una densa plantación de robustas palmeras canarias. Los dos conseguimos encontrar un estacionamiento con algo de sombra y entramos juntos en el café, Paco eligió una mesa en la esquina junto a la ventana.

La música pop española sonaba de fondo. Una pareja joven con pantalones cortos y camisetas entró, echó un vistazo rápido al café y, al ver el interior vacío, salvo por nosotros y los hombres y familias locales en las mesas del fondo, volvió a salir directamente, ya que evidentemente habían cambiado de opinión o no habían visto a quién buscaban.

"¿Cerveza?" preguntó Paco.

"Estoy hambrienta", dije, tomando el menú de la mesa.

"Hacen un buen guiso de cabra."

El hombre que estaba detrás del mostrador se acercó y saludó a Paco. Charlaron en un español rápido, que yo estaba demasiado cansada para asimilar. Paco frenó su discurso y pidió un plato de guiso y dos cervezas.

"¿No vas a comer?"

El hombre dudó y ambos miramos a Paco, que se palmeó la barriga y negó con la cabeza.

"Yo invito", dije. Él mantuvo una mirada de resistencia. "Por favor, no es divertido comer sola". No esperé su respuesta. "Que sean dos", dije, y escudriñando el menú de tapas añadí: "Y tráeme los tomates y las aceitunas."

Le entregué mi menú. Sonrió, claramente divertido porque yo hubiera tomado el control.

"¿Algo más?" Dirigió su pregunta a Paco, que había desviado su mirada hacia la ventana.

Hubo una pausa incómoda.

"Es todo, gracias", dije para disimular.

El hombre se alejó.

"No quería avergonzarte", dije, inclinándome hacia delante.

"No estoy avergonzado."

No le creí.

"¿Conoces al camarero?"

"Es Juan, el hijo del primo de mi madre. Esta cafetería es suya."

Nunca me consideré socialmente torpe, pero había algo en la forma en que Paco eligió conversar, en la forma en que yo elegí conversar con él, que me pareció rebuscada. De repente, tuve que preguntarme qué decir como respuesta a su último comentario. "¿Eres de Antigua?" Sabía que estaba sacando conclusiones precipitadas, que probablemente no lo era.

"Triquivijate."

Otro pequeño pueblo en el camino de Antigua a Puerto del Rosario. A diferencia de Tiscamanita, el pueblo está apartado de la carretera principal y no recibe tráfico de paso. Se trata de una zona con nuevas subdivisiones y casas de lujo.

"¿Tu familia tiene una granja?" Era la pregunta obvia.

"Sí. Cultivábamos higos chumbos como todo el mundo."

"¿Y ahora?"

Se encogió de hombros. "Mis padres viven en Puerto del Rosario. Mi madre trabaja en Costco y mi padre en un taller de coches."

"¿Y tú?"

"Trabajo en un restaurante en Caleta de Fuste."

¿Camarero, entonces? ¿Camarero en un restaurante?

"¿También vives allí?"

"Demasiados veraneantes para mi gusto. Alquilo un pequeño piso en Puerto del Rosario, cerca de la playa."

El pariente de Paco, Juan, vino con las cervezas y las tapas, junto con una cesta de pan, y nos dedicamos a pinchar cuartos de tomate rociados con aceite de oliva y a masticar aceitunas. Miré por la ventana hacia la tranquila calle, pensando que era extraño que, al igual que en el pasado había dos Fuerteventuras, la de los campesinos y la de los señores feudales, hoy también hay dos, ésta y la de la costa oriental dedicada al turismo, donde los lugareños se ven obligados a realizar trabajos mal pagados en su afán por mantener una existencia más tranquila y menos dominada por los extranjeros. Sentí una punzada de incómoda vergüenza al pensar. Entonces llega la gente como yo e invade el interior. La isla ya había sido sacrificada al dólar turístico y yo no tenía ni idea del efecto que tendría a largo plazo, pero dudaba que fuera bueno. Sobre todo si nadie se molesta en restaurar los edificios antiguos. La pérdida de la arquitectura original conlleva una pérdida de cultura, una pérdida de identidad. A pesar de mi origen étnico – no podía evitar ser quien era –, compartía el interés de Paco, su determinación de preservar lo que quedaba. Aunque mi casa fuera la antigua residencia de un gato gordo. Me pregunté si Paco lo veía así. ¿Qué *pensaba* de mí? Debía de sentir cariño por mí, si no, para qué invitarme a salir. Estaba claro que se sentía tan solo como yo.

Me bebí la cerveza de un trago. La efervescencia amarga calmó una sed que no me había dado cuenta que tenía. Me ardía la cara y me empezaban a doler los hombros por el duro trabajo del día. Paco había vuelto a quedarse callado. ¿Un fotógrafo trabajando en un restaurante? Sin duda era un apasionado, pero no tenía ni idea del nivel de su producción creativa. Parecía el único tema personal que quedaba por tratar y aproveché la oportunidad para descubrir más sobre este nuevo y reticente amigo.

Intenté captar su mirada mientras hablaba. "¿Puedes vender o publicar tus fotos?"

Tragó lo que estaba masticando y se llevó a la boca un trago de cerveza antes de hablar.

"En periódicos y revistas, sí. Estoy trabajando en una exposición. El restaurante donde trabajo vende mis postales", dijo, dudando y añadiendo con un toque de ironía.

"Supongo que todo esto no pone mucha comida en la mesa." Al instante deseé no haber dicho eso. Probablemente lo había ofendido. Me di cuenta de repente de que los comentarios que hice como Claire Bennett, la cajera del banco, ya no eran apropiados ahora que era rica.

"No se trata del dinero", dijo. "Hago fotos para capturar la belleza de esta isla. Cada momento que pasa, noche y día."

"¿Fotografías las otras islas?"

"Cuando me puedo permitir viajar. Quiero visitar El Hierro. ¿Has estado? ¿No? Es pequeña y dramática, la cima del volcán se eleva desde el océano. No hay playas allí. Pero las vistas son impresionantes."

"No soy buena con las alturas."

Estudió mi cara. "Te acostumbrarás."

No estaba segura de hacerlo. Inglaterra era relativamente

llana y nunca se me había dado bien subir a un edificio alto, y mucho menos a la cima de una montaña o al borde de un acantilado. Incluso en el mirador de la carretera de Pájara-Betancuria había tenido que apartarme bastante del borde para poder contemplar las montañas y el océano que había debajo.

Llegó el guiso de cabra y la conversación se esfumó mientras cada uno tomaba su tenedor y su cuchara y se sumergía en él. La carne era tierna, los sabores robustos, la salsa espesa y abundante. Yo mojé lo que quedaba de pan. Paco miró a su primo y en un momento llegó más pan y dos cervezas más.

"¿Extrañas tu casa?", dijo finalmente.

Me sentí incómoda al instante. "Aquí está mi casa", respondí, esperando no parecer maleducada.

"¿No tienes familia en Inglaterra?"

"Un padre y una tía."

"¿Eso es todo?"

"Sí."

"Es triste."

"No es triste. Simplemente es así."

"¿Y tu madre?", preguntó clavando su mirada en mí.

"Murió cuando yo tenía siete años."

"Una tragedia", dijo, sonriendo con empatía. "La extrañas."

Me sentí demasiado incómoda para responder. "¿Y tú?" Dije en su lugar. "¿Hermanos? ¿Hermanas?"

"Tres hermanos que viven aquí y una hermana en Gran Canaria. Está casada y tiene tres hijos."

"¿Tus hermanos están casados?"

"Todos casados. Todos con hijos."

"¿Y tú?" Cuando las palabras salieron de mi boca me congelé interiormente y me desconcertó mi reacción.

"¿Yo?" Se rio. "No tengo a nadie." Por un momento pareció triste. Pensé que debía haber ocurrido algo. Una tragedia del corazón. Por suerte no preguntó por mi vida amorosa, que era inexistente. Había tenido citas, había probado algunos novios

-Simon fue el que duró más - pero ninguno era mi tipo. ¿Quién era mi tipo? Nadie me había roto el corazón y estaba acostumbrada al estilo de vida de las personas solteras. Nunca había sentido que necesitara un hombre para completarme.

Pronto terminamos el guiso. Paco dejó los cubiertos, miró el reloj y se acomodó en su asiento. Presintiendo el final de nuestro tiempo juntos, murmuré el nombre que había estado jugando en los márgenes de mi mente durante toda la comida.

"Baraso."

"¿Perdón?"

"Mi casa es conocida como Casa Baraso. Parece ser que allí vivió un señor Baraso."

"Sí, lo sé. Baraso vivió allí durante algún tiempo hasta su muerte en 1862."

"¿Quién era?"

"Un amigo del bisnieto de don González. Don Pablo Baraso Medina Rodríguez Bethéncourt."

"Qué increíble. Un noble entonces."

Tomé una servilleta y busqué un bolígrafo en mi bolso. Divertido, Paco buscó en su mochila y me dio la suya. Repitió el nombre mientras yo escribía.

"Tenía una mujer y cuatro hijas", me dijo. "Todos murieron en una epidemia de fiebre amarilla."

Seguí escribiendo.

"¿Treinta años antes de que dijiste que Olivia Stone vivió allí?"

"Habrá tenido la casa para ella sola."

"Tal vez. Tal vez Cejas nunca vivió allí. Pero cuando Cejas murió dejó la casa a dos partes de la familia y mandaron a poner ese tabique. Eso debió ser en 1895, más o menos, cuando dices que Olivia Stone se quedó allí. Y esa hija y ese sobrino debieron vivir en la casa. Si no, ¿qué sentido tendría el muro?."

Consideró mi análisis sin hacer ningún comentario. Continué, insistente. "Habrá sido una situación doméstica horrible,

¿no crees? Está claro que no querían cohabitar y quizás incluso se despreciaban. Arruinaron la casa con esa pared."

Me recosté en mi asiento y esperé su respuesta, que no se produjo de inmediato.

"Probablemente no les importaba", dijo finalmente. "Eran continentales y ricos. Para ellos, sólo era una estúpida casita en una estúpida islita."

Me sorprendió su amargura.

"Aun así", dije, decidida a no dejar pasar el tema, "dudo que Olivia Stone hubiera aprobado ese acuerdo ni por un segundo."

"Debe de haberlo hecho. O tal vez ese muro se levantó después de que ella se fuera. No sabemos cuándo se construyó el muro."

"Pero seguramente, ella podría haberse quedado en cualquier casa de la zona, más o menos."

¿Empezaba a creer su loca historia? Puede que tenga pruebas, aunque sean escasas, y por lo que cuenta ella sí visitó Tiscamanita y se hizo amiga de Marcial, pero no tenía ni idea de dónde vivía, aunque desde luego no era mi casa.

"Tienes que entender que desapareció", dijo Paco, moviéndose hacia delante y apoyando los codos en la mesa, sosteniendo mi mirada, con los ojos llenos de intriga. "Desconocida. Mi teoría es que vivía en tu casa como una reclusa. Si se hubiera quedado en otro sitio, con Marcial por ejemplo, todo el mundo lo habría sabido. Habría quedado constancia. En Casa Baraso, encerrada sólo con una criada, los habitantes del pueblo no habrían sabido que estaba allí."

No pude reprimir la irritación que surgió en mí. Paco estaba sacando conclusiones precipitadas de una teoría conspirativa. Casa Baraso *no* era Casa Winter.

"Deben haberlo sabido", repliqué. "La criada habría cotilleado. ¿Qué estás diciendo? ¿Que llegó por la noche y nunca salió de la casa?"

Lo único que dijo fue: "Sí."

"¿Y nadie vino? ¿Nadie la vio? ¿Ni siquiera apareció en una ventana abierta?"

Paco no contestó. Le devolví el bolígrafo y lo dejó caer en su mochila.

Imaginé el tamaño de mi casa, el patio cerrado, y especulé que era posible que Olivia Stone se escondiera allí. No es probable, pero sí posible. Aunque no por mucho tiempo, no por años y años.

Mis pensamientos se detuvieron. Los obreros creían que la casa estaba maldita y una maldición sólo podía significar una cosa – algo terrible y trágico había ocurrido allí. Tal vez Olivia Stone murió allí y su fantasma quedó atrapado por alguna razón. No es que creyera en fantasmas, ni por un segundo, pero la tía Clarissa decía que los espíritus de los muertos quedaban atrapados en el plano terrenal debido a sus intensas emociones. En su caso la culpa, probablemente, de haber abandonado a sus hijos. No, todo el escenario era simplemente una tontería.

Como no quería avergonzar a Paco, cuando su primo vino a llevarse nuestros platos, lo seguí hasta el mostrador y esperé junto a la caja.

Cuando me volví a la mesa, Paco estaba de pie y poniéndose la mochila sobre la cabeza. Sentí una punzada de decepción y arrepentimiento. ¿Había desperdiciado una oportunidad de amistad por mis comentarios pendencieros?

"Gracias por la comida", dijo, cuando me uní a él para irme.

"No fue nada."

Le ofrecí una sonrisa. Me sentí aliviada cuando él me correspondió.

"¿Vuelves a Puerto del Rosario?"

No tenía ni idea de por qué me lo había preguntado, salvo para entablar una conversación casual.

"Pensé en volver a la casa."

"¿Te importa si te acompaño? Me gustaría hacer más fotos."

"Claro."

Habíamos dejado Tiscamanita como extraños y habíamos vuelto como una especie de amigos. No estaba segura de lo que Paco pensaba de mí, pero era la única persona con la que había comido en la isla y no iba a dejar pasar la oportunidad de seguir desarrollando nuestra amistad.

Estacionó detrás de mí. Juntos nos dirigimos a la parte trasera de las ruinas y nos colamos por la puerta tapiada. Paco sacó su cámara y tomó una foto y luego otra. Yo observaba, en silencio, siguiéndolo. Finalmente, se detuvo y nos quedamos junto al muro de separación. Cada vez que entraba en la ruina, ese muro me parecía el lugar más seguro. Sin embargo, también se veía mal, afectando a la integridad de la casa, impidiendo que expresara su gloria, su verdadero ser. Cuando Paco devolvió su cámara a la mochila, me volví hacia él y le dije: "La mayoría de los días no puedo creer que haya aceptado este proyecto."

"Tardaré años en completarlo."

Esperaba que no.

"Pero al menos se va a salvar", dije, recogiendo distraídamente una piedra suelta en el tabique.

Como si se tratara de una respuesta, nuestra conversación se vio interrumpida por un prolongado chirrido y un estruendo. Mi corazón respondió con un estruendo propio.

Una columna de polvo indicó el lugar. Fuimos y nos asomamos tímidamente a través de una puerta en el extremo norte para encontrar que una pequeña sección de una pared interna se había derrumbado.

TUINEJE

EL AMANECER HIZO ACTO DE PRESENCIA A TRAVÉS DE LAS persianas. Decidiendo que no tenía sentido permanecer en posición horizontal a pesar de la hora temprana, me levanté de la cama, rígida desde el día anterior. Apenas había dormido. En mi mente, repitiéndose, estaba la imagen del muro cayendo. ¿Cuánto muro había perdido? No lo sabía. Puede que sólo fuera un metro cuadrado, pero en la oscuridad ese cuadrado se multiplicó por diez hasta que quedó enterrado bajo un gran montón de rocas y escombros.

Me duché, me vestí y tomé un sencillo desayuno de fruta y tostadas. En el momento en que fue decente hacerlo, llamé por teléfono a Mario. Esperaba que no fuera religioso, porque era domingo.

Contestó al tercer timbre. Intenté mantener un tono de voz comedido mientras le explicaba el colapso, pero al final de mi explicación estaba frenética.

"Tenemos que hablar con el ayuntamiento de inmediato, Mario. Es urgente. La casa entera podría caerse antes de que se decidan a aprobar la restauración."

"Sólo tienen los planos desde hace tres semanas."

"¿No se puede hacer algo?"

Mario me dijo que me reuniera con él en el ayuntamiento de Tuineje al día siguiente a las diez.

La ansiedad se apoderó de mí durante todo el día. Fueron las veinticuatro horas más largas de mi vida. Volaba por el departamento, ordenando y doblando la ropa y lavando los platos. Puse una carga de ropa e incluso fregué el suelo en un vano intento de autodistracción. Intenté leer y no lo conseguí. Después de comer, repasé mi hoja de cálculo de gastos, pero descubrí que sólo me volvía más ansiosa. Fui a dar un largo paseo hasta el puerto y de vuelta, con la esperanza de cansarme. Escuché a Blur, a Enya, incluso a Van Morrison, pero mi mente no se quedaba quieta.

Me desperté el lunes al amanecer, decidida a ir elegante a la cita. Me peiné y me maquillé ligeramente, y elegí un traje formal. Apoyé un maletín de cuero para documentos – que estaba vacío – bajo el brazo y me miré en el espejo. Sólo había una palabra para describir mi aspecto: oficial. Había vuelto a ser la cajera de banco que era.

La ruta más rápida a Tuineje era por Tiscamanita, a treinta minutos en coche. Salí a las nueve y cuarto para tener tiempo de sobra para imprevistos, y llegué al estacionamiento frente al ayuntamiento a tiempo de ver a Mario salir por el lateral del edificio. Debió de estacionar en la parte trasera.

El ayuntamiento era un edificio moderno pintado de color rojo terracota, con ventanas pequeñas y bajas, espaciadas uniformemente a lo largo de los dos lados visibles, y un segundo piso retirado de la calle. Situado en una esquina, la fachada frontal del nivel inferior comprendía un arco cóncavo. La entrada estaba situada en la parte más profunda de la curva. El acceso era a través de una pequeña explanada. El efecto del diseño era de autoridad y oficialidad, por un lado, y de apertura acogedora, por otro. Al cruzar la calle y dirigirme a las puertas de entrada, la esperanza se hizo presente en un amplio vestíbulo. Vi a Mario hablando con un hombre detrás del mostrador de consultas y me uní a él.

El hombre dudó a mitad de la frase y me miró. Por la reacción de sus ojos, me di cuenta de que mi vestimenta había causado una buena impresión.

"Ella es Claire Bennett", dijo Mario, volviéndose para agradecer mi presencia.

"Claire", me tendió la mano el hombre. "Soy Raúl. Tengo entendido que está preocupada por la caída de su ruina." Me dedicó una sonrisa comprensiva.

Como no quería parecer el estereotipo de mujer histérica, pensé que era mejor decirle que podría haberme matado si hubiera estado en el lugar equivocado. "La casa es vulnerable", dije, dejando mi maletín de documentos. "Hay que empezar a construir de inmediato."

"Sí, lo sabemos. El anterior propietario quería demolerla." Sonrió. Era una sonrisa irónica. ¿El ayuntamiento estaba decepcionado por no haber hecho una compra exitosa? ¿Estaban resentidos conmigo? ¿O se alegraban de que alguien, cualquiera, se tomara la molestia de arreglar aquella ruina?

"Quiero salvar la casa", dije, "pero tengo miedo de que sea demasiado tarde."

El hombre asintió y hojeó las páginas de un expediente que tenía abierto. Vi los planos de la casa y las versiones originales de las cartas que me habían enviado.

"Su solicitud está siendo estudiada. Estas cosas llevan su tiempo. Hay un proceso." Desvió la mirada hacia Mario. "¿Se lo ha explicado?"

"¿No se pueden acelerar las cosas?" Enuncié la palabra, ya que la había aprendido esa misma mañana. "Seguro que tiene que haber una manera de hacer que esto ocurra más rápido. Es una emergencia."

Mario reforzó mi comentario con un breve, "Tiene razón."

"Esperen aquí", dijo Raúl, cerrando el expediente y saliendo por una puerta con él bajo el brazo.

Mario me explicó en un susurro –no es que hubiera nadie que pudiera oírnos – que esperaba que se hiciera algo para acelerar las cosas. Al poco tiempo, un hombre mayor con camisa blanca salió a grandes zancadas, con una carpeta en la mano.

"Mario, Claire", dijo, tendiéndonos la mano a ambos. "Entienden que hay un proceso normal que seguir."

"Lo sabemos." Mario habló por los dos.

El hombre abrió el expediente y hojeó los papeles, deteniéndose en los planos. Los estudió como si fuera la primera vez que veía los planos de una casa, y se quedó mirando cada uno de los dibujos. Debía estar simulando. Sin levantar la vista, dijo: "Dado que no va a realizar ningún cambio en la estructura original del edificio, me complace decir que podemos concederle una aprobación provisional para que el edificio sea seguro."

"Es fantástico", dije.

El hombre levantó su mirada hacia mi rostro. "Por un precio de dos mil euros."

Casi me caigo al suelo. Un robo a la luz del día, como diría mi padre. ¿Qué tipo de tarifa era ésta? ¿Auténtica? ¿O un tipo de coima? Me quedé helada ante las miradas de ambos hombres.

"Muy bien", dije, "¿cómo pago?"

El hombre dejó el expediente y se alejó, y al poco tiempo Raúl volvió para atender el pago. Salimos del ayuntamiento quince minutos después.

"Gracias, Mario."

Siguió caminando y giró para decir: "Voy a pedir los andamios y a buscar a los hombres. Empezaremos a trabajar enseguida. No se preocupe, no se caerá nada más de su casa."

Lo vi alejarse por el costado del ayuntamiento.

De regreso a Puerto del Rosario, me detuve en el café de Tiscamanita. Pensé que era una oportunidad para comprobar la afirmación de Paco de que toda la familia Baraso había muerto allí de fiebre amarilla. Al abrir la puerta, me alivió encontrar el café vacío y a la misma mujer detrás del mostrador. Esta vez, me acerqué a ella y le tendí la mano.

"Soy Claire", le dije cordialmente. "Ya que va a ser mi cafetería habitual, he pensado que sería bueno presentarme." Incluso mientras hablaba, me sentía ridícula anunciándome así.

Vacilante, la mujer me tomó la mano.

"¿Ha empezado el trabajo?", preguntó.

"Todavía no, pero está a punto de comenzar."

Me miró con duda.

"¿Quién está trabajando en ello? Aquí nadie se acerca. Has tenido suerte de poder arreglar ese granero."

Entonces alguien ha pasado por mi calle, ya que sabe lo del granero.

"Mario no parece pensar que habrá un problema."

"¿Mario Ferrero? Es bueno que lo tengas. Él encontrará trabajadores para ti. Habla bien inglés, y también alemán. Te encontrará extranjeros."

A pesar de su frialdad, no parecía que le disgustara. Tal vez no quería perder mi costumbre.

"Tomaré un café con leche y un trozo de su tortilla", dije, deseando alejar el tema de la casa por un momento. No quise apresurarme con mi pregunta, por si ella me consideraba una intrusa.

Tomé la mesa junto a la ventana y, cuando se acercó, no pude esperar más. "Espero que no te moleste que te pregunte, pero estoy tratando de averiguar más sobre el señor Baraso."

Al instante se mostró cautelosa.

"¿Sí?", dijo lentamente.

"Un amigo me dijo que tenía una esposa y cuatro hijas."

"Es cierto."

"Y que todos murieron en una epidemia de fiebre amarilla."

"¿Quién te lo dijo?"

"Paco."

"¿Paco?"

"Es un fotógrafo de Triquivijate."

"Conozco a Paco". Se rio. "Cree que lo sabe todo". Volvió a reírse. Parecía una risa de buen humor, pero intuí que estaba ocultando algo.

Estaba a punto de seguir indagando cuando entró una madre con un cochecito y dos niños pequeños.

La mujer miró a la familia. "Él conoce la versión oficial", dijo rápidamente. "Eso es lo que todo el mundo te dirá también."

Se apresuró a dirigirse al mostrador y pronto hubo charlas y risas, y no había señales de que se detuvieran y, desde luego, no tuve oportunidad de preguntarle qué quería decir con su última observación.

PROGRESO

MARIO FUE FIEL A SU PALABRA. UNA SEMANA MÁS TARDE, LLAMÓ por teléfono para decirme que el andamio había llegado a la obra. Aproveché la ocasión para darle las gracias y transmitirle mi reconocimiento por sus esfuerzos. Charlamos brevemente sobre el tiempo y le aseguré que me mantendría alejada y no interferiría en la construcción. Me dijo que sería más que bienvenida a visitarla cuando quisiera. No había ni rastro del Mario hostil y obstruccionista que había conocido al principio.

Nuestra relación cambió al día siguiente de ir a Tuineje a visitar el ayuntamiento, cuando me envió la factura de la restauración del granero y, al ver que había optado por cobrarme la mitad del precio por las maderas del tejado que había adquirido de otro trabajo, pagué la factura sin chistar. Luego me llamó por teléfono para darme las gracias. En un impulso repentino, le ofrecí una buena bonificación a cambio de acelerar la construcción y me dijo que intentaría tener la estructura terminada para cerrarla en seis meses. A partir de ese momento, nuestros intercambios pasaron de la ambivalencia cautelosa, a la cordialidad y el buen humor.

Para mí, la llegada de los andamios significaba que el día

tenía una importancia tremenda. Metí el teléfono en el bolso, pensando en aprovechar la invitación abierta de Mario.

Antes, me había propuesto distraerme de las ansias de la construcción y de la misteriosa historia de mi otrora gran casa; había planeado conducir hasta Morro Jable, en el extremo sur de la isla, y bañarme en sus tranquilas aguas, aprovechando una época del año en la que los veraneantes eran menos numerosos y era posible disfrutar de un espacio de mar para mí sola. Fue una hora y media de viaje, pero valió la pena el esfuerzo; la playa allí abajo era magnífica y el día se preveía caluroso. Ya vestida con una camiseta y unos pantalones cortos, salí corriendo hacia mi coche, puse mi bolsa de playa en el asiento trasero y me dirigí, tomando un desvío hacia Tiscamanita. Era una ruta a la que me había acostumbrado tanto que no me fijé en el paisaje, salvo para reconocer que estaba allí.

Los coches y los pequeños camiones estaban estacionados uno detrás de otro fuera de mi propiedad y más allá, salvo un espacio que servía de entrada para los camiones. Me alivió ver que los obreros habían tenido la delicadeza de no utilizar mi terreno como estacionamiento, cuando me detuve al final de la fila de vehículos. Apagar el motor significaba matar el aire acondicionado. Abrí la ventanilla al calor y me acerqué para observar la escena. Buscaba la sombra, pero al no encontrarla, me detuve junto a un gigantesco vertedero de rocas situado donde antes había estado mi montón de rocas, mucho más pequeño.

El placer me invadió al ver el progreso. Las paredes frontales y laterales estaban rodeadas de andamios y los hombres estaban montando los distintos tramos de tubos metálicos a lo largo de la parte trasera. Al verme llegar, Mario terminó una conversación que mantenía con uno de los trabajadores y se acercó.

"Los hombres son rápidos", le dije, estrechando su mano. "No reconozco a ninguno de la restauración del granero."

"Esos hombres no eran buenos. Se negaron a trabajar en la casa."

Ya sabía por qué y no quería oírlo por segunda vez.

"¿De dónde son estos hombres? Ninguno de ellos parece español, por lo que se ve."

"Son de toda la isla. Dos son de Lanzarote. Tenemos ingleses, escoceses, irlandeses, alemanes, holandeses, belgas y suecos. Son buenos hombres. Trabajadores y hábiles."

"Y no son supersticiosos", dije riendo.

Él también se rio, pero no fue una risa alegre. Volvió a mirar el edificio. Uno de los hombres intentaba llamar su atención.

"Tengo que volver."

"¿Está bien si me quedo a mirar un rato?"

"Claro, pero no entre. Quédese aquí fuera, ¿entiende? No tiene casco."

Hice lo que me dijeron. Dejando de lado la actividad, me paseé por los alrededores. En la parte norte, los hombres estaban subiendo rocas para reparar la pared trasera del frontón.

Aparte de la parte norte, el tejado era a cuatro aguas, lo que significaba que las paredes eran planas. En los lugares donde el tejado estaba intacto, los hombres estaban apuntalando las paredes. Las tejas estaban siendo retiradas con mucho cuidado para reparar las vigas del tejado. Las ventanas tapiadas se estaban apuntalando, al igual que los huecos de las puertas. Mario había explicado algunos de los métodos que iban a emplear, incluida la inserción de tirantes de acero para unir las grietas verticales de los frontones, antes de rellenar los huecos con piedras y mortero de cal.

En el lado sur del edificio, el más deteriorado, había que reconstruir casi por completo algunos tramos de pared. Se conservaría todo el revoque interior y exterior existente. Las secciones de la pared en las que el yeso se había desprendido se rejuntarían para aumentar su solidez. Toda la madera se reutilizaría y Mario planeaba utilizar maderas procedentes de una demolición en Gran Canaria. Por lo que pude ver, el objetivo principal era estabilizar la estructura existente. No tenía ni idea de cuántos hombres estaban trabajando en el interior del edificio, pero conté quince hombres dedicados a diversas actividades en el exterior. Asomé la cabeza al granero y vi que habían colocado el hormigón.

La albañilería, el ruido, el polvo, las miradas dirigidas hacia mí en camiseta y pantalones cortos, y pronto me di cuenta de que mi propiedad no era lugar para mí. Antes de irme, me acerqué a mi pequeño jardín de dragos y aloe vera. Me había olvidado de llevarles agua, pero se decía que eran resistentes y no mostraban signos de sufrimiento. Tampoco había crecimiento evidente, pero era demasiado pronto para eso.

Tampoco había crecimiento en la tierra más allá del perímetro de mi manzana. En algún momento se había cultivado, pero ahora estaba en barbecho. El campo se inclinaba hacia las colinas bajas y estériles. El volcán y las montañas lejanas captaron mi atención. Había días en los que miraba aquel paisaje árido y me preguntaba por qué no me había instalado en algún lugar exuberante y verde. En algún lugar cerca de Colchester, cercano a mi padre y a mi tía Clarissa. No hay palabras que puedan explicar el atractivo de un paisaje tan seco, un paisaje que lleva décadas atrayendo a los intrépidos británicos, a pesar de no tener un atractivo inmediato de hierba verde.

Volví a la calle y miré a mi alrededor. Toda la actividad en el lugar, y ni un solo vecino había venido a mirar. En Colchester, cuando había idealizado la restauración, me imaginaba a un pequeño grupo de jubilados, o a un par de abuelas, pasando por allí para echar un vistazo, invitándome a entrar en sus casas para ponerme al día, dándome sus muestras de gratitud, tomando mi mano entre las suyas y diciéndome lo contentos que estaban de que por fin alguien se ocupara de la casa. En cambio, ni una sola persona había pasado por allí.

Era casi mediodía cuando dejé el lugar, entrando en mi horno de coche para bajar a Morro Jable con mi traje de baño y mi toalla. El trayecto fue agradable, las montañas surgiendo de la llanura, algunas cerca, otras lejos, siempre presentes, siempre desnudas, como gigantescas estatuas vigilando.

Una vez atravesada Costa Calma, el paisaje cambiaba a ondulaciones de desierto arenoso, salpicado de redondos bultos de tártago, aferrados; el terreno parecía una piel pálida que sufría un terrible caso de viruela costrosa. Más adelante, el macizo de Jandía se deslizaba y se perdía de vista.

El viaje fue más corto que si hubiera venido desde Puerto del Rosario; en una hora me dirigí a la calle principal de Morro Jable. En la parte alta se encontraban los hoteles, algunos de siete pisos, monolitos de hormigón y cristal, testimonio del idilio vacacional que fue una vez Fuerteventura, cada departamento con vistas a esa extensión de zafiro y toda esa arena dorada a mi izquierda.

Morro Jable había quedado aplastado entre el océano y las montañas de Jandía, en el extremo de una larga y estrecha porción de tierra de uno o dos kilómetros de ancho. El pueblo se extendía hacia el interior en un valle profundo y estrecho, deteniéndose donde era imposible construir. Las montañas protegían a la ciudad de los fuertes vientos norte, haciendo que el clima fuera mucho más cálido que el del norte de la isla.

Antes de llegar al centro de la ciudad, giré a la izquierda y me detuve al final de una calle corta cerca de un café junto a la playa, que tenía asientos al aire libre protegidos bajo grandes sombrillas. Con ganas de bañarme, renuncié a los deliciosos olores a ajo que salían de la cocina y me dirigí a la orilla por la arena. La marea estaba baja. La arena estaba tibia y se prolongaba durante unos cien metros, el tramo de arena más ancho de una de las playas más largas de la isla; no era de extrañar que los veraneantes se dirigieran al sur.

Dejé la bolsa, desplegué la toalla y me quité la camiseta y

los pantalones cortos mientras miraba a mi alrededor. El extremo sur de la playa estaba enmarcado por un bajo acantilado rocoso y en ese extremo, la playa se estrechaba. En la otra dirección, la amplitud de la arena se ensanchaba. A lo lejos, un faro se alzaba en la punta de la playa, en el punto en que la tierra se curvaba hacia el norte. Más allá, había más arena.

Al sentir que el sol me escaldaba la piel, no perdí tiempo y me adentré en el océano.

El agua era cálida y tranquila. Nadé hasta el faro y volví, disfrutando del empuje de las pequeñas olas, de la suave subida y bajada. Puede que no quisiera mezclarme con los veraneantes, pero seguro que podía disfrutar de lo que ellos hacían, para lo que ahorraban cada año. Era el paraíso. Me metí en el agua un rato más, nadando y pisando el agua hasta que se me cansaron los brazos y las piernas.

De vuelta a la playa, me sequé, me envolví la toalla en la cintura y me puse la camiseta. Recogí el resto de mis cosas y me dirigí al café, repentinamente hambrienta.

Elegí una mesa con vistas a la playa y pedí paella y una botella de agua con gas. Observando la silla vacía de enfrente, pensé en Paco y en nuestra comida en Antigua. ¿Qué pensaba de Morro Jable? ¿Le gustaba la playa? ¿Nadar? La próxima vez que nos viéramos, se lo preguntaría.

Como era de esperar, la comida llegó casi enseguida, la paella ya cocinada y lista para servir. Comí rápidamente, viendo cómo los que me rodeaban dejaban sus mesas y se alejaban o se acercaban y se sentaban. Todo era muy agradable, pero no tenía ninguna sensación de pertenencia. Los efectos del exceso de sol me habían provocado dolor de cabeza. Saqué mi cuaderno y anoté el progreso de la construcción mientras las cosas estaban todavía frescas en mi mente. Luego pedí un café helado y me senté a la sombra de la sombrilla, contenta de dejar pasar la tarde.

En el camino de vuelta a Puerto del Rosario puse mi disco

favorito de los Gemelos Cocteau, *El Cielo o Las Vegas*, y disfruté de las olas de satisfacción que me invadían, afirmando en mi corazón y en mi mente que había hecho lo correcto al mudarme a la isla. Por alguna peculiar razón, o quizá no tan peculiar, esa música me hizo sentir complacida, y estar en la isla tuvo un efecto similar. En mí, sino en nadie más, las dos, la música y la tierra, se habían fundido en un solo estado de maravilla trascendente.

Mi euforia se disipó, mi estado de ánimo boyante se desvaneció tras un miedo asfixiante, cuando abrí la puerta de mi departamento y casi tropecé con la piedra.

UNA CARTA DE CLARISSA

No pude cruzar el umbral. Me quedé de pie en la estrecha franja del patio delantero, con la concurrida calle a mis espaldas, mirando la roca ofensiva centrada en una baldosa en su cara más grande, con su escarpada parte trasera apuntando hacia mí. La posición era precisa, pensada, planificada. La roca no había salido rodando de un armario cerrado y se había abierto paso por las baldosas del suelo desde la cocina hasta la puerta principal. No era posible.

Detrás de mí, pasó un grupo de adolescentes charlando y riendo.

Reuniendo el poco valor que tenía, entré y cerré la puerta. Cerrar la puerta a la calle me pareció definitivo, como si dentro del departamento existiera una realidad alternativa, de la que no quería formar parte. Rodeé la roca con cautela, temiendo que el frío y duro bulto se levantara y se lanzara contra mi cabeza con fuerza repentina, abriéndome el cráneo.

No ocurrió nada. Pasé a la cocina y encontré la puerta del armario cerrada. Todo parecía normal. Nada más en el departamento había sido movido. Saqué la toalla de playa de mi bolso y la coloqué sobre el respaldo de una silla y fui abriendo ventanas para que entrara el aire fresco. Luego volví a cerrarlas, para no facilitar la entrada a quienquiera que hubiera estado aquí.

Ansiaba una ducha para quitarme la sal, pero me sentiría demasiado expuesta y vulnerable al saber que alguien había estado en el piso y había movido esa piedra. Alguien que tenía fácil acceso al departamento. Otra parte de mí seguía asustada. Eso fue lo que me llevó a la puerta principal, que me hizo recoger la roca y dejarla junto al tronco de una dracaena en el extremo del pequeño jardín.

Sin arriesgarme, cerré la puerta principal tras de mí y me dirigí directamente a la ducha antes de cambiar de opinión, quitándome el traje de baño y metiéndome en la tibia ducha.

Como no tenía intención de volver a salir, me quedé con la bata de baño y me paseé por la cocina sirviéndome un jugo y preparando un tentempié, tareas normales al final de lo que debería haber sido un día normal, no, mucho más que un día normal, un día para celebrar por las reformas que por fin, seguían adelante.

Iba de vuelta a la heladera con el cartón de jugo cuando me detuve. ¿Podrían esas reformas tener algo que ver con esa roca que se mueve? Era un pensamiento incómodo, algo que la tía Clarissa especularía en uno de sus momentos místicos. Estaba decidida a mantener mi hipótesis original. Alguien había estado en mi departamento y ese alguien era un bromista que se había propuesto asustarme.

No iba a dejarlos ganar, fueran quienes fueran. Necesitaba una distracción poderosa. Los golpes y las voces amortiguadas que llegaban de los departamentos situados a ambos lados del mío, no me servían de consuelo. Me planteé poner música, pero no quería escuchar música a través del altavoz metálico de mi portátil y ponerme unos auriculares me aislaría. Necesitaba a las personas cerca, aunque estuvieran a una pared de distancia, aunque una de ellas pudiera colarse en mi departamento cuando yo estuviera ausente.

Abrí la computadora y vi un correo electrónico de Clarissa. La esperanza se agitó. Pensé que tal vez cambiaría de opinión y me visitaría, pero en lugar de eso, tras un cliché de tópicos tranquilizadores – Roma no se construyó en un día, la paciencia nunca fue su fuerte –, la querida anciana se lanzó a un relato parlanchín y detallado de su reciente escapada para visitar fantasmas.

Había ido a una abadía de Suffolk que no había sido ocupada desde los años cincuenta y que se había librado por poco de la demolición. Clarissa terminó su frase con una serie de signos de exclamación. Como la mía, era la conclusión. La abadía estaba siendo restaurada – más signos de exclamación – y la finca incluía establos, sótanos y una bodega. Los guías turísticos venían con el equipo habitual: cámaras térmicas, grabadoras de voz y un medidor de CEM para detectar campos electromagnéticos. Los guías utilizaron técnicas estereotipadas de adivinación e invocación, como varillas de zahorí, una sesión de espiritismo y una bola de cristal. "Estuve despierta toda la noche", escribió Clarissa, "y a pesar de mis esfuerzos, no detecté nada". Según ella, tampoco lo había hecho nadie más. Clarissa tuvo que preguntarse si había valido la pena el dinero. Esas excursiones no eran baratas. Los guías turísticos habían hecho su papel bastante bien, pero los participantes – que estaban allí por la emoción – creaban tantas interferencias psíquicas que habían ahuyentado a los fantasmas que pudieran haber estado allí.

Leí su relato con indiferencia. Clarissa iba a una excursión de fantasmas cada pocos meses, aparentemente para comprobar la autenticidad del guía y para ver, o más bien sentir por sí misma, si alguna entidad sobrenatural acechaba en alguna de esas casas supuestamente embrujadas. En su mayoría, admitió, era un truco, como un juego de salón. Emociones baratas, aunque, pensándolo bien, no demasiado baratas.

Clarissa reiteró la advertencia de no invocar el plano astral inferior. Esos guías turísticos se estaban poniendo en peligro, dijo. La mayoría de los participantes son muy insensibles para verse afectados. Toda la moda estaba desprestigiando la sensibilidad paranormal y abundaban los charlatanes, igual que a finales del siglo XIX, en la época de los raptos de las hermanas Fox, que dieron lugar a un floreciente interés por el ocultismo, especialmente por el espiritismo, que pretendía proporcionar a los seres queridos acceso a sus muertos.

Ya lo había oído todo. La versión de las vacaciones de la tía Clarissa era un tour de fantasmas. Antes de escribir una respuesta, hice una búsqueda rápida del artículo de Olivia Stone que había mencionado Paco y lo encontré sin mucha dificultad. Al leerlo, pude comprobar que Paco había sido preciso en sus referencias. Olivia Stone había desaparecido, según el conocimiento del autor, y había una "*Stone*" mencionada por un periódico de Tenerife que había llegado en el barco de vapor "Wazzan" en 1895. El artículo también afirmaba que la casa de Olivia Stone, cerca de Dover, se llamaba *Fuerteventura*. Resultaba extraño que no se hubiera encontrado ningún certificado de defunción y que no hubiera constancia de un divorcio mencionado en el artículo. Es más, no había una esquela o necrológica escrita, o al menos no en un periódico importante, que el investigador académico hubiera encontrado. Quizás el razonamiento de Paco no era tan fantasioso después de todo.

El artículo contenía una fotografía tanto de Olivia Stone como de su marido, John. Estudié a cada uno por separado.

La foto de Olivia no se parecía en nada a la robusta persona con vestimenta común, que yo había imaginado. Era una mujer esbelta y de aspecto refinado de unos treinta años, inteligente, introspectiva, profunda, quizás. Su cabello, oscuro y enjuto, estaba peinado hacia atrás, lejos de su rostro. Tenía unos ojos recatados y una boca pequeña. Sus modales no eran tímidos ni tampoco femeninos. Parecía atormentada, infeliz, posiblemente de salud delicada. Su estilo de vestir – un vestido fluido a media pantorrilla con borlas en los puños, de mangas cortas, y una capa haciendo juego – denotaba a una mujer práctica, independiente y de pensamiento libre, no a una mujer dada al maquillaje o las joyas. Su atuendo tenía un toque oriental y, como para reforzar el estilo, estaba sentada junto a una gran urna decorada de la que crecía una planta alta con follaje de plumas.

Su marido era tal y como lo había descrito Paco, un hombre de aspecto franco, sentado en unos escalones de madera, orgulloso de su bigote blanco en forma de gancho. Iba vestido con traje y corbata y sombrero a juego, ni formal ni informal. Sus modales destilaban autoridad y dominio. Quizás Paco tenía razón; John Stone había sido un tirano y Olivia había huido.

Sin embargo, la idea de que hubiera venido a Fuerteventura, a Tiscamanita, a mi propia casa, parecía descabellada.

Me senté y eché un vistazo al departamento. En cuanto miré a la puerta principal, me imaginé a la roca sentada fuera y mi ansiedad volvió a aparecer. Como no quería que mi mente se fijara allí, me puse a traducir todo el artículo de Olivia Stone, incluidas todas las referencias, para poder enviar la información a Clarissa, a quien, pensé, le encantaría una nueva búsqueda genealógica. Ella era miembro de un sitio de ancestros en línea y si alguien era capaz de descubrir la verdad sobre Olivia Mary Stone, sería mi tía.

En su mayor parte, el artículo hablaba de la importancia de su libro y de la genealogía de su marido, John Frederic Matthias Harris Stone.

La traducción fue un trabajo minucioso que me llevó toda la tarde y parte del día siguiente. En los breves descansos que me tomaba en lo que, al fin y al cabo, era una tarea, continué con mi interés y busqué en internet todos los artículos de periódicos antiguos que pude encontrar relacionados con mi tema. Descubrí que el libro de Olivia Stone había tenido bastante repercusión en los medios de comunicación y que ella había vuelto a las islas en 1889 y de nuevo en 1891, para hacer revisiones de la obra original. Un periódico se refería a los enjambres de veraneantes que acudían a Tenerife tras la publicación del libro de Olivia. Y había una breve referencia en la que se citaba cómo se arrepentía de lo que había empezado, ya que las islas se estaban transformando en un destino vacacional que amenazaba con destruir la cultura local.

Resultaba irónico, pues, que la mujer cuyas palabras habían desencadenado esa afluencia, se arrepintiera del día en que las escribió.

La imaginé en mi casa, escondiéndose del mundo, de su bestial marido, echando de menos a sus hijos – ya serían adolescentes – y recibiendo a Marcial, su única visita. ¿Eran amantes? ¿Qué habitación habían utilizado para sus encuentros? Entonces no habría habido tabiques; Olivia habría disfrutado de todo el patio. Habría tomado té y leído sus novelas favoritas y, al caer la noche, habría salido a admirar las estrellas. Era sorprendentemente fácil imaginarla en mi casa. Como si perteneciera a ella, escondida. Me preguntaba qué le había pasado realmente. Más que nada, esperaba leer su libro.

LA OBRA

A LA MAÑANA SIGUIENTE, ABRÍ LA PUERTA DE MI DEPARTAMENTO con inquietud y descubrí que la piedra estaba donde la había dejado. Aliviada, salí al fresco de la mañana y llamé a la puerta de Dolores. Se sorprendió al verme y tardó un momento en reconocer mi cara. Le pregunté si había estado en mi casa, o si había visto o sabía de alguien, que lo hubiera hecho. No mencioné la piedra, pero le dije que creía que había tenido un intruso, dos veces. Me dijo que no tenía ninguna llave de repuesto y que no había visto entrar a nadie. Me dijo que me pusiera en contacto con el agente, que preguntaría al propietario, que vivía en Gran Canaria. Se mostró desconcertada, negó con la cabeza y mencionó a la policía. Le agradecí las molestias y le pedí que estuviera atenta. Me dijo que lo haría, le di las gracias y volví a mi departamento, mirando de reojo a la roca mientras entraba.

No quería parecerle a Mario, a los operarios y, sobre todo, a mí misma, como una de esas propietarias alborotadas en un programa de reformas de casas, ansiosas por avanzar cada media hora, preocupadas por los detalles grandes y pequeños, pero no podía enfrentarme a quedarme en el departamento y mi cuerpo no podía soportar otro día de playa.

Mi compulsión por estar en la obra fue refrendada por Mario, que me llamó por teléfono cuando me preparaba para salir hacia Tiscamanita. Quería que me pasara por la ferretería de Puerto del Rosario y recogiera diez bolsas de cal que el repartidor no había cargado en el camión.

Me sentí complacida de hacerlo, y llegué a la tienda después de haber pasado por una panadería para comprar dulces para los hombres, con la esperanza de que la ofrenda me hiciera ganar su simpatía.

Descubrí que diez bolsas de cal eran suficientes para bajar la parte trasera de mi pequeño vehículo de alquiler, y tuve que poner la palanca de cambios en tercera en las pendientes. Durante todo el viaje a Tiscamanita tuve que asegurarme de que 250 kilos equivalían a dos pasajeros obesos en el asiento trasero. Me prometí comprar un vehículo más grande lo antes posible. Cuando llegué a la obra, no me atreví a subirme al cordón.

Al verme llegar, Mario llamó a un tipo para que trajera una carretilla y yo me quedé mirando cómo la parte trasera de mi coche se levantaba a pasos agigantados mientras él iba y venía.

Cerré el baúl, tomé la selección de pasteles del asiento del acompañante y me acerqué a donde se había dirigido Mario. Estaba hablando con un tipo alto con camiseta y gorra de béisbol, de espaldas. Al instante lo consideré como un arrogante.

Al verme, Mario dejó de hablar y me hizo un gesto para que me acercara.

"Claire, déjeme presentarle a Helmud. Es el director de la obra." El hombre hizo el gesto de ofrecer su mano, miró su piel sucia y se rio. Era alto, rubio y musculoso. Sus ojos desprendían un carácter bondadoso y cálido y me vi obligada a cambiar mi valoración inicial. A su lado, Mario parecía serio y agobiado por las preocupaciones.

"Estamos planeando una estrategia", dijo. "Quizá quieras escuchar."

"La parte norte del edificio está casi intacta", me dijo Helmud. "Propongo seguir restaurando las habitaciones de esa sección, por arriba y por abajo, y reconstruir las paredes del lado sur antes de derribar el tabique."

"No tengo ningún problema", dije.

"Significa que no habrá agua", dijo Mario. "El aljibe está debajo del patio y el muro lo atraviesa."

"¿Por qué alguien construiría el muro justo ahí, entonces? Parece una locura."

"El acceso estaba en el lado sur", dijo Helmud, ignorando mi comentario. "Pero el aljibe es viejo y necesita ser reparado y limpiado antes de poder usarlo."

"No podemos bajar ahí, Claire. No es seguro con ese muro encima. El peso de la piedra es inmenso."

"Me parece justo", dije. No entendía por qué se preocupaban por el aljibe, excepto que sería mi suministro de agua, la vivienda se volvería inhabitable sin él, al menos para los estándares modernos. O quizás estaban pensando en mi pequeño jardín.

"No tendrás acceso al nivel superior sino a través de una escalera, no por mucho tiempo", explicó Helmud. "Pero tendrás dos habitaciones terminadas en la planta baja que serán completamente autónomas."

"Quería una habitación para el almacenamiento", dijo Mario. "Sería ideal." Se volvió hacia Helmud, "Ella quería usar el pequeño granero." Intercambiaron sonrisas, antes de que Mario dijera, dirigiéndose a mí, "Nos hemos encargado de ese espacio."

Miré por encima del hombro hacia el granero. Siguiendo mi mirada, Helmud me dijo que uno de los extremos estaba repleto de ventanas y puertas recicladas, dejando apenas espacio para el generador.

"¿Cuándo estarán listas las habitaciones de abajo?" pregunté.

"En unas semanas. No habrá electricidad y habrá que pintar las paredes", dijo Helmud.

"Pero las habitaciones se podrán utilizar como almacén", añadió Mario.

Significaba un lugar para mis posesiones cuando llegaran de Inglaterra y pudiera empezar a comprar muebles. Quizás fuera prematuro, pero me daría algo que hacer.

Di las gracias a los hombres y le entregué a Mario la bolsa de pasteles. "Para los trabajadores", dije, "para mostrar mi agradecimiento. Espero que haya suficientes."

"Gracias. Les gustará. Los repartiré más tarde."

Asomé la cabeza por la puerta trasera – que ya no estaba tapiada – y di unos pasos hacia el interior para encontrarme con el andamiaje montado alrededor del perímetro interno y un ejército de hombres trabajando en todos los rincones de la obra. Era un espectáculo agradable y pude ver que mi oferta a Mario de una bonificación, si conseguía terminar el edificio en seis meses había estimulado un frenesí de actividad. Al ver a todos esos hombres, sabía que no habría suficientes pasteles para todos.

Los albañiles del lado sur se dedicaban al minucioso trabajo de reutilizar las piedras caídas para reparar los muros. El muro exterior estaba siendo abordado hasta cierto punto, pero el foco principal estaba alrededor de una sección frontal del muro que tenía porciones libres en el nivel superior. En el lado norte, las grietas verticales estaban desapareciendo poco a poco, las tejas estaban todas fuera del tejado y las reparaciones de las vigas del tejado parecían estar en marcha. Se estaban colocando nuevas vigas en el subsuelo donde era necesario, y cuatro hombres estaban colocando una pesada viga que abarcaba la anchura entre las paredes exteriores e interiores. Abajo, en la cocina, dos hombres estaban construyendo pilares de piedra para apuntalar el subsuelo. En total, la restauración estaba muy avanzada.

En el exterior, más allá de los andamios, se estaban trayendo más materiales a la obra. Había pilas de madera para vigas, tablones y dinteles, junto con dos hormigoneras y herramientas eléctricas de todo tipo, incluida una serie de sierras alimentadas por el generador.

Todos los hombres llevaban un cinturón de herramientas. Entre los martillazos, las sierras, las palas y el zumbido de las herramientas eléctricas, se hablaba mucho en varios idiomas, y me pregunté si los hombres trabajaban en sus distintos grupos nacionales.

Olvidando mi promesa de tener cuidado en la obra, volví a entrar para examinar los avances en las dos habitaciones que pronto serían utilizables. Pronto oí un grito y miré hacia arriba. Helmud estaba de pie en el andamio. Se golpeó el casco y me señaló la cabeza. Le dirigí una tímida mirada de disculpa y me marché.

Observando el progreso a una distancia segura, imaginé ese momento en el que me mudaría y una sensación de satisfacción me llenó. Todos los pensamientos sobre maldiciones misteriosas y los artefactos rocosos en movimiento se habían desvanecido. Un recuerdo fugaz de cómo me había sentado en el patio a llorar por mi madre amenazó con invadir mi ecuanimidad, y lo ahuyenté.

Al verme todavía de pie y sin saber qué hacer, Mario se acercó y me dijo: "Esta noche tiene unos deberes. Quiero que confirme dónde quiere todas las luces, los interruptores y los tomacorrientes." Ignoró mi quejido. "Especialmente en esas dos habitaciones que pronto estarán terminadas. Puedo hacer que el electricista desbaste esa parte y luego podemos empezar a enyesar."

Aparte de mi oferta de bonificación, quise preguntarle por qué tenía tanto interés en que la construcción avanzara a un ritmo vertiginoso. ¿Tenía otros proyectos atrasados? ¿O estaba en apuros económicos? Estaba demasiado ansioso, más nervioso que nunca, y no dejaba de sorprenderse mirando la estructura, con algo parecido al miedo en su rostro. Quería saber el origen.

Mi pregunta fue respondida, al menos en parte, por la neblina que se desarrollaba en el horizonte oriental. Otra calima estaba en camino.

Volví a Puerto del Rosario con la bruma de polvo acercándose. Los vientos alisios refrescantes estaban disminuyendo, la temperatura del aire estaba aumentando y en unas horas Fuerteventura quedaría cubierta de polvo sahariano. En el pasado me habían dicho que una calima era un acontecimiento raro en mayo, pero en los últimos años las tormentas de polvo se habían vuelto más frecuentes, más intensas y duraban mucho más tiempo. Tal vez ésta pasaría en un día. Me pregunté cómo me las arreglaría en los días de calima en mi nueva casa, con su patio abierto a los elementos, cuando abrir una puerta al exterior significaría invitar al polvo.

Pasé por el supermercado para comprar más alimentos y era mediodía cuando llevé la compra a la puerta de mi departamento. De camino al interior, eché un vistazo al estrecho jardín. La roca seguía exactamente donde la había colocado.

Después de almorzar rodajas de chorizo, tomate y queso local, puse los planos de la casa sobre la mesa y, habitación por habitación, confirmé dónde quería los enchufes y los interruptores de la luz. Al principio fue fácil. Un interruptor en cada extremo del vestíbulo y una luz en el centro de su techo. Después, cada habitación se volvió más difícil, los baños y la cocina lo peor de todo. Tuve que preconcebir la disposición de los muebles para cada habitación de la casa. Todo el proceso empeoró al saber que podía tener electricidad donde quisiera, sin reparar en gastos. Habría sido mucho más sencillo si sólo hubiera podido permitirme un solo tomacorriente en cada habitación. El proceso duró toda la tarde y al final estaba agotada.

La bruma de polvo se disipó rápidamente y a la mañana siguiente el cielo estaba despejado. Mario quería los planos de la casa, pero antes de ir a Tiscamanita quería volver al centro de jardinería de Tefía. Aunque el trabajo de jardinería supondría un mayor riego, significaba que tenía una excusa para estar en el lugar.

Con ganas de empezar temprano, justo después de desayunar una tortilla fría y una baguette tostada, llené los contenedores de agua de diez litros y los cargué en el baúl junto con mis herramientas de jardinería y me puse en marcha.

En el centro de jardinería, compré otros tres árboles de drago y cinco plantas de aloe vera, junto con veinte tubos de diversos tipos de cactus. Una selección prudente, pero una voz en mi cabeza me instó a pecar de uniformidad.

Para no sentar un precedente, estacioné en la calle y llevé mis herramientas y plantas a mi pequeño rincón del jardín bajo la atenta mirada de los obreros.

Las obras que se realizaban detrás de mí, mientras trabajaba me hacían sentir extraña y cohibida. Me pasé la tarde labrando la tierra, cavando agujeros y regando las plantas, ampliando al doble el lecho del jardín existente, mientras me esforzaba por ignorar las actividades de la obra. Cada vez que me ponía de pie y enderezaba la espalda, echaba un vistazo y observaba a los hombres que trabajaban en el muro sur, complacida de ver que se avanzaba, aunque el avance fuera lento. Reconstruir muros de piedra era un trabajo descomunal cuando tenían casi un metro de grosor. Eso suponía mucha piedra. Cada vez que mi mirada era devuelta por un trabajador curioso que se tomaba un breve descanso, me volvía a agachar y continuaba plantando. A la hora de comer, fui al pequeño supermercado por una colación. No me relacioné con los hombres más que para entregarle a Mario los planos cuando apareció un rato.

La separación entre Claire, la jardinera propietaria, y aquel ejército de constructores, junto con la percepción de que yo no era tan bienvenida como Mario podría creer, reforzaron una creciente sensación de aislamiento. Esa soledad rastrera volvió a crecer en mi interior a medida que avanzaba la tarde.

Estuve pendiente de Paco, que esperaba que viniera, pero no apareció. Me arrepentí de no haberle pedido su número de teléfono. Habría estado bien tomar un café o comer con el único amigo que tenía en la isla, aunque estuviera un poco loco con su obsesión por Olivia Stone.

Cuando todas las plantas estuvieron en la tierra y regadas, recogí mi equipo de jardinería y cargué el baúl de mi coche, manteniendo la mirada baja mientras los obreros se alejaban de la obra y se iban en sus polvorientas furgonetas. Estaba claro que tendría que encontrar otras formas de mantenerme ocupada mientras la construcción estaba en marcha, o tendría toda la propiedad plantada.

Mientras me alejaba del cordón, pensé que podría intentar arreglar las secciones caídas del muro de piedra seca de la parte trasera. Aunque sólo lo haría los fines de semana por miedo a ser el hazmerreír. Mejor aún, podría pagar a un experto y encontrar una ocupación más adecuada. De lo contrario, el aburrimiento y la impaciencia me harían perder el tiempo, por muy rápido que fuera el progreso de la construcción.

Al día siguiente, me compré un coche, más que un coche, un caballo de batalla, un robusto todoterreno que me facilitara el transporte de agua y sacos de cal y herramientas y la carretilla. El hecho de continuar con el alquiler me pareció un símbolo de mi permanencia en la isla. Para reforzar mi estatus, me inscribí en un médico y un dentista locales y me matriculé en un curso de idioma de nivel intermedio alto, que empezaba a principios de septiembre. Para llenar aún más mis días, me comprometí a visitar los mercados y asistir a los festivales, fuera lo que fuera. Debo participar, me dije, si quiero sentir que pertenezco y crear una vida para mí más allá de la construcción.

LA MALDICIÓN

A LAS TRES SEMANAS DE LA RESTAURACIÓN, MARIO ME LLAMÓ para pedirme que me pasara por el almacén de suministros para la construcción, con el pretexto de que faltaba otra entrega. Descubrí la verdad cuando llegué a la obra con más bolsas de cal.

Al ver llegar mi coche, se apresuró a decirme, a través de la ventanilla abierta, antes de que tuviera la oportunidad de apagar el motor y abrir el baúl, que había problemas entre los hombres. Uno de los albañiles, Cliff, había dejado su cinturón de herramientas escondido en una sección de la pared la noche anterior, sólo visible desde lo alto del andamio. Cuando se presentó a trabajar esa mañana, encontró su cinturón de herramientas en el suelo, apoyado en el tabique como si lo hubiera colocado allí a propósito.

Con las llaves de contacto en una mano y mi bolso en la otra, estudié el rostro de Mario, observando el miedo en sus ojos. Se apartó del coche, con la cabeza inclinada, pellizcándose el puente de la nariz.

"Cliff está acusando a los demás", dijo. "Todos lo niegan, por supuesto."

"¿Una broma pesada?"

"Probablemente niños. Hay mucho desempleo entre los jóvenes. Tal vez un niño de la escuela. Podría preguntar a los vecinos." Me miró implorante.

"¿Qué vecinos?"

"¿No hay nadie en la puerta de al lado?"

"Nunca he visto a nadie."

"Qué raro."

"Pero preguntaré en el café. La dueña parece saber todo lo que pasa por aquí."

"Al menos no se ha roto nada y no falta nada", dijo, y se alejó.

"Sólo se ha movido", dije mientras se me ponía la piel de gallina.

Se detuvo y se volvió. "Así es. *Movido.*"

De estar metida en la cavidad de una pared a dos niveles de andamios, a descansar en el suelo contra ese tabique, el incidente era demasiado parecido a la roca que se había movido en mi departamento, dos veces. No iba a contarle a Mario lo de aquella roca, pero me preguntaba si no le habría ocurrido ya algo más, algo de la misma naturaleza, y era tan reacio como yo a compartirlo.

Empecé a pensar que entendía el motivo de la prisa de Mario. La suya no era una carrera contrarreloj para asegurarse una bonificación, o porque tuviera un atraso en otros trabajos; intentaba vencer la supuesta maldición con rapidez. Mario sabía que cada día que pasaba sin que ocurriera nada extraño e inexplicable era una bendición. Porque él también creía en la maldición de Casa Baraso, o al menos desconfiaba.

Me esforcé por racionalizarlo. Estaba claro que alguien estaba descontento con la restauración y quería intimidarme y provocar la discordia entre los trabajadores. Ese alguien tenía acceso a mi departamento. Había sido el agente inmobiliario el que me había puesto en contacto con la inmobiliaria, con la que aún no había contactado para tratar el asunto. ¿Estaban confabulados? ¿O era todo esto una intromisión de Cejas?

Dejé a Mario para que organizara las bolsas de cal y me acerqué a donde se apiñaban los hombres. Algunos volvían a sus puestos en la obra, dejando al albañil que seguía discutiendo con su compañero. Ambos eran altos y estaban muy bronceados. El hombre que supuse que era Cliff era el mayor de los dos. Era más grande y corpulento, y lucía una barba de chivo y una pequeña panza. El más joven tenía el pelo rubio blanqueado y unos llamativos ojos azules. Cuando me acerqué, bajaron la voz.

"Hola, Cliff", dije, poniendo mi cara de cajera de banco, la que utilizaba con los clientes beligerantes. "Mario me ha puesto al corriente. Creemos que han sido niños, sólo niños que han entrado en el lugar al anochecer. Voy a preguntar por ahí, a ver si hay algún alborotador conocido en la ciudad."

El hombre mayor, Cliff, vaciló y vi cómo se disipaba su ira.

Continué. "Por suerte, no se llevaron ni dañaron nada. Parece que quienquiera que haya hecho esto, no tenía otra intención que la de causar daño. Propongo que todos dejemos atrás este asunto y sigamos con nuestro trabajo, si les parece bien. El tiempo se va a volver más caluroso."

No tenía ni idea de qué tenía que ver la temperatura con el progreso de la construcción, pero necesitaba redondear mi pequeño discurso con algo. Y así fue. Cliff me dio las gracias, con un marcado acento de Yorkshire, por los pasteles que le había traído el otro día y se dirigió al andamio. El otro tipo lo siguió.

Eché un vistazo rápido antes de decirle a Mario que creía que Cliff se calmaría; y luego volví a Puerto del Rosario, luchando contra mis propios recelos.

Dos días después, Mario volvió a mandarme un mensaje pidiendo más bolsas de cal. La petición se había convertido en un eufemismo de problemas y casi no me molesté en pasarme por el patio del constructor. Al llegar, me encontré con Cliff gritando y agitando los brazos, y con Mario tratando de calmarlo. Me apresuré a salir del coche y me acerqué.

Los hombres reunidos se callaron. Incluso mi presencia calmó los ánimos, sin necesidad de que yo hablara.

"Ha vuelto a ocurrir", dijo Mario dirigiéndose a mí, con una cara más preocupada que antes.

"¿Igual que la última vez?"

"Más o menos."

"Lleva tus herramientas a casa, Cliff. Por el amor de Dios", dijo uno de los hombres.

"Sí, nadie debería dejar sus herramientas aquí."

"No creí que nadie fuera tan estúpido como para hacerlo de nuevo", murmuró Cliff, mirando a los demás con desconfianza.

Me adelanté y puse las manos en las caderas. "Te lo dije, probablemente sean niños."

"¿Probablemente?" Cliff hizo una pausa. "No lo sabe con seguridad. ¿Ha preguntado por ahí como dijo que haría?" Hizo una pausa, mirándome críticamente. Desvié la mirada. "No, creo que no."

"Pensaba hacerlo hoy. De hecho, voy para allá ahora mismo. Si no me hubieran llamado para que ayudara a calmar su temperamento, ya tendría la información que necesita."

Los hombres estaban tan sorprendidos como yo por la forma en que dije esas palabras. Todos esos años trabajando en el banco teniendo que ser educada y comedida, sin importar el idiota que estuviera al otro lado del plexiglás, y una nueva libertad había surgido. En el fondo de mi mente estaba la necesidad de persuadir a todos los hombres para que siguieran trabajando en la construcción. Aunque no descubriera nada sobre un adolescente díscolo, consideré la posibilidad de inventar uno, sólo para evitar que los hombres se asustaran.

Pensando que habíamos llegado a un punto muerto, le entregué a Mario las llaves de mi coche y le dije que las bolsas de cal que quería estaban en el baúl. Con una última mirada a los hombres, me marché calle arriba.

La puerta de la casa de mi vecino estaba justo en la acera, a medio camino de una pared encalada. Llamé y esperé. Nada, ni siquiera un susurro o un chirrido. Llamé con más fuerza. Seguía sin haber respuesta ni movimiento en el interior. Seguí pasando por un descampado hasta la siguiente casa y golpeé la puerta con los nudillos. Nadie se acercó a la puerta. Lo único que conseguí fue que un perro ladrara en algún lugar del interior. Crucé y me dispuse a probar en otra casa cuando empecé a sentirme ridícula y me detuve en seco.

Dudé si acercarme a la mujer de la cafetería con mi pregunta, ya que sólo despertaría las habladurías locales, pero se lo había prometido a Cliff. Dediqué el corto trayecto a inventar una treta para descubrir lo que quería saber, sin levantar demasiadas sospechas.

Al entrar me di cuenta de que primero tenía que hacer una compra. La mujer dirigía un negocio, no un centro social. Al ser la única clienta, pedí un jugo de naranja recién exprimido y otro trozo de su tortilla. Probablemente pensó que yo era la mujer menos aventurera en cuanto a la comida, así que también tomé un poco de su pescado a la vinagreta y pedí un café a posteriori. Ella estuvo más que encantada de atender mi pedido.

Me senté en mi mesa habitual junto a la ventana. El ruido de la exprimidora, los reconfortantes golpes y chasquidos, producían que quisiera quedarme sentada durante una hora o más para relajarme.

"No me has dicho tu nombre", le dije cuando me trajo la comida y la bebida.

"Gloria", dijo con toda naturalidad.

"Es un nombre bonito", le dije, con la esperanza de que se sincerara.

"Gracias."

Se alisó el delantal y se apartó. Esperó, aunque no parecía estar de humor para charlar. Sabía que si entraba alguno de sus clientes locales sería todo charla rápida, intercalada con risas de convivencia.

"Gloria", le dije, reteniéndola con su nombre. "Me preguntaba qué hacen los jóvenes en el pueblo. Una vez que terminan la escuela, quiero decir. ¿Hay mucho trabajo en los alrededores?"

"Se van", dijo con un suspiro. "Sobre todo los chicos."

"¿Adónde van?"

"A Puerto del Rosario, pero la mayoría se va a Gran Canaria, a Tenerife o a la península."

"Es triste."

"Lo es."

"Preguntaba por qué no he visto a ningún joven por aquí."

Cruzó los brazos sobre el pecho e inclinó la cabeza hacia un lado, observándome atentamente mientras hablaba. "Es porque ya no hay muchas familias viviendo aquí. Y el instituto más cercano está en Gran Tarajal."

"Al menos no tienen los problemas habituales. Vandalismo, grafitis, robos."

"Aquí no tenemos nada de eso." Ahora sonaba orgullosa.

"Lo que hace de Tiscamanita el pueblo perfecto." Le sonreí y me miró con extrañeza, como si me considerara un poco desquiciada.

La dejé marchar. Parecía poco probable que algún adolescente estuviera merodeando por allí. Un indigente, tal vez. ¿O alguien de Tuineje? Ese pueblo estaba a sólo unos kilómetros de distancia. Sin embargo, a medida que reflexionaba sobre mis últimos pensamientos, me parecían cada vez más improbables.

Me hubiera gustado preguntarle a Paco, que seguro que tenía una respuesta, pero no tenía forma de contactarlo y no había aparecido por la cuadra. Empezaba a creer que me había abandonado y me preguntaba qué había hecho para desanimarlo. Rondando en mis pensamientos, me di cuenta de que me había encariñado con él.

Me bebí el jugo, me comí el pescado y seguí con la tortilla. Al final, no estaba segura de haber hecho bien la secuencia. Cuando me tomé el último café y todo se agitó en mi vientre, sentí que podría sufrir una indigestión.

No volví a la obra, prefiriendo dejar que Cliff se tranquilizara. Volví al departamento y reflexioné sobre la idea de que Cejas se estaba entrometiendo en la construcción. No tenía forma de demostrar que era él, pero cada vez me convencía más, de que estaba detrás de la reubicación de la roca y las herramientas, y más decidida estaba a actuar.

Una semana después volvió a ocurrir. Mario prescindió de su artimaña de cal y me mandó un mensaje para decirme que era mejor que fuera rápido.

Salí por la puerta en un santiamén. Cuando llegué, Mario se apresuró a ir como un niño de colegio a buchonear a su profesor. Me explicó que las carretillas que Cliff había apoyado contra una pared para escurrirse y secarse, las había encontrado tiradas en el suelo de lado.

Los hombres estaban reunidos junto al granero. Nadie estaba trabajando y un aire de inquietud invadía al grupo. Con toda probabilidad, la noticia de la maldición había corrido por ahí y se había encontrado con la cautela, si no la inquietud, de los hombres.

"Podría ser un perro", dijo uno de ellos.

"O el viento."

"Tiene que asegurar el lugar", le dijo a Mario un fornido escocés. "Si no lo hace, no se sabe qué pasará después."

Los demás estuvieron de acuerdo.

"Mario", dije. "He intentado preguntar a los vecinos. Parece que no hay nadie viviendo en ninguna de estas casas. Fui a la cafetería y la dueña me dijo que apenas hay jóvenes en el pueblo y que nunca hay delitos."

"Pero esto no fue un crimen", dijo Mario rápidamente.

"Tuvimos un intruso", dijo el hombre corpulento. "Eso es un allanamiento de morada."

"No lo saben."

"Es bastante obvio, ¿no cree?"

"Mario", dijo Cliff con repentina convicción. "No puedo seguir trabajando aquí. Alguien tiene una venganza contra mí."

"Por favor, no te vayas", dije.

"Lo siento, pero ya son tres las veces que han movido algo mío. A los demás no les ha pasado. Tal vez si me voy, el bromista dejará de hacerlo."

Mientras Cliff recogía sus herramientas y abandonaba la obra, los demás hombres se inquietaron. Dejando a Mario y a mí junto a las hormigoneras, todos volvieron a sus trabajos, pero el ambiente estaba apagado. Mario parecía más preocupado que el resto de los hombres juntos.

"Le diré algo", dije una vez que estábamos solos. "Nos reunimos aquí esta noche después de oscurecer y vemos si aparece alguien."

"¿Cree que alguien vendrá?"

"Alguien debe estar haciendo esto, seguramente". Dije. "De hecho, estoy casi segura de que sé lo que está pasando."

"Si usted lo dice." Parecía dudoso. De nuevo, sentí que estaba ocultando algo.

"No fue un perro el que movió el cinturón de herramientas de Cliff, eso sí lo sé", dije, con mi yo racional saliendo a relucir.

"Aun así."

"Estaré aquí a las nueve", dije con una determinación de la que no me había dado cuenta hasta que lo dije. "Por favor, diga que me acompañará."

"Lo intentaré."

No parecía muy entusiasmado.

LA GUARDIA NOCTURNA

En junio, el sol se pone alrededor de las nueve, la luz se desvanece rápidamente. Los pueblos bajo el macizo de Betancuria se hunden en la penumbra una hora antes, perdiéndose las gloriosas puestas de sol sobre el océano de las que disfruta la costa oeste. Salvo una o dos excepciones notables, no hay mucho más a lo largo de la costa oeste que acantilados, calas rocosas y cuevas, y las playas salvajes de Cofete en el extremo sur. Fuerteventura mira con firmeza al amanecer, a África más allá del horizonte, la mayoría de los habitantes agrupados en pueblos salpicados a lo largo de la costa oriental. Conducir de noche por las solitarias carreteras secundarias de Fuerteventura por primera vez, con la única compañía de las luces lejanas de alguna granja, me hizo comprender el aislamiento de gran parte de la isla. Lejos de los pueblos del interior con sus casas cerradas a la oscuridad, más allá del alcance de las luces de la calle, no había nada, sólo la carretera que se curvaba a través de la llanura vacía y sobre las estribaciones de las montañas. A la luz del día, el terreno era crudo, por la noche era sombrío, la oscuridad reforzaba el paisaje desolado. Me acerqué con alivio a la familiaridad de Tiscamanita.

Reduje la velocidad, giré a la izquierda y me dirigí a mi calle. Al principio, el camino estaba iluminado por las farolas eléctricas que estaban sujetas a cada poste de electricidad, pero dos postes después, las luces estaban fundidas y a nadie se le había ocurrido informar del asunto al ayuntamiento y hacer que las sustituyeran. Mi casa, más allá de una pequeña curva, quedaba en una oscuridad casi total.

No había ningún vehículo a la vista. Mario aún no había llegado. Me detuve en el lado opuesto de la carretera y apagué los faros, dejando el coche apagado, mientras hacía que mis ojos se adaptaran. Pude distinguir el volcán, silueteado contra el cielo estrellado. No había luna y no sabía si la habría. Eso era algo que la tía Clarissa habría sabido sin duda, y me habría venido bien su compañía en mi solitaria vigilancia nocturna. Me habría venido bien la compañía de cualquiera y esperaba que Mario se uniera a mí según lo acordado.

Pensé en quedarme donde estaba, pero me di cuenta de que nadie se acercaría si veía el coche, así que encendí los faros y crucé la carretera, subí al cordón, pasé por encima de mi terreno y estacioné en la parte trasera del granero, donde pensé que estaría a salvo. Para facilitar mi salida, retrocedí hacia la pared, de modo que el capot del coche apuntara al volcán.

Apagué las luces y el motor, confiando en que no podrían verme. Aunque, situada donde estaba, Mario tampoco tendría ni idea de que estaba allí. Si oía su coche, cualquier coche, le enviaría un mensaje. Lo pensé por un segundo. No habría tiempo para tantear la composición de un texto. Saqué mi teléfono y escribí un borrador, listo para enviar. Dejé el teléfono en el asiento del acompañante, al alcance de la mano. No había nada más que hacer que sentarse y mirar al vacío. Al estar en dirección contraria, con el granero borrando mi vista, no podía ver por ninguno de los dos espejos retrovisores si había alguien caminando por la calle o, peor aún, cruzando mi manzana. Estaba ciega. Lo mejor que podía hacer era abrir la ventanilla y estar atenta a cualquier movimiento. Nadie podía caminar por mi terreno sin hacer crujir las pisadas. También necesitarían una linterna, y yo vería cualquier tipo de luz, incluso desde mi oscuro puesto.

¿Cuánto tiempo pensaba estar sentada allí y esperando? ¿Toda la noche? Llegaría un momento en el que sería más allá de la hora de dormir de un criminal, seguramente. Además, el traslado de un cinturón de herramientas y el vuelco de una o dos carretillas no eran actos de delincuentes. Se trataba de un bromista, un niño, tal vez con un compañero.

Esperé, dejando que una suave brisa me acariciara la cara. Pasó una media hora. Media hora de aplastante aburrimiento. No podía leer ni poner música. Sólo me quedé sentada.

Otros diez minutos y la espera era demasiado. No podía quedarme encerrada en el coche ni un momento más. Tomé mi teléfono y salí del asiento del conductor tan silenciosamente como pude, aunque no pensé que fuera a molestar a nadie. No había luz en la casa de al lado, lo que confirmaba mi sospecha de que quienquiera que viviera allí se había ido. Pensé en llamar a la puerta del vecino con el perro ladrador y presentarme antes de que pasara mucho tiempo. Por otra parte, no se habían molestado en presentarse, así que tal vez no era una buena idea.

La noche no tenía viento. Utilicé la luz de las estrellas para rodear el granero y dirigirme a la casa. Cada pisada sonaba a mis oídos como un estruendo de platillos. Pensé que lo estaba haciendo bien, hasta que me tropecé con algo duro y tuve que recurrir a la linterna de mi teléfono.

El instinto me hizo tomar una piedra.

No había señales de vida, aparte de mí, y me sentí muy consciente de mi propia visibilidad, ahora que el agudo haz del teléfono iluminaba mi camino.

Miré los trozos de suelo iluminados, los montones de madera y piedras, y las carretillas volcadas apoyadas en la pared donde uno de los albañiles restantes las había dejado. Alumbré con la luz, el andamio. No había nadie allí arriba, no es que pudiera ver tan lejos, y no estaba dispuesta a subir una escalera para averiguar si alguien acechaba allí arriba. Entré por la puerta trasera y apunté el teléfono hacia el interior. Me sentí como una merodeadora. El estado de deterioro y el caos de la construcción eran abrumadores captados en el estrecho haz de luz. Cada rasgo adquiría una macabra hiperrealidad iluminada por la oscuridad.

Me quedé en la mitad norte de la casa, iluminando la cocina. No había nadie allí.

Me fijé en un dintel nuevo sobre la puerta del comedor. Tampoco había nadie en esa habitación, ni en la contigua. Haciendo acopio de valor, crucé el patio y alumbré a través del agujero del tabique. No se veía nada más que partes de la pared nueva.

Tuve que ingeniármelas para atravesar el agujero y comprobar más de cerca las habitaciones de abajo, en el lado sur del edificio.

Me acerqué sigilosamente, iluminando con la linterna cada habitación. Nada.

Antes de salir me detuve en el lugar donde había llorado por mi madre. Todavía no había pensado en qué es lo que podría haber causado ese peculiar estado de trance, que culminó en esa extraña visión. Empecé a sentirme rara ante el recuerdo y volví rápidamente por el agujero del tabique.

Saciada mi curiosidad, volví a evaluar lo acertado de mi guardia nocturna. Parecía que estaba completamente sola, pero ¿qué iba a hacer allí? ¿Agacharme en algún sitio y esperar? Difícilmente iba a abordar a alguien, y éste tendría la ventaja de poder arrinconarme en cualquier rincón del edificio. El malestar corría por mis venas. Estaba demasiado vulnerable, demasiado expuesta. ¿Dónde demonios estaba Mario? Sentí una repentina compulsión por la seguridad de mi coche.

Estaba a punto de darme vuelta, cuando oí movimiento detrás de mí. Me quedé paralizada. El sonido de unos pasos suaves, un susurro. Me precipité hacia el comedor y me escondí en la puerta. Se me cortó la respiración. Apagué la luz del teléfono y miré a mi alrededor.

La oscuridad era densa, pero distinguí una forma que se movía cerca del suelo. No era un ser humano. Apreté el botón de la linterna y dirigí el haz de luz hacia la entrada del patio. Allí, acurrucado con el rabo entre las piernas, había un perro escuálido y aterrorizado. Nos miramos fijamente. Levanté la piedra y me dispuse a lanzarla mientras emitía un gruñido grave. El perro vaciló, no dispuesto a abandonar su posición. Levanté la piedra más alto y gruñí más fuerte, dando un paso adelante. El patético animal soltó un suave gemido y se alejó corriendo. Lancé la roca tras él para reforzar mi punto de vista, y tomé otra por si la bestia volvía. Sólo era un mestizo medio muerto de hambre, pero mi corazón latía como un martillo.

Al menos sabía una cosa: lo más probable era que el perro hubiera volcado las carretillas. Dudaba de que hubiera encontrado la bolsa de herramientas de Cliff y la hubiera trasladado abajo, dos veces, pero empezaba a preguntarme si Cliff se había inventado esa historia para asustar a los demás. O se había despistado y había dejado la bolsa de herramientas en el suelo del patio. Mis teorías no explicaban la extraña reubicación de la roca en mi departamento, pero tal vez las dos cosas no estaban conectadas, sino que eran una mera coincidencia.

Volví a mi coche, abriéndome paso entre los escombros y los montones de madera. A mitad de camino, volví a sentirme demasiado expuesta. Después de buscar al perro, apagué la luz y esperé a que mis ojos se adaptaran. Oí el ladrido de otro perro en la distancia, y luego nada, ni un susurro. Miré hacia arriba. Las estrellas brillaban en el cielo. Todavía no había luna. Tal vez fuera luna nueva.

Di unos pasos y otros más, y luego me detuve. El granero

estaba a unos diez pasos. Junto a él, había otras dos dependencias, que alguna vez habían sido almacenes de algún tipo, ambas sin techo, con las paredes a la altura de la cintura en algunos puntos. No tenía ni idea de dónde había ido el perro, pero me imaginé se había agazapado dentro de uno de los edificios, listo para abalanzarse. Agarré la roca, levantándola para poder lanzarla.

No había otra cosa que hacer más que seguir adelante.

Di unos pasos más, con mis pisadas crujiendo en la grava. Eran demasiado fuertes. Entre pisada y pisada me pareció oír movimiento, de nuevo detrás de mí. Me quedé paralizada. ¿Me estaba acechando el perro? ¿Debía salir corriendo?

En mi visión lateral, capté un destello de luz. Giré. Allí estaba de nuevo, un punto de rojo intenso, saliendo del interior de la casa, elevándose por encima de la pared trasera y virando hacia la horizontal antes de desvanecerse.

No podía moverme. El pánico me atenazaba. Me quedé mirando en la oscuridad, con la mente tratando de encontrarle sentido a lo que había visto. ¿Un fuego artificial? Parecía el resplandor de un cigarrillo. ¿Alguien había lanzado un cigarrillo? Pero allí no había nadie. Además, ¿cómo puede un cigarrillo lanzado al aire desviarse así de repente? Especialmente sin la ayuda de un soplo de viento. Empecé a dudar de mi percepción. Lo único que sabía era que si había alguien ahí dentro y no lo había visto, tenía que moverme, rápido.

Giré y estaba a punto de encender la luz de mi teléfono cuando otro punto de luz brilló con fuerza, esta vez delante de mí, procedente del interior de la dependencia más pequeña. La luz era azul y, mientras miraba fijamente, se dirigía directamente hacia mí. Abrí la boca, preparada para gritar. Pero el punto de luminiscencia se movió más rápido que cualquier sonido que pudiera salir de mí. Rebotó en mi pecho, salió disparado hacia el cielo nocturno y se alejó zigzagueando como un insecto mareado.

Quizá era eso, un insecto, pero no me convencía.

Aterrada, corrí de vuelta a mi coche. Mi cuerpo temblaba. Tanteé la puerta y me golpeé la cadera contra el volante al entrar. Subí la ventanilla y cerré las puertas. Mis manos se pelearon con el cinturón de seguridad y luego con la localización del encendido. Giré la llave, puse la palanca de cambios en primera y me alejé de mi cuadra tan rápido como pude. Fuera quien fuera o lo que fuera, no iba a esperar más.

NO HAY LUGAR PARA QUEDARSE

Después del terror en la obra, llegar de nuevo al departamento no me ofrecía el consuelo que necesitaba. Mi único consuelo era ver la roca donde la había puesto en el estrecho trozo de jardín.

Con la esperanza de adormecer mis sentidos, me tomé dos grandes vasos de vino tinto en rápida sucesión. En una neblina ligeramente soporífera, puse "Aikea Guinea", necesitando que la voz de Elizabeth Fraser llenara mi cabeza y bloqueara las imágenes del flash de las luces parpadeantes. El problema era que escuchar su voz me recordó al instante a mi madre, algo que nunca me había preocupado, pero que ahora sí lo hacía.

El sueño, cuando llegaba, era irregular y se intercalaba con largos periodos de vigilia en los que la mente me daba vueltas como un carrusel. También tenía calor, lo que no ayudaba. Y me molestaba conmigo misma por tener las ventanas cerradas, lo que significaba que tenía que soportar el aire cálido y sofocante, pero no tenía el valor de abrirlas, por si algún extraño que moviera las rocas se pudiera colar.

A la primera señal de luz del día, me levanté con la piel pegajosa de sudor. Me metí en la ducha y luego mordisqueé una barrita de granola para desayunar. No tenía ganas de volver a la obra. Envié a Mario un mensaje preguntando por su paradero la noche anterior y, mientras esperaba una respuesta, revisé mis correos electrónicos.

No había nada de mi padre. Hacía más de quince días que no sabía nada de él. Me lo imaginé ocupado en algún negocio inmobiliario de alto nivel, con el teléfono pegado a la oreja, caminando de un lado a otro, y el alcohol que había consumido demasiado pronto, en su aliento. Recordé la forma en que desaparecía todo el sábado para jugar al golf, dejándome a mí, en mi temprana adolescencia, con la casa para limpiar. A veces me preguntaba si me había tratado como una sustituta de su difunta esposa. Alguien que le hiciera la comida y le planchara las camisas. En esas mañanas de sábado, sólo hacía un esfuerzo a medias. Clarissa hacía el resto. Hasta una ocasión en que le gritó por exigir demasiado a su única hija. Después de eso, contrató a una mucama.

¿Mi madre realmente cocinaba y limpiaba? No tenía ninguna imagen de que lo hubiera hecho. Me parecía una persona displicente, o tal vez no. Tal vez, al ser más etérea y soñadora, dejaba las cosas sin terminar mientras se alejaba por algún capricho. ¿Era eso cierto o me habían dicho o dejado esa impresión? ¿Quién *era* ella? La única conexión que teníamos era el amor por los Gemelos Cocteau. A la hora de recordar, mi madre y el grupo musical estaban fusionados y había pocas cosas que pasaran de esa fusión, que ocuparan un lugar tan importante en mi psiquis. Empezó a molestarme que no pudiera acceder a recuerdos más profundos e íntimos. Recuerdos de helados y castillos de arena en la playa, de tortas de cumpleaños y velas sopladas, de regalos en Navidad, de abrazos y besos y lágrimas. En cambio, todo lo que tenía era un sentimiento, un anhelo incipiente de algún tipo de unión con mi difunta madre que se despertaba en mí, cada vez que oía cantar a Elizabeth Fraser, uno que se había manifestado espeluznantemente en aquella visión de ella junto al tabique.

Clarissa respondió a mi último correo electrónico diciendo que lamentaba no haber tenido tiempo de investigar a Olivia Stone debido a una serie de citas médicas; nada de que preocuparse, sólo el dentista, un examen médico anual y una prueba de la vista. La presión arterial un poco alta, pero había pastillas para eso.

Decepcionada, cerré la computadora portátil. Comprobé mi teléfono, pero no había respuesta de Mario. Los sonidos de la calle y de los departamentos colindantes se habían vuelto familiares: los niños preparándose para ir al colegio, los padres para ir al trabajo. Me reconfortaban los sonidos, la cotidianidad a sólo una pared de distancia, pero me parecía extraño estar en medio de toda esa normalidad, mientras que en el departamento estaba envuelta en un oscuro misterio. El muro de piedra, las herramientas y las carretillas de Cliff, el punto de luz que se movía... quizá los aldeanos tenían razón y la Casa Baraso estaba maldita, embrujada por espíritus ligados a la tierra, por la tragedia. Consideré la posibilidad de invitar a los amigos cazadores de fantasmas de Clarissa para que hicieran un poco de detección de lo oculto, pero rápidamente descarté la idea por considerarla una farsa.

Además, no era necesario. Ya tenía las respuestas. Las luces eran insectos. El perro, tan escuálido como era, derribó las carretillas, sin duda en busca de las migajas dejadas por los trabajadores descuidados. Cliff se encargó de su propia caja de herramientas, y la roca reubicada se la atribuí a Cejas. ¡La maldición de Casa Baraso, en efecto!

Pero mi mente se desvió, atraída por una inquietud persistente. ¿Qué hay de Olivia Stone? ¿Había vivido realmente en mi casa? ¿Murió allí? ¿Su fantasma se empeñaba en espantar a cualquiera que se atreviera a alterar las cosas de esa casa?

¿En qué estoy pensando? ¡No creo en fantasmas!

Me imaginé a Olivia Stone con sus mejores galas, toda recatada e introspectiva, y por un momento fugaz vi a mi madre, Ingrid, en su lugar. Era inquietante que dos mujeres fallecidas se fusionaran de esa manera. ¿Qué me estaba ocurriendo, en mi mente, en mi imaginación extraordinariamente activa? Fuera lo que fuera, no me gustaba nada.

Ingrid, Olivia, los Baraso, yo estaba inmersa en la tragedia, el misterio y la muerte. La tía Clarissa no había mencionado que me sumergiría en asuntos de orden preternatural cuando mencionó todas esas líneas planetarias que se cruzaban sobre Fuerteventura en mi mapa global astrológico. Secretos y engaños, sí. Ilusión, tal vez. Pero no fantasmas.

Volví a evaluar los acontecimientos y mis explicaciones racionales. El único factor que me desconcertaba era que el mismo tipo de suceso había tenido lugar en dos lugares distintos. ¿Era realmente una coincidencia? Si *se trataba* de una entidad sobrenatural – y no quería pensar en ello, y mucho menos creerlo ni un segundo más –, el espíritu tendría que poder viajar. ¿En el asiento trasero de mi coche? Ridículo. Los fantasmas, hasta donde yo sabía, no viajaban. Sin embargo, tenía que estar segura. Escribí un correo electrónico rápido a Clarissa, en busca de aclaraciones.

Volví a considerar esas luces. Había que admitir que eran simplemente extrañas. ¿Insectos? Había oído hablar de insectos que emitían luces, de luciérnagas, de bichos que relampagueaban. Quería creer que eran insectos, pero una búsqueda en Internet pronto reveló que no se encontraban tales insectos en la isla. Aun así, tenía que haber una explicación racional. Cuando vi la primera luz, estaba dispuesta a creer que era un cigarrillo, aunque no entendía cómo alguien podía hacer que se moviera de la forma en que lo hizo. La segunda luz era azul y venía directamente hacia mí antes de alejarse en la noche. Debía de tratarse de algún tipo de truco. Alguien había estado allí. Que no los viera, no significaba que no estuvieran presentes. Había muchas partes del edificio y sus alrededores que no había revisado. Si no, si no había estado sola, entonces ¿quién estaba haciendo esto? ¿Quién querría tomarse tantas molestias para asustarme? ¿Cómo sabían que iba a estar allí? Eran preguntas que no podía responder.

Lo que me había perseguido toda la noche anterior y me había dejado ojerosa, conseguí explicarlo al menos parcialmente. Al menos en teoría. Intenté pensar en teorías alternativas y me planteé buscar pruebas de que tenía razón en alguna de mis hipótesis, pero no sabía por dónde empezar. Me decía a mí misma que mis explicaciones eran razonables y sensatas, y que pensaba aferrarme a ellas, con o sin pruebas. Me hacían sentir más tranquila y con más control.

Empecé a pensar en el día que me esperaba y en lo que podría hacer para llenarlo.

El tono de mi teléfono irrumpió en mi ensueño. Sobresaltada, leí la pantalla. No reconocí a la persona que llamaba. Cuando contesté, una mujer me habló en un rápido español. Parecía nerviosa, arrepentida. Le pedí que hablara más despacio y empezara de nuevo.

La segunda vez, mientras se explicaba, la horrible verdad se impuso. Era la agente inmobiliaria. Los propietarios me avisaban con dos semanas de antelación para que lo dejara. No dieron ninguna razón, más que el departamento no estaría disponible después de eso. Pregunté si había algo más en sus libros, pero la mujer dijo que no había nada, porque era junio.

No tenía ni idea de lo cierto que resultaba su última observación, hasta que me senté a buscar en Internet una alternativa. Julio y agosto eran los meses de mayor afluencia de turistas, pero junio también era popular, ya que el tiempo era un poco más fresco y la isla estaba llena de reservas. No había nada desde Corralejo hasta Morro Jable. Busqué en todas las agencias de reservas y en varios sitios más oscuros, algunos probablemente falsos. Pensé en buscar un alquiler a largo plazo, pero no había nada. Empecé a desesperarme. Volví a considerar la opción de la casa rodante, pero incluso la idea de vivir en el espacio reducido de una casa rodante, me hacía sentir expuesta y claustrofóbica a la vez. En lo que respecta a mis arreglos domésticos, necesitaba espacio a mi alrededor. Mucho espacio. La sensación de espacio despejado era lo que me había atraído, en el fondo, a la isla y a mi ruina. No iba a dejarme enjaular.

¿Qué iba a hacer? ¿Quedarme en otra isla? ¿Volver a Gran Bretaña? Ninguna de las dos cosas me atraía, entre otras cosas porque, de una forma u otra, Mario se beneficiaba de tenerme cerca y yo necesitaba vigilar la obra después de las horas de trabajo.

Mis reflexiones se vieron interrumpidas por un golpe en la puerta principal. Me levanté de mi asiento para responder. Un cartero me entregó un paquete y me pidió que firmara por él. Cerré la puerta y arranqué el papel de embalaje. Tal y como había previsto, era el libro de Olivia Stone, el segundo volumen de su obra *Tenerife y sus Seis Satélites*. Feliz de que esta misteriosa mujer captara mi atención, hojeé las primeras páginas y estudié las ilustraciones, antes de saltar directamente a su relato de Fuerteventura.

LA FUERTEVENTURA DE ANTAÑO

OLIVIA STONE DEDICABA A FUERTEVENTURA LOS TRES penúltimos capítulos de su diario de viaje, que suman unas sesenta páginas, una pequeña porción del grueso volumen, la mayor parte del cual estaba dedicada a Gran Canaria. En el párrafo inicial de la sección de Fuerteventura, ella describía su llegada a Corralejo, y me encontré con un Corralejo diferente del que conocía.

Había oído a los veraneantes comentar que el pueblo ya no era lo que había sido en la década de 1980, pero Olivia Stone me obligó a imaginar cómo habría sido el lugar cien años antes. Todos los residentes de Corralejo, que entonces era un diminuto "grupo de cabañas", acudían a ver cómo un velero echaba el ancla en el puerto. "No es una multitud", había dicho Olivia. Un puñado de gente desconcertada y curiosa que se preguntaba quién iba a bordo. Entre los curiosos estaba Don Víctor Acosta, que iba a ser el anfitrión de Olivia y su marido Juan. Estaba allí con dos camellos y un burro. Resultó que los Stones iban a pasar mucho tiempo montando en camello en la isla, pues parecía ser el principal medio de transporte, aparte de los pies. Se mencionaban los burros, pero no los caballos.

Al cabo de dos párrafos, me di cuenta de por qué Paco estaba enamorado de la mujer y de su libro. La forma en que retrataba a Corralejo y sus gentes, la sencilla belleza de las tranquilas aguas de la bahía, el islote volcánico de Lobos y las montañas de Lanzarote más allá; el suyo era un retrato encerrado en el tiempo, una fuente primaria que describía un grupo de islas a punto de sufrir una rápida transformación.

Las observaciones de Olivia se exponían de forma clara y concisa, y era fácil avanzar a toda velocidad por el texto, pero me di cuenta de que necesitaba repasar viñetas e incluso frases sueltas varias veces, para asimilar la totalidad de lo que se decía.

Olivia era muy consciente de la pobreza que veía a su alrededor. Los aldeanos con los que se encontró no tenían más que lo estrictamente necesario y llevaban una existencia muy sencilla. Junto a ellos vivían los ricos, ya que parecía haber poco o nada entre ellos, y era con los ricos con los que se alojaban los Stone, tras haber acordado por correspondencia varios anfitriones antes de su llegada.

Los Stone, pensé, estaban bien conectados. Tuve la sensación de que residían con la intelectualidad local después de buscar a don Gregorio Chil y Narajano, y descubrir que era un académico de Gran Canaria interesado en la historia natural y la antropología. Parece que les presentó a los Stones sus contactos en Fuerteventura.

Es evidente que Olivia disfrutó de su estancia y quedó prendada del paisaje. Se refería al viento que soplaba en las llanuras, a las montañas y a los volcanes y a las vistas, a las iglesias y a los métodos de cultivo, incluidos los montones de grano en forma de colmena de los que había visto fotos, y a los tipos de aperos que había visto en los museos.

Su viaje la había llevado a La Oliva, luego a Puerto del Rosario, entonces conocido como Puerto Cabras. Desde allí, la pareja se había dirigido de nuevo hacia el interior, a Antigua, y hasta Betancuria, haciendo el arduo viaje por el macizo hasta Pájara, antes de girar una fracción hacia el norte y llegar a Tiscamanita, donde permanecieron hasta que viajaron a Gran Tarajal para embarcar en su siguiente buque y abandonar la isla.

Me interesó especialmente lo que la autora decía de mi pueblo. Utilizó la palabra "extendida" para describir la disposición de las granjas alrededor del centro del pueblo. Observó la rica tierra roja, las cenizas utilizadas como abono, las depresiones en la llanura donde el agua se acumulaba y proporcionaba oasis después de la lluvia, y los atisbos del océano atrapados entre cadenas de montañas escarpadas. Sus palabras eran mi realidad, pues poco había cambiado el paisaje.

El año que ella llegó, no había llovido en la isla durante siete años. La gente se moría de hambre. Muchos huyeron a las otras islas y más allá. Me preguntaba qué había hecho el gobierno español para ayudar, pero ya tenía la respuesta, conociendo su reputación: nada.

Que ella hablara español ya no era dudoso, ya que mencionaba la tensión de concentrarse durante horas en la conversación de los demás. Era una tensión mental con la que estaba demasiado familiarizada.

Efectivamente, se quedaron con don Marcial Veláquez, como había dicho Paco, y disfrutaron de su tiempo con Marcial, su madre y su hermana. Olivia quedó impresionada por la colección de libros de Marcial y sus conocimientos de política, historia y geografía, y en la misma breve frase reveló sus propias predilecciones y refinamiento intelectual. Describía la casa de Marcial como de una sola planta.

Ni siquiera mencionó que pasara por mi casa, y mucho menos que entrara en ella.

Volví a hojear las páginas. Antes, cuando se habían alojado en La Oliva, mencionó haber pasado por un pintoresco edificio gris de dos plantas y me di cuenta de que probablemente se refería a la casa del coronel – la Casa de los Coroneles. Para entonces, la época de los coroneles ya había pasado.

En conjunto, la Fuerteventura que ella describía se parecía muy poco a la isla que yo conocía y amaba, excepto por el paisaje. La antigua forma de vida había desaparecido. Todo lo que quedaba sólo se podía encontrar en los museos. Para gente como Paco, el diario de viaje de Olivia era un elogio y yo podía ver por qué. Suponía que gran parte del mundo había sido engullido, de un modo u otro, y que las viejas culturas se habían perdido, consideradas sin valor o sin importancia por los promotores, hombres como mi padre, a quienes, al fin y al cabo, no podía importarles menos.

Leí y releí el libro de Olivia Stone y copié algunas descripciones en mi cuaderno. Siguiendo la afirmación de Paco de que ella se había fugado a Tiscamanita, busqué indicios de que fuera una mujer infeliz atrapada en un mal matrimonio, sumergiéndome en los capítulos sobre Lanzarote y Gran Canaria, pero no había ningún indicio de ello. Olivia rara vez mencionaba a su marido, salvo para reconocer su presencia.

Con amarga ironía, al final del día volví a la búsqueda de alojamiento y, al encontrar la isla abarrotada, me imaginé acampando bajo las estrellas, o durmiendo en mi coche, como había oído que hacían otros. Aquellos que, como yo, se negaban a ser derrotados. Si Olivia Stone, una mujer poco robusta según ella misma, pudo montar en camello bajo el calor abrasador y los vientos huracanados, yo podría soportar un poco de incomodidad, seguramente.

Se me ocurrió otra cosa. Había dos habitaciones casi terminadas en mi casa. Si conseguía convencer a Mario de que las hiciera habitables, podría quedarme allí incluso sin electricidad ni plomería. Al menos sería un techo adecuado y sería mucho mejor que dormir en mi coche. Tener a alguien en el lugar por la noche también añadiría seguridad, aunque no creía que fuera necesaria. Me negaba a ceder a la idea de una maldición, o a dejar que Cejas, un perro o esas extrañas luces parpadeantes me impidieran quedarme en mi propia casa. Además, al final tendría que vivir allí.

Sospechaba que era algo que Olivia Stone podría haber hecho. No de buena gana, pero lo habría soportado.

TEORÍAS PROBADAS

Telefoneé a Mario a la mañana siguiente, tan temprano como me atreví, y le pregunté con toda la cortesía e indiferencia que pude, qué era lo que había provocado que no se presentara en la propiedad la otra noche. Creí que habíamos acordado, le dije. Pareció disculparse mientras daba una tediosa explicación sobre un compromiso previo que había olvidado, y sobre cómo tuvo que salir corriendo casi al momento de llegar a casa y dejar su teléfono en el banco de la cocina por error. El escenario que pintó sonaba verosímil, pero no me creí ni un ápice. Frustrada y un poco decepcionada, intervine cambiando rápidamente el curso de la conversación con: "¿Han terminado los obreros de enlucir esas dos habitaciones?"

Hubo un momento de silencio en el que procesó mi pregunta y respondió afirmativamente.

"Bien, porque voy a tener que mudarme a la casa."

"¿Qué? ¿Por qué? Tiene un departamento. "Menos mal que mi teléfono estaba en el altavoz o me habría reventado un tímpano.

"Lamentablemente, el propietario quiere que me vaya", dije en voz baja, sin dejar que su tono histérico influyera en el mío.

"No puedo encontrar otra alternativa." Describí mis esfuerzos en línea del día anterior con voz comedida. "No creo que tenga muchas opciones. Aparte de dejar la isla durante el verano."

"De acuerdo, de acuerdo. No, no lo haga", dijo, tranquilizándose. "El progreso será mucho más lento sin usted. ¿Cuándo tiene que mudarse?"

"En dos semanas."

Lo oí exhalar.

"No le va a gustar." Se refería al ruido, al polvo y a la falta de privacidad, energía y agua.

"Hay un generador."

"Eso es sólo para las hormigoneras y las herramientas eléctricas."

"¿Quiere decir que no puedo usarlo?"

"No."

"¿Por qué?"

"Porque tendría que ponerlo en marcha toda la noche para una heladera y habría quejas por el ruido."

Me tocó reaccionar y me quedé boquiabierta. ¿Quién había en mi calle para quejarse del ruido?

"Y a los hombres no les gustará", añadió.

Eso lo podía entender. Por lo menos habría un cable de extensión que iría desde el granero hasta mis habitaciones. Mientras mi mente se esforzaba por asimilar la falta de energía, le dije que encontraría la manera de afrontar todas las dificultades y que seguiría buscando una alternativa. Mientras tanto, al menos tenerme cerca por la noche mantendría alejados a los intrusos. Cedió, pero no sin antes decirme que primero debía pintar las habitaciones.

"¿Yo?"

"Mis hombres no son pintores. No puedo traer a un pintor hasta que todo el trabajo esté terminado. Los pintores siempre vienen a lo último."

"¿No puede hacer una excepción?"

"Tengo que tener en cuenta mi reputación. A los pintores no les gusta y a los demás tampoco. ¿Sabe pintar?"

Por supuesto, que sé pintar. ¿Qué propietario que se precie de una casa adosada en Colchester no sabía distinguir un extremo de un pincel de otro? Aunque tuve que admitir en privado que sólo me había ocupado del cuarto de baño en una escapada de Semana Santa, un pequeño dormitorio en otro, y todo lo que hice fue pintar sobre lo que ya estaba allí. Aun así, había visto suficientes programas de bricolaje como para saber qué hay que hacer y qué no, y cuando me ocupé del dormitorio, Clarissa me enseñó a utilizar el rodillo sin hacer salpicaduras de pintura, a repartir la pintura de forma uniforme y a conseguir un acabado sin pinceladas, y a emparejar y recortar. Me dijo que había aprendido de un profesional cuando estaba construyendo su ampliación y su pintor se enfermó; necesitaba la habitación terminada a tiempo para una fiesta.

Consulté mi diccionario español-inglés, anoté lo esencial y me fui a la ferretería. Seguí el consejo de una servicial ayudante y compré tres latas de seis litros de pintura blanca, un rodillo y una bandeja, una vara de extensión, cinta adhesiva, una brocha para recortar, chapas, una pequeña escalera de mano y una plataforma de pintor. Cuando cargué mi todoterreno Hyundai, me di cuenta de que no tenía nada que ponerme. Me pasé por una tienda de ropa barata para comprar pantalones y una camiseta suelta, y utilicé su probador para cambiar de ropa.

Al verme llegar con mi equipo, algunos de los obreros me sonrieron, aunque algunas de esas sonrisas eran probablemente abucheos y en su interior los hombres ponían los ojos en blanco. Mario debía haberles dicho. Yo respondí del mismo modo, jurando ignorarlos a todos y me puse a trabajar.

Al entrar, encontré a un carpintero colgando la puerta del comedor. Me ignoró cuando pasé con un brazo lleno de sábanas y entré en el salón por el vestíbulo. Las paredes eran de yeso gris. La ventana, con sus asientos curvos y sus contraventanas de madera, y una robusta puerta de madera, hacían juego con las vigas vistas del techo. Las tablas del suelo aún no estaban lijadas. Llevé el resto de mi equipo, sintiéndome un bicho raro y tan lejos de un miembro del equipo como fuera posible. Mientras extendía las sábanas, Helmud entró en la habitación. Con un vistazo rápido, observó la parafernalia del pintor y procedió a darme instrucciones. Me dijo cómo utilizar el rodillo sin hacer salpicaduras. Me demostró cómo sujetar la brocha y cómo recortar. Lo observé en silencio, notando una mirada de aprobación sorprendida por mi compra de una brocha de cola de rata. "Es una buena marca", dijo. A continuación, me dio instrucciones sobre el uso de una escalera y una plataforma y sobre la mejor manera de remover la pintura. Le sonreí y le agradecí sus consejos. No mencioné a Clarissa ni mis esfuerzos anteriores. No dije que tenía una mano firme y que pensaba hacer un buen trabajo. Sabía que volvería a comprobarlo, una y otra vez. Era un hombre, pensé, y a los hombres les gusta explicar las cosas. Algunos hombres, la mayoría de los hombres, ¿todos los hombres? No tenía ni idea. Aun así, le agradecí el alargador y la luz que había traído.

Lo que Helmud no me dijo y tuve que averiguar por mí misma fue lo engorroso que resultaba pintar, subiendo y bajando escaleras, removiendo, vertiendo, cepillando y esparciendo la pintura, todo ello con cuidado de que no salpicara. Sin embargo, no podía parar; ver cómo el gris se volvía blanco era satisfactorio y el proceso rítmico, casi hipnótico y compulsivo, y para mi sorpresa estaba disfrutando del proceso.

El enlucido absorbió la mayor parte de la primera capa. Pintar prolijamente fue fácil en las esquinas y no había zócalos con los que lidiar –Mario me había aconsejado pintar casi hasta las tablas del suelo – pero alrededor de las vigas fue mucho más desafiante. No quería manchas de pintura en la madera. Tapar los bordes de todas esas vigas significaba estirarse con los brazos por encima de la cabeza. Sin embargo, me negué a pedir ayuda.

Tal y como había previsto, Helmud no perdía de vista mis progresos, asomando la cabeza por la puerta de vez en cuando. Al verme llegar y cortar trabajosamente a lo largo del borde de una viga, me dijo que no me preocupara demasiado, ya que habría que lijarlas y luego barnizarlas. Fue entonces cuando me di cuenta de que esas vigas también llevaban mi nombre. "¿Qué es lo que hay que barnizar?" pregunté. Cuando volví a bajar de la escalera, anoté el papel de lija y el aceite de linaza en la lista de la compra que tenía guardada en Notas en mi teléfono.

Los techos de tres metros significaban mucha pintura. Conseguí dar dos capas en la primera habitación antes de terminar por hoy. Para entonces, me dolía la muñeca, me dolía la cabeza y me sentía mareada por los gases.

A la mañana siguiente, me desperté con el cuello y los hombros agarrotados. Sin inmutarme, salí temprano hacia la obra y llegué antes que los hombres, para dar la primera mano a la segunda habitación antes de que oyera los habituales martillazos, pasos y conversaciones. Esta vez, me puse los auriculares y puse Stereophonics y me perdí en un mundo musical ajeno a la cacofonía que había a mi alrededor.

Al tercer día, Helmud me enseñó a lijar y barnizar las viejas vigas y dinteles de madera. Esta vez, sus instrucciones fueron bienvenidas. Puse cinta adhesiva a mi pintura fresca pensando que tal vez debería haber abordado las tareas en orden inverso.

No me gustó ni el lijado ni el olor a linaza, pero disfruté viendo cómo se oscurecía el color de la madera. A medida que avanzaba el día, la tensión en los hombros y el cuello me hizo decidir que tenía que buscar una masajista.

Las puertas y las ventanas necesitaban el mismo trata-miento. Al menos, todo ese lijado y barnizado era a la altura del cuerpo. Tuve que esperar tres días entre capa y capa y aplicar una capa superior de barniz para evitar que la madera se volviera opaca.

A continuación, Helmud consiguió una lijadora de suelos y un hombre que la acompañara. Aproveché ese día para comprar los muebles y organizar la entrega para el día de la mudanza. Mientras tanto, me tocó a mí, de rodillas, sellar el suelo.

Las cejas de los obreros se alzaron cuando los repartidores aparecieron con una cama, una cómoda, una mesa y sillas, un armario de dos puertas independiente y dos pequeños y cómodos sillones. Todo muy práctico y nada antiguo. Pensando bien en mis necesidades, compré un hornillo de dos anillos y una garrafa de gas, cacerolas, vajilla, cubertería y utensilios, una bolsa de compras llena de velas, un encendedor y diez cajas de fósforos.

Pensando en cómo me las arreglaría sin cañerías, organicé la entrega de un segundo baño químico, ya que no tenía intención de utilizar el de los hombres. Lo puse al otro lado de la dependencia más cercana. El de ellos estaba junto al granero. Recordando una escena de uno de esos programas de televisión de supervivencia, despejé una zona dentro de esa dependencia donde las paredes estaban por encima de la altura de la cabeza y coloqué un cuadrado de adoquines para que sirviera de base para el gran cuenco de plástico y el cubo que utilizaría como ducha improvisada. Helmud me ayudó a colocar un gran recipiente de agua sobre una plataforma baja hecha con un par de tablones y algunos bloques de hormigón.

El otro dispositivo que compré a un alemán en Tetir fue una batería solar y dos pequeños paneles que venían con puntales que podía orientar hacia el sol. Me hizo una demostración y tomé algunas notas, y monté los paneles detrás de mi baño, bien lejos de la construcción. Había que llevar la batería de un lado a otro, pero valía la pena.

Estaba ocupada arreglando mis cosas para pasar mi

primera noche, cuando apareció Paco. Lo vi a través de la ventana del salón, que había dejado abierta para ventilar la habitación. Me apresuré a recibirlo, su aparición fue una grata sorpresa.

No lo había visto desde que habíamos comido en Antigua unos dos meses antes y había perdido la esperanza de volver a verlo. Mientras observaba el andamiaje y el ritmo frenético de las obras, me explicó que había estado en El Hierro y luego había ido a La Gomera y La Palma, de hecho a todas las islas para hacer fotos para un folleto de viajes y una página web.

"Fue algo inesperado. No podía dejarlo pasar."

"Una oportunidad estupenda, por lo que parece", dije, y Paco subió como la espuma ante mi opinión. Yo tampoco la habría dejado pasar. "¿A tus jefes de Caleta de Fuste no les importó?"

Sus ojos se llenaron de diversión. "Los dueños del restaurante son la hermana de mi madre y su marido, y no, les pareció bien."

Con un poco de envidia, me maravillé de la estrecha red familiar de la que formaba parte y me pregunté si todas las familias de la isla eran iguales.

Cubrí mi reacción con un: "Asegúrate de enseñármelo cuando salga a la luz." Al ver que los hombres bajaban las herramientas para un descanso matutino y se reunían junto al granero, añadí: "Entra y echa un vistazo a lo que ha pasado."

Miró a los hombres, cuyos ojos se habían dirigido sin duda a la mujer inglesa y a su amigo. Bajo su escrutinio, Paco parecía incómodo. "¿Estás segura?"

"Es mi casa, Paco. No la de ellos. Ven."

Me siguió al interior del edificio y nos detuvimos en el patio para echar un vistazo. Giré y esperé. Había sacado su cámara y estaba fotografiando cada pequeño detalle a ambos lados del tabique, murmurando para sí mismo. Se agachó para obtener un mejor ángulo de lo que le había llamado la atención, y observé el tirón de sus pantalones alrededor de su trasero, la forma en que su cola de caballo bajaba por su espalda, el grosor de sus antebrazos, mi mirada se detuvo en la piel bronceada, el vello masculino. Me encontré admirando su masculinidad por completo y rápidamente miré hacia otro lado.

"Paco", dije, sintiendo que perdíamos tiempo y dirigiéndome al vestíbulo.

Cuando entró en mi nuevo espacio vital, se quedó boquiabierto.

"Esto es increíble."

"¿Te gustan mis esfuerzos?" El orgullo se me hinchó en el pecho.

"¿Tú?"

"Pinté las paredes, aceité las vigas y barnicé el suelo. Todo yo."

"Vaya", miró los muebles. "¿Vives aquí?"

"Tuve que dejar el departamento. Querían que me fuera."

"Bastardos. ¿Te dieron una razón?"

"No."

"Es porque saben que pueden obtener más dinero cobrando una tarifa diaria a otra persona."

"¿En serio?"

"Es temporada de vacaciones."

No me convenció, aunque no tenía otra explicación. No quería discutir con él. No parecía haber nada más que decir, nada que ninguno de los dos estuviera preparado para decir. La presión crecía.

Entonces, en un momento de coraje, dijo: "He venido a invitarte a comer."

"Es un poco temprano", dije con demasiada rapidez, avergonzándome por mi falta de tacto.

Pareció decepcionado y no me sorprendió.

"¿Adónde piensas ir?" Le sonreí para compensar mi falta de consideración.

"A Pájara."

"Necesito unos minutos para cambiarme."

Lo acompañé a la puerta y cerré la ventana, poniéndome en una oscuridad casi total. Mis ojos se adaptaron pronto y me cambié los pantalones y la camiseta, desaliñados y los zapatos de tacón por un colorido vestido de playa y unas sandalias. Un rápido cepillado de mi voluminoso cabello y ya estaba lista.

Cuando salí de mis habitaciones, Paco estaba haciendo más fotos y los hombres volvían a subir al andamio y a sus diferentes puestos en la obra. Las miradas iban de un lado a otro. Vestida como para una cita, me alegré de salir corriendo.

El día se estaba volviendo caluroso y no había mucha brisa. Acompañé a Paco hasta su coche. Me pareció natural viajar con él, aunque renunciara al lujo de mi flamante Hyundai por su vieja y polvorienta cafetera. No había sido pasajera en un coche desde que la tía Clarissa me había llevado a la estación una vez que mi Vauxhall estaba en revisión, pero nunca en la isla. Por una vez, pude disfrutar plenamente del paisaje, las cadenas montañosas, el horizonte, las extensas llanuras. Se acabó demasiado pronto, un viaje de diez minutos y habíamos llegado.

Pájara es uno de mis pueblos de interior favoritos. Situado en el extremo sur del macizo de Betancuria, tiene un ambiente pintoresco e histórico, con una hermosa plaza en el centro llena de árboles y bonitos setos. La plaza está dominada por el moderno edificio del ayuntamiento y la antigua iglesia de Nuestra Señora de la Regla, famosa por sus tallas de estilo azteca. Paco estacionó en una calle lateral y nos dirigimos a un restaurante que daba a la plaza. Sentados junto a una ventana, teníamos una agradable vista lateral de la fachada de la iglesia.

Había visitado la iglesia en mis últimas vacaciones. Me gustó mucho el aspecto azteca del frontón de la entrada y, en el interior, los magníficos retablos que van desde el suelo hasta el techo, pintados con gran detalle, sobre todo en rojo y dorado.

La iglesia se terminó de construir unos setenta años antes que mi casa, y los techos abovedados eran de la misma madera tallada.

Mientras mi atención se centraba en los curiosos que deambulaban por la plaza, Paco estudiaba su menú. Detrás de nosotros, la cafetería se llenaba. El ambiente era relajado y agradable. El siseo de las frituras y los ricos aromas de la cocina, a los que me había acostumbrado, me despertaron el apetito.

"¿Qué quieres comer?", dijo, interrumpiendo mi ensoñación.

Mis ojos se posaron en el plato de tapas mixtas y sugerí que lo compartiéramos.

Volvió a mirar a la barra y una joven se acercó a tomar nuestro pedido, y Paco añadió dos cervezas. Nos sentamos durante un rato en un silencio agradable. Parecía preocupado, o momentáneamente perdido en sus pensamientos. Consideré la posibilidad de contarle los últimos acontecimientos, en particular las extrañas luces que había visto, pero decidí no hacerlo. No quería que las preocupaciones espeluznantes estropearan nuestro almuerzo. Lo único que quería era disfrutar de la comida local rodeada de gente, y sobre todo disfrutar de la compañía en mi mesa.

Cuando llegó la comida se puso a charlar, compartiendo historias de su infancia en la granja de su familia en Triquivijate, y de las grandes reuniones, los banquetes y las fiestas. Yo escuchaba, atenta y fascinada, mientras envidiaba su amplia red familiar. Sonaba especialmente cariñoso con su madre. Al oírle elogiarla, deseé poder recordar a la mía. Me entristecía haber conseguido borrar cualquier recuerdo que pudiera haber. No tenía ni idea de qué hacer al respecto. Tal vez era demasiado tarde y nunca recuperaría nada.

Cuando terminamos de tomar los jugos de las tapas con pan crujiente, Paco sacó su cámara y me enseñó las fotos que había hecho en su viaje, pasando la cámara de un lado a otro mientras me explicaba las secuencias de tomas. Las que había tomado de El Hierro eran impresionantes. La sensación de elevación en la cima de la isla y la gran extensión de acantilados que abarcaba un litoral en el que se cultivaba la tierra y en el que había un pueblo y algunos cortijos salpicados. "Frontera", dijo señalando el pueblo. Qué lugar tan excepcional para encontrarse, frente al Atlántico, al oeste, con un gran acantilado que se levantaba detrás. No estaba segura de sentirme cómoda con tanto poder elemental a mi alrededor. Paco había tomado fotos del bosque especial en la cima de la montaña y otras de líneas de casas abrazando estrechos carriles que descendían por barrancos de lados escarpados. Vistas típicas de las otras islas, como descubrí viendo sus fotos de La Gomera. Cuando Paco describió el viaje que había hecho desde el puerto hasta el lado oeste de esa isla, la carretera que se aferraba a las escarpadas laderas de las montañas, las curvas cerradas y las vistas en picado hacia los barrancos y el océano, las palmas de las manos me entraron en sudor frío.

Sus fotos de La Palma eran aún más impresionantes. Había tomado docenas de ellas, mirando desde un punto de vista por encima de las nubes hacia el océano brillante que había debajo.

"Tiene dos mil quinientos metros en la cima", dijo.

"¿Es el más alto de las Islas Canarias?"

"No. El Teide, en Tenerife, es el más alto."

"¿Qué altura tiene?"

"Cerca de cuatro mil."

Nunca había estado en Tenerife. Intenté imaginarme estar a cuatro kilómetros de altura en una montaña, e instantáneamente preferí las vistas a baja altura de Fuerteventura. Pero mientras Paco describía su viaje, me di cuenta de que los isleños no tenían ningún problema con la altitud, y que estaban muy dispuestos a cultivar en terrazas, las empinadas laderas de las montañas, para aprovechar los suelos fértiles, persiguiendo cualquier tipo de lluvia. Donde había altura, había agua.

Me pasó de nuevo la cámara para que viera una foto de El Tablado, y yo estaba contemplando un sendero que serpenteaba a través de un caserío y de campos cuidadosamente cultivados, situados en lo que sólo podría describirse como un lomo escarpado, porque el terreno caía dramáticamente a ambos lados. Los campos de la meseta eran exuberantes y verdes, y las laderas de las montañas de los alrededores, boscosas, lo que reforzaba mi idea de cosechar la lluvia. No veía otra forma de acceder al lugar que no fuera siguiendo el sendero que subía a las montañas.

"La meseta termina en un acantilado", dijo, reforzando mi observación mientras señalaba la siguiente foto, esta vez del final de la pequeña meseta, donde una caída escarpada se asomaba para siempre.

Me desplacé hacia delante esperando más de lo mismo y en su lugar vi fotos de mi casa. Eran las que acababa de tomar. Las observé y estaba a punto de devolver la cámara, cuando me llamó la atención una foto del tabique, o más bien una forma oscura sentada en el agujero. Por un momento pensé que podría tratarse de aquel perro callejero o, al verlo más de cerca, de uno de los obreros agachados, pero la figura oscura no era ni un hombre ni un perro. Era algo más, algo inexplicable.

"¿Qué es?" dijo Paco, tendiendo su mano para tomar la cámara.

Se la devolví y se quedó mirando la imagen. La expresión de su rostro se ensombreció.

"Es Olivia Stone", dijo lentamente. Su rostro mostraba una sonrisa irónica.

Quería decirle que no hiciera el ridículo.

"Déjame ver de nuevo."

La cámara pasó entre nosotros varias veces, antes de que la guardara en su mochila.

La figura parecía humana, encorvada junto a la pared, pero la forma de la ropa era de época, la silueta se asemejaba a la de una mujer ataviada con un vestido largo y con mangas, un sombrero de ala ancha atado alrededor de la cara. ¿Quién era y qué hacía allí? ¿O tenía Paco razón? ¿Podría Olivia Stone haber vivido en mi casa y haberse dedicado a embrujarla?

Por impulso, le pregunté si podíamos intercambiar los números de teléfono. "Nos ahorraría que vinieras y tuvieras un viaje inútil", le dije, aunque eso era poco probable y no era mi objetivo. Siguió siendo mi único amigo y, a pesar de su aparente obsesión por Olivia Stone, descubrí que me gustaba cada vez más. Era atractivo, en un sentido bohemio y rudo, y admiraba su pasión por las islas. También se había ganado mi estima por su reciente misión de viaje. Realmente no era un perdedor sirviendo cervezas en el restaurante de su familia. Nunca lo había visto así, pero imaginé que así se lo imaginaría mi padre, e incluso la tía Clarissa, que no tenía tiempo para los derrochadores.

Me dijo su número. Lo introduje en mi teléfono y le envié un mensaje, viendo cómo me guardaba en los contactos. El acto nos unía de alguna manera, incluso casualmente, y me sentí reconfortada.

PRIMERA NOCHE

CUANDO PACO ME DEJÓ EN LA OBRA, LOS OBREROS ESTABAN recogiendo sus herramientas y marchándose. Preocupada por si algo hubiera salido mal, me despedí y me apresuré a acercarme a uno de los albañiles, que me explicó que Helmud les había dado el resto de la tarde libre para disfrutar del festival en Tuineje. El albañil me miró con interés y quiso saber si iba a ir, pero le dije que prefería instalarme en mi nuevo hogar. Una mirada de divertida incredulidad apareció en su rostro. Lo ignoré.

En cuanto me quedé sola, me cambié el vestido y fui a probar el baño, que no fue una experiencia tan mala como pensaba. Salí de la cápsula de plástico y di una vuelta a la manzana, empapándome de la extensión de la vista y afirmando que pertenecía allí, a la isla, a Tiscamanita y justo allí, a mi media hectárea de tierra. Al final, los lugareños me respetarían por restaurar una de sus grandes casas. Podría convertirme en una patrona de las ruinas. No una santa, una verdadera mecenas viva que rescataba viviendas abandonadas, su salvadora. Podría empezar por las de mi calle. Había suficientes para absorber una o dos décadas de mi tiempo. Era un pensamiento noble, aunque fugaz.

Volví a mis aposentos por el sombrero de ala ancha que había comprado una vez en Puerto del Rosario, asegurando los lazos bajo mi barbilla. Con la cabeza, el cuello y la cara a la sombra, me dediqué a cuidar y regar las plantas. Seleccioné algunas piedras grandes de un montón de rocas cercano para bordear el lecho del jardín. Luego me esforcé en reconstruir una pequeña sección del muro de piedra seca derrumbado, diciéndome a mí misma que quien había construido el muro, no podía haber hecho un buen trabajo, ya que se había derrumbado en muchos lugares, y que yo no podía hacer un trabajo peor, especialmente porque estaba teniendo mucho cuidado en colocar mis piedras de manera que encajaran más o menos unas con otras. Era una suposición que me hacía seguir adelante y de la que obtenía cierta satisfacción. El trabajo era lento y tranquilo, y era bueno estar al aire libre sintiéndome útil.

De vez en cuando levantaba la mirada hacia el volcán y me sentaba a mirarlo. Cada vez que levantaba la cabeza, allí estaba, dominando el paisaje y me preguntaba a quién más conocía que tuviera un volcán como vista. Nadie.

El robusto sol estaba menguando cuando me dirigí al interior. Después de pasar por encima de trozos de madera demasiado pesados para moverlos con el pie, me dispuse a apartar todos los obstáculos móviles del patio, deseando tener un camino despejado hacia el baño. Descubrí que vivir en una obra de construcción presentaba numerosos peligros en la oscuridad.

Había tomado la sala de estar como dormitorio. El acceso era por el vestíbulo. La ventana que daba a la calle se abría bajo los andamios. Pensaba mantener la ventana cerrada para aislar la habitación del polvo. Había dispuesto la cama contra la pared que daba a la puerta. Dos mesitas de noche completaban el mobiliario a lo largo de esa pared, junto con una silla en la esquina para guardar la ropa. Había centrado una cómoda en la longitud de la pared detrás de la puerta. Una maleta, semicerrada en el suelo, contenía la ropa que había que colgar. Había pensado en comprar un armario independiente, pero prefería mantener mis cosas cubiertas en la medida de lo posible. Incluso había seguido una tradición local y había comprado una gran funda de plástico transparente, que servía para evitar que el polvo cayera sobre mi cama, que pensaba colocarla encima durante el día cuando los hombres estuvieran trabajando.

El comedor estaba casi vacío, salvo por una mesa y unas sillas en el centro y un armario bajo, de dos puertas, junto a un banco sobre caballetes que pensaba utilizar como cocina improvisada. En el suelo había cuatro grandes botellas de agua. Los dos pequeños sillones que había comprado para mayor comodidad, completaban el mobiliario.

No había ninguna puerta que separara las dos habitaciones. Le había pedido a Mario que dejara la doble puerta abierta, aunque de pie en aquel espacio cavernoso podía ver que por la noche, en la cama, podría sentirme expuesta. Demasiado tarde para cambiar lo que había decidido en un momento de apuro, y además, cuando las habitaciones estuvieran llenas y se utilizaran para lo que estaban diseñadas, la apertura sería deseable. Aun así, me anoté mentalmente que debía pensar cuidadosamente cada decisión futura, enfocándola desde todos los ángulos. Cuando se trata de una construcción, las decisiones son difíciles, si no imposibles, de deshacer.

El sol aún no se había puesto, pero dentro, con las puertas cerradas, las habitaciones estaban negras como la noche. Fui encendiendo velas, gruesas velas de iglesia, cada una en su propio platillo. El efecto de toda la luz parpadeando suavemente daba al espacio una sensación etérea y tenebrosa.

Para la cena, me preparé una baguette de ensalada de atún

y me senté a la mesa, con la atención puesta en la vela que tenía delante, que se movía y se mantenía en una llama constante.

Estableciendo una rutina que consideré sensata, llené un vaso, preparé mi cepillo de dientes y salí a la calle, deseosa de lavarme los dientes antes de que cayera la noche. Luego traje la batería solar.

Ir al baño para orinar a medianoche no me atraía en absoluto. Tampoco era mi solución. Tomé el cubo de plástico que había estado utilizando para regar el jardín y encontré un trozo de madera rota en el montón de basura para utilizarlo como tapa. Mi orinal, y repasé mi idea de la casa rodante una vez más, mientras lo dejaba en la esquina más alejada del comedor.

Encerrada en mi habitación para pasar la noche, estaba atenta a cualquier sonido. Nadie sabría que estaba sola en estas dos habitaciones, aunque podrían ver mi coche estacionado junto al granero. Si un intruso pasaba por allí, seguro que abriría alguna de las puertas de mi improvisado hogar. Lo cual no me dejaba otra opción. Con cuidado de no dañar el suelo recién sellado, empujé un sillón contra la puerta del comedor como elemento disuasorio. En mi dormitorio, apoyé una silla para que el respaldo quedara debajo del picaporte, como había visto hacer en las películas.

Para borrar el silencio que se apoderaba de mí, emparejé mi portátil con mi nuevo altavoz, que había comprado en uno de mis numerosos viajes de compras, conecté el altavoz a mi nueva batería solar y puse *Tesoro* de los Gemelos Cocteau, suavemente al principio, y luego, al darme cuenta de que la acústica ofrecía una nueva experiencia sensorial, subí el volumen un poco más, y un poco más todavía. Había demasiadas superficies planas para que el sonido fuera perfecto, pero mientras escuchaba supe que la voz de soprano de Elizabeth Fraser pertenecía a mi casa. Sus vocalizaciones se elevaron, los distintos tonos cobraron vida, y el ambiente de las guitarras, con sus tonos soñadores y melancólicos, abrió en mí ese anhelo familiar, aunque incipiente, que rápidamente se transformó en una melancolía de ojos abiertos.

Fue un momento de imprudencia y supe que debía apagarlo, escuchar otra cosa. En lugar de eso, me senté en la cama y me abrí a la música, y cuando empezó la segunda parte de "Donimo" me llené de una soledad dolorosa. Aislada del mundo por las paredes de la casa, aislada de la isla por mi poco tiempo en ella, aislada de mis raíces y de mi familia, estaba desprovista de todo lo que una vez había tenido y era un sentimiento peculiar, conmovedor, un vacío que necesitaba ser llenado.

Los Gemelos Cocteau eran música interior, para ser reproducida en castillos y catedrales, espacios contenidos, que no se perdieran en el viento, aunque de alguna manera los sonidos reflejaban también el vacío exterior. Sin embargo, la música era discordante, estaba fuera de lugar, ya que hablaba de otro desierto, de otro paisaje salvaje y escarpado, un paisaje escocés. Si quería pertenecer de verdad a este lugar, tenía que comprometerme con la música local, tal vez algo parecido a los Gemelos Cocteau, algún grupo musical que despertara en mí, el oyente, el mismo anhelo.

Tesoro llegó a su fin y puse *El Cielo o Las Vegas*. Todo pensamiento se evaporó cuando Elizabeth cantó la primera estrofa de "Iceblink Luck". No había previsto lo que la música iba a provocar en mí, para llenar el vacío al que había sucumbido, a pesar de mi, o tal vez a causa de mi estado elevado. Un tipo de pérdida era un conducto para otra y empecé a sentir dolor por mi madre. Mi garganta se estrechó como si un pesado bulto se alojara allí y las lágrimas cálidas brotaron de mis ojos y formaron ríos por mis mejillas. Me quedé atrapada en cada subida y bajada de voz, como si la agonía de la pérdida de mi madre se balanceara de forma sincronizada. ¿Qué me estaba pasando? Como si se tratara de una respuesta, el vacío que había en mí, pronto se llenó de recuerdos.

Un recuerdo de un autobús número 13.

Un autobús que atravesó un paso de peatones. El conductor fue demasiado lento para reaccionar.

Había caído de bruces justo delante de la rueda del lado del pasajero. El autobús hizo las veces de apisonadora municipal. Su bolsa de la compra, llena de tomates demasiado maduros, cayó bajo la rueda delantera junto con ella, creando un lío espantoso de jugo de tomate y trozos de piel y pepitas de verduras, todo mezclado con la sangre, la piel y la carne de mamá. La combinación de materia vegetal y mi madre parecía más espesa y mucho más evidente en las rayas blancas de la senda peatonal.

Una escena horrible para los espectadores y en particular para uno de ellos, yo.

Tras ver el autobús, me quedé en el cordón. Me sentía insegura de que el autobús se detuviera. Tenía siete años y un sexto sentido más que mi madre. Para ser precisos, tenía exactamente siete años porque el autobús número 13 atropelló a mi madre a la una y trece minutos, de la tarde del trece de julio, que casualmente era mi cumpleaños. Mi madre había comprado los tomates para hacer sopa de gazpacho. Mi favorita.

El recuerdo fue demasiado, al igual que la culpa. Mi madre salió aquel día a comprar los ingredientes para la sopa favorita de su única hija, una mujer tan perdida en la música que escuchaba, que no giró la cabeza para ver aquel gran bulto de metal, que se precipitaba hacia ella.

Había bloqueado el horror de aquel día, la masa de rojo que se congelaba sobre las rayas blancas de la senda peatonal.

El único vestigio del trauma del que era consciente, era que nunca me interesó celebrar mi cumpleaños. Mi padre y mi tía Clarissa habían intentado atraerme con torta y velas, con regalos envueltos en papel brillante y con viajes a la playa, pero yo me replegaba en mi interior, me pegaba una sonrisa y trabajaba durante horas, adormecida.

Siempre había luchado contra el recuerdo de aquel horrible día, mi cumpleaños, pero estaba ahí, estaba ahí, forzando ahora mi camino a través de "Las Gotas de Rocío Nacarado Caen" como si mis oídos fueran los de mi madre y yo estuviera dentro de su cabeza, mientras el choque de aquel autobús destrozaba todo lo que ella era.

Me levanté, recorrí la habitación con su enorme ventana enrejada y su puerta de madera tallada y sus vigas, y fue como si dentro de esta cámara hubiera convocado a la pena, a la pena candente, y le hubiera concedido por fin permiso para salir.

El llanto siguió y siguió.

Me rodeé con mis brazos y me paseé por la habitación, agachándome de vez en cuando. Cuando creía que por fin estaba menguando, alguna melodía conmovedora entraba en acción y provocaba más lágrimas. Sin embargo, no podía sustituir a los Gemelos Cocteau por otra cosa. Habría sido desleal con un recuerdo.

Finalmente, puse La *Tierra de Victoria*. El ritmo, más lento y suave, permitió que mis sentimientos se asentaran y se quedaran quietos. Al poco tiempo, la batería se agotó y la música se detuvo repentinamente. Me vi inmersa en el silencio.

Las lágrimas de dolor encerradas durante más de treinta años tenían que terminar en algún momento, y después de tres álbumes enteros de música, estaba agotada. Me ardían los ojos. Había una pequeña montaña de pañuelos empapados junto a mi cama. Humedecí un pañuelo limpio y me limpié la cara manchada de lágrimas y los ojos hinchados. Allí me senté, sorprendida por la efusión, mientras la razón tomaba el control.

Me dije que había pasado demasiado tiempo casi sola, bajo una tensión e incertidumbre considerables, y soportando algunos reveses importantes. Que era natural que tanto estrés hubiera desencadenado el recuerdo que había estado reprimiendo durante tanto tiempo. Que tenía que practicar el autocuidado y no permitirme llegar a un punto tan álgido en el que los desencadenantes provocaran una avalancha de dolor. Encontré un bloque de chocolate negro de aspecto lamentable en mi bolso y me lo comí todo.

No había nada más que hacer, excepto leer. Abrí el Olivia Stone, que ya ocupaba un lugar privilegiado en mi mesa de noche, y empecé por el principio de su viaje a las Islas Canarias orientales, sumergiéndome en su estilo fácil mientras describía el día en que desembarcó en Las Palmas, dirigiendo mis ojos de nuevo a sus palabras cuando mi mente se desviaba a otra parte.

Hizo el mismo tipo de observaciones sobre Fuerteventura, sólo que su punto de entrada en Gran Canaria no era el de un diminuto pueblo de pescadores, sino el de una ciudad establecida con un pequeño puerto, carreteras y casas. A su llegada, en 1883, no había hoteles en la capital, pero el turismo ya estaba implantado y los Stones estaban lejos de ser el único matrimonio inglés que apreciaba la isla. Los hoteles estaban a punto de abrirse o construirse. A diferencia de las cabañas de pescadores de una sola habitación de Corralejo, Olivia describía calles establecidas flanqueadas por grandes edificios de tres plantas. John Stone había dibujado una fuente en uno de ellos.

Las descripciones eran vívidas. El suyo era un diario de viaje en el que perderse, y en dos páginas casi había olvidado mi pena. Dos páginas más y ya me estaba durmiendo.

Dejé el libro y me dispuse a apagar las velas, dejando la de la cama para el final. Eché un último vistazo a mi alrededor, apagué la llama y me acomodé bajo las sábanas pensando que me esperaba un largo sueño.

Pero no fue así. En cuanto se fue la luz, me sentí hipersensible a los sonidos. La ciudad estaba tan silenciosa como la muerte. Lo único que podía oír era el viento silbando donde podía. No había ningún perro ladrando. Oí el motor de un coche, débilmente en la distancia. Me pareció percibir el crepitar y el estallido de los fuegos artificiales mientras Tuineje disfrutaba de sus celebraciones. La sensación de que había otras personas en las calles, a pocos kilómetros de distancia, no contribuyó a calmar mi inquietud. Nunca había sufrido terrores nocturnos, pero sola en la oscuridad me sentía nerviosa. Busqué mi teléfono y abrí la caja de herramientas para la linterna, lista para encenderla si era necesario. Poco más podía hacer. Me tumbé de espaldas y me quedé a la deriva.

Debí de caer en un sueño profundo, porque cuando me desperté la luz del día se colaba por las rendijas de las contraventanas. Una sensación de bienestar me invadió. Había pasado mi primera noche en mi nuevo hogar, no importaba que fuera una obra y no importaba que hubiera llorado a mares. Encendí una vela y me quedé quieta un rato, reflexionando sobre el día que me esperaba.

Cuando me incorporé y miré a mi alrededor, el miedo me invadió, una sensación a la que rápidamente siguió la ira.

La silla que había colocado bajo el picaporte de la puerta estaba tirada en el suelo. Me levanté de la cama y recogí la silla, colocándola sobre sus cuatro patas contra la pared.

Fui al comedor y encontré el sillón que había apuntalado con fuerza contra la puerta, empujado en ángulo. La puerta del comedor estaba entreabierta. ¿Por qué no me habían despertado los ruidos de los muebles moviéndose?

Alguien había estado en el lugar, no cabía duda. Alguien había entrado en mi habitación mientras dormía. ¿Un juerguista del festival, tal vez? ¿Uno de los obreros? ¿Un bromista? ¿Cuántos habían sido y por qué no me había despertado?

Cuando me di cuenta de que había permanecido vulnerable en mi sueño, mientras un intruso se había colado en mi habitación, un miedo nauseabundo se apoderó de mi conciencia. Me sentía demasiado nerviosa como para lavarme. Después de revisar todo para no encontrar nada robado o perturbado, me vestí rápidamente, me tomé un vaso de agua y guardé una manzana. Estaba claro que mis esfuerzos de seguridad no habían funcionado. Sólo se me ocurría una solución. Pernos. Iría a la ferretería de Puerto del Rosario y compraría pernos para la parte superior e inferior de ambas puertas y para la ventana. Pernos de barril. Grandes. Tomé las llaves y el bolso y me fui.

Era sábado y la tienda estaba repleta de empleados de mantenimiento. Le expliqué mis necesidades al mismo asistente que me había vendido la pintura, y llegué a la casa equipada con pernos y un taladro inalámbrico. Conseguí cargar parcialmente la batería antes de perder la paciencia y ponerme a trabajar.

No me dejaría vencer por ese bromista.

MALA SUERTE

UN APRETÓN DEL TALADRO ELÉCTRICO Y YA TENÍA EL ÚLTIMO
tornillo colocado en la parte inferior de la puerta del comedor.
Satisfecha con mis esfuerzos, guardé el taladro en su maletín
de plástico. Mario estaría sin duda consternado por los
agujeros que había hecho en aquella madera antigua, pero mi
seguridad personal era primordial.

Fui y me puse en la puerta del vestíbulo. No iba a ser agradable acampar en la casa, ni siquiera durante el día, ni siquiera
en un fin de semana en el que tuviera el lugar para mí. Lo que
antes había asimilado de un vistazo ahora lo absorbía en detalle, la escala abrumadora de la restauración que afectaba a cada
rincón del edificio. No tenía ni idea de cuánto tiempo llevaría,
pero incluso con un ejército de hombres en el trabajo – menos
Cliff – no podía ver el proyecto terminado en seis meses.
Llevaban unos dos meses trabajando y en ese tiempo, a pesar
de tener dos habitaciones habitables, el resto parecía estar muy
lejos de estar terminado.

La puerta del vestíbulo estaba centrada en un muro de
medio metro de grosor, en mi lado recién pintado de blanco, en
el otro, enlucido viejo y piedra. La doble puerta de entrada

estaba siendo restaurada fuera de la obra y la cavidad permanecía tapiada. La pared que daba al otro lado del suelo de baldosas, en otro tiempo muy bonito, estaba en mal estado, con grandes parches de revoque que se desmoronaban. Se habían sustituido las vigas del techo, pero no se había colocado ninguna tarima y podía ver hasta el tejado, también en mal estado. En el extremo del patio del vestíbulo había una puerta con una ventana con travesaño encima. Era una puerta baja, pero completaría la casa, creando una esclusa entre el patio y la calle.

Volví a entrar, cerré la puerta y aseguré los cerrojos por arriba y por abajo, con dos satisfactorios golpes de seguridad. Tranquilizada por la seguridad, los descerrajé, tomé la batería y fui a conectarla de nuevo a la energía solar, luego tomé mi computadora y el cargador y me dirigí a la cafetería. A mitad de la calle vi un perro callejero en un campo, observándome. ¿El mismo perro? Este parecía más grande, más fuerte, más sano. Probablemente no era un perro callejero. No se acercó.

En la cafetería, me sentí aventurera y pedí un surtido de tapas, junto con pescado y patatas fritas a la parrilla y un vaso de jugo de naranja, complaciendo sin duda a Gloria con mi pedido, que se puso en marcha después de hacer mi pedido. Había algunos comensales dentro y otros tomando café, pero afortunadamente la mesa que buscaba estaba libre. La había visto el otro día. Había un tomacorriente cerca. Como la batería solar no funcionaba con la de la computadora – algo que casi me había impedido comprar el kit solar –, no tuve más remedio que buscar otras opciones. Fui a preguntarle a Gloria si estaba bien cargar mi laptop y ella asintió desde detrás del mostrador.

Había un mensaje de mi padre deseándome lo mejor y esperando que la restauración fuera bien. Clarissa se disculpó por no haber tenido tiempo aún para la investigación sobre Olivia Stone. Estaba ocupada con los preparativos del funeral de otro amigo que había fallecido repentinamente y no tenía familia. Al menos, ninguno que se preocupara mucho. Ella y sus amigos de la iglesia espiritista habían despedido a la pobre Dorothea como era debido. Ni un solo pariente había hecho acto de presencia. Sorprendente. Pero sí, dijo, los fantasmas viajan. ¿Por qué pregunto?

Guardé ese último dato en un archivo mental marcado como dudoso. Seguía apostando por Cejas.

Dejé que la laptop se cargara y me puse a degustar las tapas que Gloria había puesto a mi lado, disfrutando de las ráfagas de pescado avinagrado, las setas con ajo y el dulce sabor de los tomates. Mientras comía, sintonicé la conversación de la mesa de al lado, que de repente había subido de volumen, y me alertó la palabra "maldición". No pude entender lo que estaban discutiendo porque su acento español era diferente y hablaban muy rápido. Uno de ellos me miró de reojo y tuve que bajar la vista a mi plato para no encontrarme con él. ¿Estaban hablando de mi casa? Seguro que no, seguro que estaban hablando de otra cosa.

Gloria vino con mi pescado y se llevó las tapas. Tenía un hambre inusitada, que achaqué a la catarsis de la noche anterior y a la falta de un desayuno adecuado. Eso, y que la comida estaba bien cocinada y las patatas fritas, por supuesto, muy sabrosas. Al final de la comida me sentía demasiado llena para beber mi jugo. Saqué mi cuaderno y anoté algunas impresiones sobre la construcción de muros de piedra seca y la fuerza del sol, así como algunas observaciones menores sobre la construcción. Me negué a registrar mis propias emociones o los extraños sucesos. Quería que mi cuaderno no informara de nada más que de las tuercas y los tornillos de la restauración y de lo bueno que era tener dos habitaciones ya terminadas.

La laptop estaba cargada al cincuenta por ciento. Me senté a esperar. Al poco tiempo, la cafetería se vació y Gloria recogió las mesas a mi alrededor y volvió para limpiarlas. Cuando parecía que había terminado, le hice un gesto para que se acercara, pensando en aprovechar la conversación que había escuchado para sacar el tema de la maldición de mi casa.

Se rio. "No podía ser. Eran de La Gomera. Estaban hablando de una leyenda local. La maldición de Lauringea."

"¿Lauringea? ¿Quién era?" pregunté, viéndola juguetear con el paño en la mano.

"Ella. Es una antigua maldición y no tiene nada que ver con tu casa."

"¿La conoces? Me encantaría escucharla, si tienes tiempo."

Miró a la puerta. Al ver que nadie iba a entrar, dejó el paño, acercó una silla y dijo: "De acuerdo, te la contaré. La leyenda cuenta que Lauringea era la esposa de un campesino indígena, que fue seducida cuando era joven por el gobernante de Fuerteventura, Don Pedro Fernández de Saavedra. Era un mujeriego y ella acabó teniendo un hijo ilegítimo suyo. Uno de muchos, me imagino."

"Suena como un verdadero asqueroso."

"Lo era", dijo ella con una rápida mirada a la puerta. "Un día, cuando el hijo de Lauringea era un hombre, trató de defender el honor de una joven doncella que estaba siendo seducida contra su voluntad. El seductor no era otro que uno de los hijos legítimos de don Pedro."

"Debe ser genético", dije. "Ya sabes, un Don Juan."

Se rio. "No sé, tal vez lo era."

Hubo una pausa y me di cuenta de que había perdido el hilo.

"Lo siento, he interrumpido. Por favor, continúa."

Tomó aire. "Bueno, por supuesto, justo entonces apareció Don Pedro. Al ver lo que ocurría, mató al hombre que intentaba defender la virtud de la pobre doncella. Lauringea se horrorizó. Le gritó a don Pedro que había matado a su propio hijo. No tengo ni idea de lo que ocurrió con él."

"¿Qué pasó?"

"Estaba desconsolada y furiosa. Invocó a los dioses guanches y lanzó una maldición sobre toda Fuerteventura por estar bajo el dominio de un hombre como Don Pedro. Sopló un viento de levante y trajo la calima y las flores se marchitaron y todas las hierbas se secaron hasta quedar crujientes."

"Eso es realmente fascinante." Lo decía en serio.

"Esa maldición tiene quinientos años", dijo ella, ahora muy habladora. "La maldición de tu casa es diferente. No es realmente una maldición, pero la gente lo ve así. Eso es lo que creen y, te juro, con razón."

"Pero, ¿por qué?"

"Durante los últimos ciento cincuenta años, desde que los Barasos vivieron y murieron en tu casa, algo malo les ha sucedido a los que han intentado vivir allí."

"¿Cómo qué?" dije, escéptica.

"Conozco tres ejemplos. La familia Rivas, que tuvo cinco hijos que murieron todos de gripe en la misma temporada."

"Eso es triste."

"Luego estaba el caballero agricultor, Juan Perera, que vivía allí con su familia. Tuvieron que mudarse después de que él perdiera su fortuna debido a una mala cosecha."

"Eso le puede pasar a cualquiera", dije, sabiendo que debería haberme callado.

"No en un año de buenas lluvias cuando todo el mundo disfrutaba de la abundancia."

"Me parece justo", dije, aunque no me convencía.

"Luego estaba Concha Delgado, madre de dos hijos, que murió al dar a luz."

"Perdona que te lo pregunte, pero ¿no habría pasado eso de todas formas?"

Se levantó y dio ligeros golpes con el dedo en la mesa.

"Quizá, pero todas las personas que han vivido en esa casa han tenido mala suerte. Con los años, la gente dejó de querer tener algo que ver con el lugar. No les gusta la sensación que produce."

ISOBEL BLACKTHORN

"¿Qué sensación?" dije, mirándola, realmente desconcertada. Nunca había sentido ningún tipo de "sensación".

Recogió el mantel y procedió a doblarlo en cuadrados. Sus modales se habían vuelto un poco agitados. Me sostuvo la mirada. "Una desagradable. Me han dicho que una de las sirvientas que trabajaba allí oyó voces."

"¡Voces!"

"Fantasmas. Y cosas que se movían." Apartó la mirada y sentí que se arrepentía de ese último comentario. Una mirada de preocupación apareció en su rostro. "No iba a decírtelo. No estoy segura de creerlo todo, pero eso es lo que me dijeron. Las cosas se movieron."

La puerta se abrió y entró una pareja de ancianos con pantalones cortos y sombreros. Gloria se alejó corriendo, dejándome absorber lo que había dicho. Su último comentario resonó en mi mente. *Las cosas se mueven.* Pero eran cotilleos, todo ello, nadie había vivido allí desde hacía más de un siglo. Los testigos hacía tiempo que habían muerto. Lo que quedaba eran rumores y chismes.

Una vez que mi laptop y mi teléfono se habían cargado, salí de la cafetería, subí a la calle y compré provisiones en el supermercado. Me atendió otro dependiente. Me presenté, pero parecía que ya sabía quién era.

Con una bolsa de comida en cada mano y la laptop pesando sobre mi bandolera, volví a la obra, con el vigoroso sol decidido a escaldar cualquier piel desnuda que encontrara.

Todavía faltaba mucho para la puesta de sol. Pensé en dedicar tiempo a reparar la pared de piedra seca, pero me lo pensé mejor. Pasaba demasiado tiempo al sol, mucho más de lo que era saludable para mi piel blanca. En lugar de eso, guardé las compras y me fui a dar un paseo en coche hasta Ajuy, en la costa oeste, donde la brisa del mar sería fuerte.

En treinta minutos me uní a los veraneantes que disfrutaban de la playa, el oleaje y las comidas al aire libre de un minúsculo pueblo pesquero dedicado a los restaurantes. Me senté a la sombra y pasé unas horas con Olivia Stone y un café helado.

Eran casi las seis cuando estacioné detrás del granero. El aire no se sentía más fresco, el sol no era más amable, pero seguramente se estaba debilitando. Me puse la ropa de jardinería y llevé agua para saciar la sed de todas las plantas de mi jardín que parecían agotadas por el día. Luego ataqué el muro. Sabía que mis habilidades eran pésimas, pero al menos las piedras estaban donde debían estar y no esparcidas por el perímetro trasero de mi manzana, donde pensaba crear un borde de pequeños árboles y arbustos.

Las ideas para un jardín crecían en mi mente. Cerraría el jardín con un muro alto junto a la acera, dejando espacio al otro lado de la casa para un camino de entrada y, eventualmente, un garaje. Me apetecía poner una pérgola frente a las ventanas orientadas al sur. Cultivaría plantas resistentes al viento en las zonas expuestas y, en los lugares protegidos, hortalizas y plantas tiernas. Había estado leyendo sobre jardinería en la isla y observaba las elecciones de los demás asomándome a los jardines que pasaba cada vez que se presentaba la oportunidad. Era obvio que se podía hacer mucho con la tierra fértil.

Cuando el sol desapareció tras las montañas, tomé la batería y entré. Como no quería agotar la poca energía que tenía la batería – ya sabía que me habían vendido una chatarra –, encendí las velas, me serví un vaso de vino y seguí leyendo. Antes de que la luz del día desapareciera del todo, me di mi primera ducha de cubo, me lavé los dientes y metí el orinal. Luego, me encerré para pasar la noche y volví a Olivia Stone y sus viajes por Gran Canaria.

La narración me gustaba cada vez más. Sus observaciones eran informativas y prácticas, desde el estado del tiempo hasta las características del suelo y las plantas que crecían. Cuando describía la preponderancia de las creencias y prácticas supersticiosas entre los lugareños, incluso en los pueblos más grandes y en la capital, Las Palmas, lo hacía con mucho escepticismo, claramente incrédula de que en la era de la ciencia todavía se adhirieran a tales creencias. Aunque se esforzaba por mencionar que en Inglaterra abundaban los mismos tipos de creencias supersticiosas. Había encontrado una aliada en Olivia Stone. Era una verdadera racionalista, una mujer que no creía en los fantasmas, lo sobrenatural o el mal de ojo. En compañía de aquella intrépida exploradora me sentí cómoda, asentada y satisfecha. A las diez, soplé las velas y me fui a dormir.

ELLA ME BUSCABA. No podía verla pero sabía quién era. Su mano estaba manchada de sangre fresca. Dudé, mirando. Quise alargar la mano y tocar la mano manchada de sangre y atraerla hacia mí, pero me repugnó a la vez. A nuestro alrededor, todo era negro y espeso. Extendí mi mano. La suya sobresalió aún más del negro, arañando hacia mí, separando la oscuridad que empezaba a desvanecerse a su alrededor. Entonces se encendió una luz y me miró con ojos sin vida. Su cabeza colgaba hacia atrás. El resto de su cuerpo estaba destrozado.

Me desperté, sobresaltada, sudando, inmersa en una mar de miedo. La habitación estaba oscura, el mismo negro del sueño. Busqué a tientas mi teléfono. Era casi de día. Encendí una vela y me senté en la cama, aturdida. El primer pensamiento racional que tuve fue que necesitaba una ventana adecuada, no esas persianas de madera que no dejaban pasar la luz. Puede que esa fuera la tradición, pero necesitaba un cristal. El comedor no tenía ninguna ventana.

Hablaría con Mario.

Me senté un rato en mi propio remanso de luz. El sueño seguía conmigo, una pesadilla. Nunca había soñado con mi madre, y nunca con un horror tan vívido. No recordaba haber tenido nunca una pesadilla. Era como si la mudanza a Fuerteventura hubiera despertado en mí demonios interiores que habían permanecido dormidos, esperando su oportunidad para desplegarse.

Me deshice de las sábanas y me puse una bata holgada. Fui encendiendo las demás velas, algo que me pareció un ritual en sí mismo.

Cuando me acerqué a la cómoda, un nuevo terror me recorrió, un solo golpe a mi tranquilidad.

Los cerrojos estaban deslizados hacia atrás.

En algún momento de la noche alguien había entrado en mi habitación y había abierto esos cerrojos.

Los cerrojos del comedor estaban igual.

No sólo estaban corridos, sino que la puerta estaba entreabierta.

No era posible. No había una explicación natural. Me sentí por un momento como Jonathon Creek tratando de averiguar cómo se había logrado el engaño.

No podía afrontar la posibilidad de una fuerza sobrenatural en mi casa.

¿Un espíritu burlón?

¿Quién?

¿Mi madre? Sin duda, ahora ella rondaba mis sueños.

¿Olivia Stone? Ella no parecía del tipo que persigue.

¿La familia Baraso? ¿Pero por qué? Habían muerto de fiebre amarilla. Una tragedia, es cierto, pero eso no explicaría un motivo para embrujar.

La tía Clarissa siempre sostuvo que los fantasmas quedaban atrapados en el plano terrenal por emociones intensas. A través de un trauma. Muerte repentina, suicidio, ese tipo de cosas.

¿Y el comentario de Gloria sobre la criada que decía que las cosas de Casa Baraso se movían? ¿Debería tomarlo en serio? De ser cierto, la culpable no podía ser mi madre, a no ser que tratara de asustarme para que dejara la casa, con el fin de protegerme de otros espíritus.

¿Y la piedra de mi departamento que se había movido dos veces? ¿También era mi madre la que me advertía? ¿Tenía que consolarme con eso? ¿Por qué ella, ellos, quienquiera que fuera, no querían que yo viviera en Casa Baraso?

Y qué decir de esa imagen de la mujer en el patio que Paco había captado en la foto. No era mi madre. ¿Podría ser Olivia Stone? Tal vez le preocupaba que yo conociera su verdadero paradero tras su desaparición y no quería que la descubrieran, ni siquiera muerta.

No.

Todo eso era basura, bazofia, tonterías, y no me atrevería a decir nada de eso.

Alguien debió entrar por la ventana.

EL COTILLO

El amanecer trajo nuevos temores.

Abrí las dos puertas para que entrara toda la luz posible. La luz de las velas parpadeaba en el aire en movimiento. La luz del interior seguía siendo tenue, la entrada del comedor estaba protegida por los andamios. Me armé de valor y llevé una vela a la única ventana y la coloqué en el asiento curvo. Un examen de los postigos de la ventana reveló lo que ya sospechaba. Los cerrojos estaban cerrados y no había señales de que hubieran forzado la entrada. Quien había entrado era inteligente, hábil, un experto. Se las habían arreglado con considerable sigilo para deslizar los cerrojos, entrar en mi dormitorio, cerrarlos, abrir de golpe los cerrojos de la puerta y salir por la puerta del comedor, todo ello sin despertarme y sin otro motivo que el de asustarme.

¿Cejas? Tenía que ser. Nadie más tenía un motivo. Aunque el culpable podría ser cualquier bromista que quisiera intimidar a una inglesa empeñada en restaurar una ruina. Algún tipo de activismo quizás. Alguien con un apego desquiciado a la casa en ruinas y un odio a los extranjeros. Alguien mentalmente inestable, rabioso, paranoico, loco. ¿Hasta dónde llegarían? Se me ocurrió que el autor había estado en mi habitación en mi ausencia, había visto el progreso, había estudiado los cierres de las ventanas y había descubierto una forma silenciosa de acceder. Sabían que yo vivía en el lugar y que había instalado cerraduras. Estaban observando, de cerca. Tuvo que ser un vecino, alguien cercano, alguien que me vio volver de la ferretería con los pernos. ¿Qué hay de ese asistente? Le había dicho para qué los quería. Eso podría haber provocado chismes y especulaciones. Cayó en los oídos equivocados. Todo parecía enrevesado y descabellado, pero mi razonamiento era mucho menos descabellado que la alternativa. Un fantasma.

Tomé una toalla y mis artículos de aseo, arrastré los pies en chanclas y salí. Mis ojos miraban para todas partes. Por lo que sabía, mi acosador estaba allí mismo, en el edificio. Llena de desgano, asomé la cabeza por el agujero del tabique. No había nadie con la espalda pegada a la pared, nadie que pudiera ver en ninguna de las habitaciones de abajo, aunque no tenía línea de visión de todos los rincones. Me obligué a pasar por el agujero y me acerqué a mirar cada una de las habitaciones orientadas al sur. Vacías, como se preveía. Volví a entrar por el agujero y me dirigí al exterior, echando un vistazo a la cocina en mi camino. No había nadie.

Para asegurarme de que no tenía compañía, coloqué mi toalla y mis artículos de aseo en una gran roca y volví al patio para subir la escalera que había al final del andamio interior. Al caminar por el balcón improvisado y entrar en las habitaciones de arriba, me invadió una tristeza inexplicable. Pensé en mi madre mientras miraba a mi alrededor en busca de detonantes, preguntándome si algo de lo que había visto me había hecho estallar. ¿El techo abovedado? ¿Las grandes ventanas que daban al volcán? ¿La pintura decorativa en los parches de la pared vieja? Nada de eso me recordaba a mi madre. Las habitaciones del lado norte estaban vacías y no había evidencia de un intruso que yo pudiera ver. No es que hubiera sido capaz de notar la diferencia con tanta actividad en el lugar.

Me quedé un rato mirando el patio con su curioso tabique que destruía la magnificencia del edificio. Desde esa elevación, podía abarcar el estado de la ruina de un solo vistazo. La casa era gigantesca, el trabajo que suponía la reconstrucción del lado sur enorme. ¿Qué he asumido? En un punto pude ver más allá de mi casa y la calle. Un examen crítico de las propiedades circundantes, con sus ventanas cerradas y sus habitantes ausentes, no arrojó nada, y fue con una mezcla de frustración y desafío que bajé las escaleras, recogí mis cosas y me dirigí a mi ducha improvisada.

Agachada en el recipiente de plástico, rociando agua fría primero sobre una parte de la carne desnuda y luego sobre otra, temblando, me apresuré a realizar los movimientos tan rápido como pude. Con o sin intrusos, dudaba que me acostumbrara a las duchas al aire libre con cubos y palanganas, y tomé nota de decirle a Mario que diera prioridad a las cañerías.

Desayuné fruta. Sentada en el comedor, intenté imaginar cómo sería cuando el patio se llenara de plantas y lo agradable que sería sentarse dentro de una habitación oscura, lejos del resplandor y la dureza del sol de verano. Fue inútil. Mi sensibilidad no se adaptaría a la experiencia de una habitación sin ventanas. Ninguna habitación debería ser una cueva. Me aferré al asunto, que se estaba convirtiendo rápidamente en un problema y cuanto antes se introdujeran cristales en lo que actualmente era mi dormitorio, mejor.

Incluso con una ventana adecuada, ninguna de esas habitaciones las ocuparía una vez que la casa estuviera totalmente restaurada. Eran demasiado lúgubres. Me veía disfrutando de la parte sur, donde las ventanas que había incluido en los planos darían a mi jardín.

Los obreros no llegarían a la obra hasta el día siguiente. Mientras la mañana seguía siendo fresca, inspeccioné mis plantas. Los drago y los aloe vera se mantenían orgullosos y fuertes, las hierbas parecían felices y las plantas de cobertura y suculentas estaban decididas a prosperar. Quité unas cuantas malas hierbas y luego fui a poner unas cuantas piedras más en mi muro. La vista del volcán y las montañas me atrajo como siempre, los ocres amarillos y rojos, la ausencia casi total de verde. Contemplando el escenario desértico, era difícil imaginar los acontecimientos de las noches anteriores, imposible creer que algo pudiera perturbar la magnífica energía de la isla.

Al aire libre, lejos de la casa, estaba preparada para contemplar la explicación sobrenatural, aunque fuera provisionalmente y aunque fuera para descartarla por completo. Porque seguramente ese viento tenaz que soplaba y soplaba barrería los espíritus. El sol brillaba con fuerza, marchitando todo los que no fuera robusto, bajo su resplandor. ¿Acaso los fantasmas no acechan en lugares oscuros y apartados? ¿No eran cosa de castillos húmedos y mansiones adornadas con hiedra en lo profundo de los bosques? Lugares donde el aire estaba quieto y las energías atrapadas. Estanques, pantanos y pozos. No aquí en Fuerteventura. O estaba creyendo en estereotipos, haciendo suposiciones basadas en novelas góticas y películas de casas encantadas. No se podía racionalizar la posibilidad en ese sentido. Además, tenía esas dos habitaciones lúgubres. Sin embargo, me negaba a contemplar la idea de un mundo espiritual que interfiriera en el mundo real. Lo que sí sabía era que no tenía ni idea de cómo iba a dormir cada noche sin saber lo que iba a ocurrir a continuación.

La calle vacía, las casas cerradas, la falta de algún vecino vivo o de algún transeúnte se sumaban a mis recelos. Ni siquiera el escuálido perro había regresado. La ausencia de vida en mi calle era poco menos que extraña. ¿Se escondían los habitantes del pueblo de mí? ¿Era eso? Demasiado asustados para interactuar por si la maldición de Casa Baraso caía sobre ellos. ¿La gente seguía siendo tan supersticiosa? Tal vez lo eran.

Al fin y al cabo, Mario no podía contratar a lugareños de ninguna parte de la isla para trabajar en mi casa. En lugar de vecinos curiosos o entrometidos, tenía otros temerosos que mantenían las distancias como si yo tuviera la peste.

Oí el estruendo del motor de un coche en la distancia y me detuve a escuchar. El sonido se acercó y, para mi alivio y alegría, Paco se detuvo en su vieja y polvorienta cafetera. Lo saludé y me apresuré a acercarme y nos encontramos junto a la pared sur de la casa.

Se inclinó y me besó las mejillas.

"No esperaba verte tan temprano un domingo por la mañana", le dije, sonriendo en su cara, encantada de verlo, sabiendo que mi exuberancia se mezclaba con el alivio.

"Quería pillarte antes de que te fueras a algún sitio."

"Pensé que estarías trabajando", dije, con la mente moviéndose demasiado lenta para el ritmo de la conversación.

"Incluso un fotógrafo tiene un día libre. Es domingo. Ven conmigo a la playa."

"¿Te gusta la playa?"

"¿A qué majo que se precie no le gusta la playa?"

"Se me ocurrió ir a nadar", mentí, encantada con la sugerencia, "pero Morro Jable estará lleno de turistas. Pensé en Gran Tarajal, pero será lo mismo. Corralejo aún peor."

"¿Por qué ir al este? Hará demasiado calor. Me voy a El Cotillo. Hay menos turistas y se puede aprovechar la brisa del mar. Claire, hoy va a hacer mucho calor. He venido a rescatarte de Tiscamanita."

Un dardo de algo que no reconocí me atravesó. "El Cotillo. Sí, claro." Hice una pausa, vacilante. "Entra un momento."

"Está bien." Levantó la cámara que era una extensión de su brazo. "Te espero aquí."

"Por favor, tengo algo que enseñarte."

Me siguió por la parte de atrás.

"Hace mucho más frío aquí", comentó cuando entramos en

el comedor. "Asegúrate de cerrarlo y así atrapará el frío y será agradable cuando llegues a casa." Cuando cerró la puerta, su mirada se dirigió a los cerrojos.

"Esto es lo que quería enseñarte."

Los inspeccionó más de cerca.

"¿Los pusiste tú?"

"Sí."

"Buen trabajo. Pero, ¿por qué los cerrojos? ¿Te estás encerrando?"

"Sentí que tenía que hacerlo. Ayer me desperté y vi que alguien había abierto las puertas mientras dormía. O debería decir que las habían abierto a empujones."

"¿Empujadas?"

Me dio vergüenza admitir mi miedo, pero continué. "No podía dormir por pensar en un posible intruso, así que me atrincheré con sillas. Cuando me desperté una silla estaba tumbada de lado, la otra estaba empujada y la puerta del comedor estaba entreabierta. Pensé que si ponía cerrojos en las puertas evitaría que se repitiera".

"¿Lo lograste?"

"Ojalá. Esta mañana los cerrojos estaban corridos y la puerta del comedor estaba abierta. Y no digas Olivia Stone. Por favor. Creo que alguien entró por la ventana y salió."

"Es posible." Se acercó a inspeccionar la ventana. Yo me quedé donde estaba, observando mi cama deshecha y la ropa tendida.

"¿Cómo pudo entrar alguien aquí?", dijo, abriendo la persiana, cerrándola y echando el pestillo. "Habías cerrado la ventana, ¿verdad?"

"Creía que sí. Dudé, con la memoria borrosa. Tal vez fuera eso; me había olvidado de cerrar la ventana. No sabía si sentirme aliviada por no tener un fantasma o alarmada por tener un intruso. "No sé", dije. "Tal vez no. Tal vez entraron de todos modos, encontraron una manera de deslizar el cerrojo."

"Eso tendría que ser un truco de magia. Tal vez tu intruso es un escapista."

"Lo sé". Sentí escalofríos. "Estaba pensando que podría haber alguien así por aquí. Un bromista."

"Es poco probable."

"No es tan improbable como un fantasma."

"¿Por qué lo niegas? Te dije que la casa está embrujada."

"Por los Barasos."

Dejó escapar un suave gruñido. "Por Olivia Stone."

"No puedes saber eso."

"Una fotografía no miente. Y tú misma la viste. Una mujer sentada en el patio."

Me rendí. No tenía sentido discutir con él. Cuando se trataba de Olivia Stone, era intratable. Metí en mi bolsa de playa un traje de baño, una toalla, un sombrero, crema solar y una botella de agua, además de un vestido de algodón. "¿Vamos en mi coche?" pregunté, pensando que ya había venido en coche desde Puerto del Rosario y que, además, mi aire acondicionado era intenso.

"Claro."

Cerré las dos puertas y me siguió hasta la parte trasera del granero.

"Vaya", dijo al ver mi Hyundai por primera vez. "¿Es nuevo?"

"Necesitaba algo para transportar materiales de construcción."

Se rio. "Mi coche sería mejor para eso."

Me resistí a ofrecer mi acuerdo.

Sentada al volante, inhalando el olor a coche nuevo, sentí que recuperaba la confianza. Había algo en estar al volante de un auto grande y nuevo que me hacía sentir más grande, más fuerte, más segura de mí misma. Maniobré para salir de la manzana y me dirigí hacia allí.

El Cotillo estaba situado en el extremo noroeste de la isla, al que se accede por las carreteras secundarias que pasan por Tefía y por La Oliva y Lajares. En una hora de viaje, habíamos recorrido la mitad de la isla y recorrí las calles del pueblo hasta encontrar un lugar para estacionar.

Paco se alegró de que me hiciera cargo. Parecía divertido que yo conociera tan bien la zona. Le conté que una vez había reservado unas vacaciones aquí y que lo había disfrutado tanto que apenas salía del pueblo para aventurarme en otros lugares. Debí de comer en todos los restaurantes desde El Cotillo hasta Lajaras.

Me puse en plan indulgente y nos invité a los dos a un café helado en una cafetería con vistas al puerto, aprovechando para ponerme el vestido de verano, con traje de baño debajo, en las instalaciones. Paco era todo chanzas alegres. Lo encontré entretenido. Tenía una gran cantidad de historias divertidas y una gran cantidad de conocimientos sobre las islas.

Para no perder la oportunidad de la marea alta que vimos al entrar en el pueblo, volvimos al coche y nos llevé a mi playa favorita, una de las varias en las que el arrecife protege a los bañistas de la fuerza del océano.

Con la cremosa arena entre los dedos de los pies, nos despojamos de nuestra ropa exterior como dos niños excitados y la arrojamos antes de correr hacia la orilla, entrando en el agua fresca y poco profunda. Al sentir el suave movimiento, al inhalar el aire salado del océano, emití un placentero suspiro. Paco me salpicó, burlándose. Yo le devolví el chapuzón y nos reímos, llamando momentáneamente la atención de los demás en el agua. Luego, teniendo en cuenta las rocas, nadamos juntos a lo largo y ancho de la bahía cerrada, sin parar hasta que ambos estuvimos demasiado agotados para nadar otra brazada.

Nunca en mi vida había disfrutado tanto de un baño en la playa como aquella vez con Paco. Nos sumergimos en el placer de la experiencia como si lo hubiéramos hecho toda la vida, juntos, como amigos o hermanos, o como amantes. Mi pensamiento no me llevó más allá.

Nos secamos con el viento fresco y volvimos a mi coche. Conduje hasta el pueblo y llevé a Paco a mi restaurante favorito para comer, escondido en una callejuela alejada de la zona principal.

Mientras comíamos tapas y pescado a la parrilla, acompañados de una refrescante cerveza, y con los sentidos calmados por el ejercicio, charlamos un poco más sobre la isla y lo que significaba para los lugareños y los veraneantes por igual.

"Creo que lo más importante es que aquí se está seguro", dije, resumiendo. "El británico, el alemán o el sueco medio, tienen el sol del norte de África sin la ferocidad del clima y los problemas que conlleva la interacción con culturas muy diferentes. La mayoría de los turistas que vienen aquí no quieren más que la playa."

"Sin embargo, aquí estoy yo, un fotógrafo, hijo de un agricultor, trabajando en un restaurante. Encarno toda la paradoja del turismo."

"Y aquí estoy yo, una cajera de banco que se ha hecho rica por casualidad y lo único que quiero es mejorar las cosas. ¿Es eso tan malo?"

Nos miramos fijamente.

"La mayoría de los ricos no se preocupan. Son egoístas."

"Yo no lo soy."

"No estás acostumbrada."

Tenía razón. No lo estaba. No tenía ni idea. Me basaba en la pasión y en los sueños.

"Cuéntame de tu familia", dijo, cambiando de tema.

"¿Mi familia? No hay nada que contar."

"Sí que hay. Ya sabes todo sobre la mía. Quizá los conozcas algún día. Te llevaré a Caleta de Fuste y puedes conocer a Ana y Julio."

Volvía a sentir esa sensación de que había algo en el aire

entre nosotros. ¿Era amistad o algo más? Me metí otra patata frita en la boca, haciendo tiempo.

Paco insistió. "Tu padre, ¿a qué se dedica?"

Me encogí por dentro. "Promotor inmobiliario."

No mostró ninguna reacción.

"¿Es rico?"

"No, la verdad que no. No ha tenido mucha suerte y no tiene el respaldo de las grandes fortunas."

"¿Cómo es? ¿Eres cercano a él?"

"No es ese tipo de persona. Cuando crecí, apenas lo vi. Estaba trabajando o jugando al golf."

"¿Quién te crió?"

"La tía Clarissa. Es la hermana mayor de mi madre. Es psicóloga."

"Interesante."

"Te gustará. Creo que comparten intereses similares. Ella cree en fantasmas y ese tipo de cosas."

"Ya me está gustando."

Le conté su última historia de fantasmas y se rio.

"Por lo demás, es muy realista", dije. "Es práctica."

"¿Y tu madre? ¿Era práctica?"

Algo en mí se congeló. Hacía mucho tiempo que nadie me preguntaba por mi madre. Ignoré la sensación y le ofrecí una respuesta. "No que yo recuerde. Era una soñadora. Clarissa e Ingrid provienen de una larga línea de ocultistas. Clarissa ha rastreado las características de las personas a través de muchas generaciones." Hice una pausa para mirar por la ventana el océano, el cielo, la gente. "Creo que Ingrid no pertenecía al mundo real. No me impresionó mucho, al menos a mí. Apenas la recuerdo."

"¿Cuándo la perdiste?"

"Tenía siete años."

"Siete."

"Sí."

"Entonces tendrás muchos recuerdos anteriores. Pero los has olvidado. Querías borrar el recuerdo de tu madre. Hubiera sido más fácil así."

Me miró fijamente, expectante. Bajo esa mirada interesada y compasiva no pude contenerme. ¿Qué sentido tiene contenerse? Era mejor dejar que las cosas fluyeran. Le conté todo el accidente. Se lo conté de forma clínica, golpe a golpe. Cuando llegué a la parte de los tomates aplastados, inhaló y se acercó para tocarme el brazo.

Una corriente eléctrica me recorrió como si respondiera a mi anterior perplejidad. Este hombre me invitó aquí porque quería algo más que amistad. ¿Cómo no me di cuenta antes de sus intenciones? ¿Soy tan tonta, tan inexperta como para no saber cuándo un hombre se interesa por mí? Dejé que me tomara la mano al otro lado de la mesa. Me la sujetó antes de inclinarse hacia atrás para atraer la atención de un camarero cercano.

"Necesitamos un helado", me dijo. "¿De qué sabor? ¿De chocolate? ¿Dulce de leche? ¿Vainilla? Queremos los tres." Miró al camarero. "Y dos brandies, dobles, y dos espressos".

"Tengo que conducir."

"Debemos quedarnos para ver la puesta de sol."

"¿La puesta de sol?" Pero faltaban horas para eso. No lo dije.

Él sonrió. "Hay tiempo de sobra para relajarse y disfrutar del día. Además, el helado está mejor con brandy."

Tenía razón. Vertimos el alcohol y el café sobre el helado y nos deleitamos con su versión de un affogato. Ninguno de los dos tenía prisa por irse. Nos servimos lentamente nuestros embriagadores postres y nos miramos y sonreímos tímidamente. La conversación divagó, hablando de los libros que nos gustaban, de las películas y de lo que pensábamos del mundo. Ninguno de los dos mencionó a Olivia Stone. Al cabo de un rato, nos sumimos en un silencio agradable.

"Hay una exposición en la torre", dijo Paco.

"Suena maravilloso."

Me paré con el pretexto de que necesitaba ir al baño y pagué en el bar. Cuando volví, Paco estaba mirando fotos en su cámara. Al verme, se levantó y salimos fuera, entrecerrando los ojos en el resplandor.

"No tenías que haber pagado."

"Quería hacerlo."

"Bueno, gracias."

La brisa se había fortalecido, refrescando la temperatura de un día que, de otro modo, sería abrasador. Me imaginaba que en Tiscamanita harían cuarenta grados.

La Torre de El Tostón estaba a poca distancia y fue agradable recorrer el paseo marítimo, pasando por el pequeño puerto con sus restaurantes repletos de clientes, el bullicio de las cenas de los domingos, y por un terreno llano y arenoso hasta el bajo promontorio en el que se encontraba un robusto edificio de piedra construido para defender la isla de los ataques. Subimos un corto tramo de escaleras de piedra y cruzamos una pasarela para entrar en el fuerte.

De las paredes de roca desnuda del pequeño interior tipo búnker colgaban una serie de paisajes. Esperaba obras tradicionales orientadas al turismo, pero no esperaba la vitalidad y originalidad de las piezas. Mi impulso fue comprar una, pero no quería avergonzar a Paco con mi riqueza. En su lugar, opté por fijarme en el nombre del artista. La compra de cuadros representaba todo un nuevo nivel de compras, en el que no tenía experiencia. Se me ocurrió que Paco sería el compañero y consejero ideal y me anoté mentalmente que lo recordaría.

Nos acercamos al borde del promontorio para contemplar las vistas, observando cómo otros bajaban a la cornisa rocosa de abajo. Al sur, la arena color crema de la playa de surf se encontraba con los acantilados bajos, con el macizo de Betancuria en la distancia. El entorno era sublime y nos quedamos juntos apreciando cómo el viento nos pegaba la ropa a la piel.

Mientras regresábamos al pueblo, caminando por el terreno de grava, Paco me tomó de la mano. Fue el gesto más romántico en el entorno más idílico y saboreé la sensación de su piel, cálida y firme, junto a la mía. Cualquier pensamiento perdido en los márgenes de mi mente sobre la construcción y las extrañas perturbaciones se evaporó.

Bajamos al muro del puerto para admirar los pequeños barcos de pesca. Luego encontramos otra cafetería y tomamos un segundo café helado.

Decidimos que volvíamos a tener demasiado calor, nos dimos otro baño y nos recostamos en la playa bajo el sol de la tarde. Un baño más y estábamos listos para visitar un cuarto café para compartir una paella. Nunca había disfrutado tanto de la compañía de un hombre. No quería que el día terminara.

Para cuando el sol se hundió en el horizonte y el cielo se iluminó de color carmesí, estábamos solos en la playa y Paco tenía su brazo alrededor de mi hombro, y mientras los colores se desvanecían y el cielo al este se volvía índigo, nos besamos.

UN INTERLUDIO

La calle Manuel Velázquez Cabrera estaba tan desolada como siempre. No había gente. Sin coches. Era como si la vida en el pueblo terminara en la intersección, la última luz de la calle marcando el fin de la civilización. Cuando llegué a mi manzana, subí al cordón y estacioné detrás del granero.

Después de nuestro delicioso y agradable día en El Cotillo, la llegada fue una decepción. Mientras me desabrochaba el cinturón de seguridad, no sabía qué hacer a continuación, si invitar a Paco a entrar o darle las gracias por el día y despedirme de él.

Me acompañó hasta la casa y nos detuvimos bajo los andamios. La noche era cálida, toda esa piedra irradiaba el calor del día. El viento, que soplaba del noreste, se envolvió alrededor del edificio, gimiendo, silbando a través de las grietas. Los plásticos se agitaron, un tablón en algún lugar por encima golpeó ligeramente y luego se detuvo. Luego el viento se retiró, dejando el edificio solo por un momento y todo quedó en silencio. Decidí que no estaba preparada para afrontar la noche sola y lo invité a entrar.

Usamos las linternas de nuestros teléfonos para iluminar el

camino, Paco se detuvo junto al agujero del tabique para iluminar la otra mitad del patio, y luego se apartó e iluminó el propio agujero, presumiblemente en el lugar donde había tomado la foto que había captado la imagen de una mujer agazapada.

Las dos puertas de las habitaciones estaban cerradas. El aire era más fresco en el interior, aunque estaba sofocante. Entré y encendí las velas. Todo estaba como lo había dejado, la cama sin hacer, unos cuantos platos y tazas sucios apilados en el banco improvisado.

Paco se acercó por detrás de mí. Giré, señalé la mesa, lo invité a sentarse y le ofrecí vino.

"Una copa."

Serví dos vasos de un tinto de Lanzarote y me uní a él.

"¿Estarás bien durmiendo aquí esta noche?", dijo, tomando su copa.

"Tengo a los Gemelos Cocteau como compañía."

"¿Quiénes?"

"Aquí." Tomé la laptop y los auriculares y le puse "Iceblink Luck". La expresión de su cara cambió de curiosidad a asombro. Esperé a que terminara la canción antes de hablar.

"¿Qué te parece?"

"Son geniales."

"¿Te gustan?"

"¿De dónde son?"

"De Escocia. Ahora que estoy aquí, creo que necesito encontrar algo de música local para escuchar."

"Te gustaría Luis Morera. Es de La Palma. Es el mayor talento musical de las islas."

Anoté el nombre, sin creer que lo haría. ¿O era un prejuicio de mi parte? Volvió a colocarse los auriculares en los oídos. Parecía disfrutar de la siguiente pista. Al escuchar la canción, me sentí excluida del placer. Esperé. Tomé un sorbo de mi vino. Era chispeante, robusto. Pensé en el rioja, en el tempranillo, en cómo viajaba el vino español, encontrando su camino en las estanterías de los supermercados de todo el mundo. Me acerqué y toqué su brazo. Deslizó los auriculares hacia abajo, rodeando su cuello.

"¿Has estado alguna vez en el extranjero?" le pregunté.

"Acabo de regresar."

"Me refiero a más allá de las islas."

"Barcelona, eso es todo."

"¿Y tú?"

"Sólo aquí."

"Te gustaría Barcelona."

"Estoy segura."

Sonrió, se puso los auriculares en las orejas y siguió escuchando. La expresión de su rostro era de maravilloso placer. O bien estaba decidido a disfrutar de la música, dando un buen espectáculo para mantenerse en mi lista de favoritos, o bien le gustaba de verdad.

En ese momento, quise mostrarle Colchester. Tal vez le gustara. Al sentir el deseo, me di cuenta de que me había acercado a él más de lo que me hubiera parecido cómodo en otras circunstancias, a este extravagante fotógrafo apasionado por Olivia Stone.

¿Qué pasa con él y su fijación? Tal vez se sintiera atraído por su imagen, podría ser atractiva para un hombre como él, pero eso era injusto y despreciable. Un hombre como Paco no albergaba un fetiche por una mujer muerta. Estaba siendo absurdo. Además, podía ver que ella reflejaba en las islas una versión de sí mismos ahora perdida. Eso era justificación suficiente para su admiración. Tan exitoso fue su libro que, tras su publicación, el turismo, en Tenerife al menos, comenzó en serio entre las clases más pudientes. Se pusieron más barcos de vapor. Se abrieron hoteles. Y así fue.

Bebí más de mi vino y seguí observando cómo escuchaba

mi música. De vez en cuando me miraba y sonreía antes de que su mirada se desviara y se perdiera en el sonido.

A través de Paco, a través de Olivia Stone, estaba recibiendo una educación inesperada, una especie de inducción a la antigua forma de vida de los isleños, con mucho más detalle del que podría proporcionar un museo. La narración de Olivia Stone era una experiencia vivida. Me estaba mostrando lo distintas que eran las islas de la tierra de sus colonizadores españoles. Nunca había visto las islas de esa manera. Siempre las había considerado un puesto de avanzada geográficamente conveniente de España, con un clima perfecto todo el año y paisajes impresionantes. De alguna manera, cuando Paco estaba cerca, acababa por interesarme en Olivia Stone. Supuse que ella era mi punto de entrada a la verdad sobre la isla.

El álbum se acercaba a su fin. No quería que Paco se fuera pero no tenía una idea clara de cómo hacer que se quedara. Repuse nuestros vasos y me senté. Se quitó los auriculares y dio un sorbo lento. Fue él quien sacó a relucir el tema del embrujo.

"Quizá haya que hacer un exorcismo. Conozco a un sacerdote que hace ese tipo de cosas."

"¿Un exorcismo?"

Asintió con la cabeza. "Le harías un favor a Olivia. Liberándola."

¿Por qué tenía que arruinar el momento con esta basura? Quería decirle que no fuera ridículo. En lugar de eso, seguí dando sorbos a mi vino.

Miró a su alrededor, con la mirada fija en las esquinas. "Este lugar tiene una vibra definida. ¿No la sientes?"

"Estás imaginando cosas", dije rápidamente, recordando que Gloria había mencionado lo mismo. "El lugar se siente extraño porque es una obra en construcción. Eso es todo."

"Si tú lo dices."

Me esforcé por reprimir un bostezo que surgió de la nada, preocupada por si daba una impresión equivocada.

Por un momento se mostró inseguro. Luego, como si se hubiera decidido, vació su vaso. "Será mejor que me vaya. Necesitas dormir. ¿Estarás bien sola?"

"Estaré bien. Me encerraré en casa."

"Eso no funcionó la última vez."

Una parte de mí quería suplicarle que se quedara, pero me resistí, no quería complicar lo que estaba ocurriendo entre nosotros por miedo. Estaba a punto de levantarse cuando la puerta del salón se abrió y se cerró de golpe por voluntad propia. Sobresaltada, solté un pequeño grito. Se agarró a la mesa y se inclinó hacia delante.

"Eso, sea lo que sea, no es posible, ¿verdad?"

"El viento", dije sin poder evitarlo.

Se levantó y se dirigió a la puerta.

"Paco, no te vayas."

Volvió y me puso una mano en el hombro. "No me voy a ir. No te preocupes."

"Gracias."

"Sólo necesito..." Se interrumpió.

"Yo también."

Tomé un vaso de agua y mi cepillo de dientes y salí a la oscuridad, iluminando mi camino con mi teléfono. No me molesté en traer la batería. Cuando volví, Paco fue a hacer lo mismo, utilizando el nuevo cepillo de dientes que le ofrecí. Todavía estaba en su envase.

Mientras él se iba, yo arreglé la cama y me quité el vestido. Dudé, sin saber qué más quitarme y qué ponerme, cuando él volviera a entrar en la habitación. Me echó una mirada en ropa interior y fue a cerrar las dos puertas, comprobó las persianas de las ventanas y apagó todas las velas excepto las que estaban junto a la cama. Luego se acercó a donde yo estaba.

"Ven", dijo, y nos tumbamos juntos encima de las sábanas.

Mi piel estaba caliente por un día de sol, y también salada.

Pensé que tendría que ir a bañarme en poco tiempo. Qué tema más estúpido para entrar en mi cabeza, dada la situación.

Mis cavilaciones domésticas se vieron interrumpidas por el suave contacto de su mano con la mía.

Le respondí de la misma manera y él se puso de lado y me apartó el pelo de la cara.

"Eres muy linda", dijo. "¿Puedo? Se inclinó y buscó mi boca con la suya."

Cedí, sintiendo un hormigueo de anticipación y de súbito anhelo, abriéndome a él mientras me acariciaba la piel del brazo. Se mostró tímido, lento, al igual que yo al tocarlo, aunque pronto me encendí, ansiosa por saciar un hambre que llevaba demasiado tiempo enterrado. Nuestros besos se volvieron apasionados, nuestros cuerpos pronto se desnudaron, y envolvimos nuestros miembros el uno en el otro, apretando nuestros torsos, nuestro calor combinándose. En poco tiempo, éramos un horno, calientes, húmedos y jadeantes.

Cuando por fin los dos nos recostamos en el resplandor, sin aliento, me reí.

"¿Qué es lo gracioso?"

"No es divertido. Es un placer."

"Bien."

Apagó su vela y yo la mía y nos quedamos en la oscuridad, tomados de la mano. Un millón de preguntas pasaron por mi mente. ¿Quién era realmente Paco? ¿Un hombre bueno? ¿Malo? ¿Era sincero con sus afectos o era un mujeriego y yo una conquista más, una línea de tiza en el marco de su puerta llena de líneas de tiza? ¿Qué quería de mí? ¿Mi amor? ¿Mi riqueza?

Sólo sabía una cosa. Me había seducido. Dos cosas, porque me había parecido delicioso.

SEÑOR BARASO

EL CALOR DEL CUERPO DE PACO A MI LADO Y LA RESPIRACIÓN constante de su sueño sellaron mi decisión de restaurar la ruina. Era como si nuestra cita significara una especie de aprobación más profunda de mi presencia aquí. No tenía ni idea de si él formaría parte de mi futura vida en la isla, si lo que estaba ocurriendo entre nosotros tenía algún futuro, o si era un interludio. En muchos sentidos, habría preferido la compañía de amigas que hubieran llenado mi vida sin peligro de una complicación romántica. De manera curiosa, por el momento, Paco reforzaba mi aislamiento.

Todavía era de noche. Mi vejiga reclamaba ser vaciada. Sabía que estaba dormido, pero no iba a orinar en un cubo, ni siquiera en el extremo de la otra habitación. Tomé mi teléfono, busqué a tientas mi bata y mis pantuflas, y descerrajé la puerta del comedor tan suavemente como pude.

No se movió.

Al salir por el patio, pasando por el agujero en el tabique que había llegado a simbolizar el embrujo, me sentí más segura, sabiendo que tenía otra presencia viva, benévola, cerca. Sin embargo, mi inquietud persistía. En el patio trasero, alumbré con la linterna mientras caminaba. En medio del caos de la construcción, sólo me sentía dueña de la tierra que pisaba. Todavía no había hecho mío el lugar. Más que nada, me sentía como una intrusa. Tal vez Cejas tenía razón y la ruina debería haber sido demolida. O tal vez debería haber seguido el consejo de Mario y construir una nueva casa a partir de la antigua.

Al salir del baño, me detuve a contemplar la noche. El viento había disminuido. La luna, una media luna de luz lechosa, se cernía sobre el volcán. Las estrellas eran visibles en el firmamento más allá de su alcance. Me quedé mirando el cielo, impresionada por la magnitud de las estrellas, sus patrones, su brillo. En Colchester, se me podría haber perdonado que no supiera que existían. Apenas recordaba haber visto a Venus, la estrella de la tarde. Quizás no había prestado atención.

Sintiendo la tensión en el cuello, volví a mirar al nivel del suelo y observé el edificio, reacia a entrar a pesar de que Paco estaba allí, o tal vez porque lo estaba.

Miré las dependencias y luego, detrás de mí, el volcán. Al volverme, un destello de luz me llamó la atención. Fijé mi mirada en el lugar de donde procedía y vi, surgiendo como de la nada, un punto brillante de luz roja que se cernía sobre el patio. Vi cómo se elevaba de repente, bajaba y volvía a subir, y luego hacía una danza frenética y errática como una mosca enloquecida. La luz salió disparada hacia el cielo y desapareció. Tenía que ser un insecto, de verdad. O tal vez estaba alucinando y volviéndome lentamente loca. Cualquiera que fuera la causa, era extraña y me apresuré a volver a entrar, cerré y eché el cerrojo a la puerta y me metí en la cama.

Paco se movió, pero no se despertó. Me quedé a oscuras, con los ojos cerrados y la mente acelerada. Me negaba a creer en lo sobrenatural. Las casas encantadas no existen. Los fantasmas no existen. Pensé que si me incorporaba, si permanecía despierta, descubriría quién estaba abriendo esos cerrojos. Se me ocurrió una idea mejor y me escabullí de la cama, tomé una escoba, una silla y algunos recipientes de plástico y, sin hacer ruido, preparé una serie de obstáculos frente a las persianas. Si alguien lograba abrir ese cerrojo en particular, haría un escándalo al entrar y seguramente nos despertaríamos. Satisfecha, volví a meterme en la cama, con la seguridad de seguir durmiendo.

Me desperté con una suave sensación de caricias en la mejilla. Salí lentamente del sueño y me di cuenta de que era Paco. La habitación estaba a oscuras, pero se veía un resquicio de luz bajo la puerta.

"Has estado ocupada durante la noche", se rio Paco, iluminando la ventana con la luz de su teléfono y señalando mis pequeñas fortificaciones.

Vi que seguían tal y como las había dejado, lo mejor que podía recordar. Le conté a Paco un breve relato de mi interludio nocturno, excluyendo la extraña luz que se disparaba. No quería darle más combustible para sus teorías sobrenaturales.

"Y cuando volviste a entrar, ¿cerraste la puerta del comedor?"

"Sí."

"¿Estás segura?"

"Segura." ¿Por qué iba a dudar de mí?

"Bueno, ahora está abierta."

"Eso es imposible", dije, saliendo de la cama para echar un vistazo.

Se rio. Su risa me hizo preguntarme si había sido él quien había abierto la puerta. Sólo tenía su palabra. Seguramente no sería tan cruel. Tal vez no fuera cruel, pero sí capaz de actuar, de hacer cualquier cosa para demostrar su punto de vista.

Como para reforzar mi sospecha, dijo: "Te lo dije, Olivia Stone no quiere que se descubra su verdadero paradero y no se detendrá ante nada para evitar que digas al mundo a dónde fue cuando abandonó a su familia."

Nos miramos fijamente. Yo estaba desnuda, consciente de la caída de mis pechos, de la curva de mi vientre, de mi monte. Él ya estaba completamente vestido.

"Si es ella", dije, tomando mi bata del suelo en un momento de timidez.

"Es ella. Esa foto lo demuestra."

"Podría ser cualquiera."

"Si insistes. Pero tienes que desterrarla si quieres vivir aquí."

"O vivir con sus trucos, como diría mi tía Clarissa. Conocer lo que realmente quiere."

Me sonrió y me plantó un beso en la mejilla.

"Sabia mujer, tu tía. Ahora tengo que ir a hacer algunas cosas. ¿Estarás bien por tu cuenta?"

"Por supuesto."

A pesar de mi irritación, quise preguntarle cuándo volvería a verlo, pero me pareció posesivo. Tuve que luchar contra una desesperación que me corroía al verlo salir por la puerta, sin saber si me daría la protección que de repente ansiaba.

Al ver la hora – eran las seis – tomé mis artículos de aseo y una toalla y me apresuré a darme una ducha provisional. Una vez limpia y vestida, fui a empaquetar los paneles solares y la batería, guardándolos bajo una lona de plástico en la tercera dependencia, con la intención de dejarlos allí hasta que decidiera si alguna vez serían útiles. Luego metí las toallas, las sábanas, la ropa y los trajes de baño en una bolsa grande para llevarlos a la lavandería, tomé la laptop y el cargador y me puse en camino hacia la cafetería para desayunar. Cuando salí de la manzana, estaban llegando los primeros obreros.

Aparte de lavar mi ropa, no tenía ni idea de cómo iba a pasar el día, o cualquier día de lunes a viernes con la construcción en marcha, pero tendría que inventármelo sobre la marcha.

Estacioné fuera de la cafetería y entré con la laptop y los cargadores, decidida esta vez a obtener una respuesta completa de Gloria a la pregunta sobre Casa Baraso. Cada vez que habíamos hablado, se había guardado algo. Estaba segura de ello.

Poco después de mi llegada, hubo una avalancha de clientes que se agolparon detrás de mí. Pedí café y jugo de naranja, tostadas y huevos revueltos y me senté en mi mesa preferida, la que tenía el tomacorriente. Al sentarme puse a cargar mi portátil. Sin otra cosa que hacer que esperar a Gloria, revisé mis correos electrónicos en mi teléfono y observé a la clientela que iba y venía.

Cuando me trajo el café, la cafetería había vuelto a su calma habitual y le pregunté quiénes vivían en los alrededores de mi casa. Me dijo que las casas de enfrente eran embargos bancarios, que el edificio de piedra de al lado era una casa de vacaciones que estaba casi vacía, y que más cerca de mí, en el lado norte, vivía una pareja de ancianos casi totalmente sordos. Más arriba, en mi calle, la mayoría de las casas eran alquileres vacacionales o casas de vacaciones dejadas vacías por sus propietarios españoles. Dos o tres eran fincas de difuntos. En conjunto, eso explicaba por qué me sentía tan sola en mi calle.

Se apresuró a preparar mis huevos. Al poco tiempo oí el ruido del exprimidor. Cuando llegó con ambos, dijo: "He añadido un poco de queso. Espero que no te importe."

Le sonreí. "Los prefiero con queso."

Satisfecha, me dejó comer.

Me tomé mi tiempo para desayunar. La laptop se había cargado cuando terminé la tostada. Conecté mi teléfono y pedí otro café, esperando otro momento en que la cafetería estuviera vacía.

Cuando Gloria vino a limpiar una mesa cercana, abordé el

tema sin preámbulos. "¿Sabías que ahora tengo que dormir en casa?"

"Sí." Dejó los platos que tenía en la mano y se acercó. "¿Qué te parece?"

"Extraña. Bastante cómoda en las dos habitaciones, pero extraña."

"¿Las puertas se abren solas?", preguntó tímidamente.

"¿Cómo lo sabes?"

Una mirada de preocupación apareció en su rostro.

"Díme, por favor. ¿Qué dice la gente?"

"¿Quieres saber qué pasó realmente en Casa Baraso?"

¡Por fin! Asentí con la cabeza, todo oídos.

"Entonces te lo diré. Pero no te gustará. Baraso no era un buen hombre. Era brutal. Se trajo a su mujer y a sus cuatro hijas de Tenerife para aterrorizarlas, escondidas en esa casa."

"¿Cómo lo sabes?"

"Mi bisabuela nació en 1890, y su abuela tenía veintitrés años cuando murió la familia Baraso. Era su criada. Dijo que no murieron de fiebre amarilla. La verdad fue encubierta. Ella vio la sangre, el cuchillo, las puñaladas. Había asfixiado a las niñas en sus camas, había matado a su mujer y luego a sí mismo."

Yo jadeé. "Pero, ¿cómo se encubrió todo eso?"

"Pertenecía a una familia importante. Tenían buenos contactos. Pagaron a mi pariente para que guardara silencio. Y ocho años después la casa se vendió. De hecho, tardaron ocho años en venderla. Cejas no sabía nada, al ser de la península, y se vendió barata. Nadie ha podido vivir allí desde entonces. No desde hace ciento cincuenta años. Ha habido gente que se ha quedado allí, pero nunca se ha quedado mucho tiempo y siempre sufre alguna que otra desgracia. Temo que te ocurra lo mismo."

Asimilé sus palabras, aturdida por la horrible revelación. Un brutal asesinato suicida, en mi casa. Me sentí mareada y como si me fuera a desmayar. Tal vez el Cejas que me vendió la casa había oído el rumor, descubierto su veracidad y quería demoler la casa para borrar el recuerdo. ¿Es posible que la demolición hubiera resuelto el problema? ¿O es que los espíritus de aquellos muertos lánguidos rondan el mismo suelo donde se encontraba la casa? Me sorprendí a mí misma cuando mis pensamientos se desviaron hacia ámbitos a los que me negaba rotundamente a dar crédito. ¡Fantasmas! Sin embargo, descartar la idea de una casa embrujada no erradicaba la pura verdad: cuatro niñas y su madre fueron asesinadas allí. No estaba segura de querer volver a pisar mi propia propiedad.

Al ver la expresión de mi cara, Gloria dijo: "No debería habértelo dicho."

"Lo habría descubierto, eventualmente."

"Tal vez. Ten cuidado, Claire. Ten mucho cuidado."

Le dije que lo haría. Mientras se alejaba para atender a un cliente, repetí sus palabras, imaginando la escena, preguntándome en cuál de las habitaciones había dormido cada una de ellas. Cuatro hijas y una esposa significaban probablemente todas ellas. Un asesinato en cada habitación del piso superior. Las imágenes de aquel brutal ataque pasaron por mi mente como las fotos de la escena de un crimen. Desenchufé el cargador y recogí mis cosas. Cuando Gloria se acercó a mi mesa, le di un billete de veinte euros y le dije que se quedara con el cambio. No podía salir de Tiscamanita lo suficientemente rápido.

ESCALADA

Conduje hasta Puerto del Rosario con Blur sonando a todo volumen por los altavoces del coche, negándome a ceder a los pensamientos sobre la familia Baraso y los horrores que habían tenido lugar en mi casa. En la lavandería de la Avenida Juan de Bethencourt, me senté a esperar el ciclo de lavado y luego el de secado. Podría haber subido a la calle o cruzado para ir a la cafetería de enfrente a tomar un café, pero en lugar de eso, me sintonicé con el zumbido constante de las máquinas, el fuerte olor a detergente y el ambiente industrial iluminado. Me perdí en una tienda llena de electrodomésticos. La normalidad, la domesticidad y la humanidad básica de lavar la ropa tenían algo que me tranquilizaba. Cualquier cosa, con tal de no tener que pensar en las divulgaciones de Gloria.

Con la ropa y las sábanas dobladas y oliendo como un campo de flores, conduje por la costa hasta el diminuto pueblo de Puerto Lajas y estacioné junto a la pequeña capilla al final de la calle principal. La playa estaba resguardada, pero carecía de las arenas color crema de El Cotillo o Morro Jable. Aquí, la arena era de color marrón basáltico y estaba salpicada de piedritas, el lugar estaba menos desarrollado y, por lo tanto, había menos turistas. Aunque estaba claro que se estaban perdiendo un lugar muy atractivo. Un arrecife protegía la bahía y, aunque las aguas eran más profundas que las de las lagunas de El Cotillo, parecían seguras para nadar. Pequeñas embarcaciones de pesca, ancladas en la costa, se balanceaban en las aguas protegidas. Me acerqué a la línea de flotación y me quedé mirando el horizonte borroso, comparando el azul del cielo con el del océano, escuchando el suave golpeteo de las olas, los gritos de diversión y las risas que llevaba el viento.

¿Para qué había venido a esta isla? ¿Para vivir una vida de ermitaña en una casa perturbada por su propio pasado? ¿Para ser una buscadora de placeres, bronceándome y nadando y comiendo en restaurantes? ¿Proporcionar alojamiento vacacional gratuito a mis supuestos amigos? ¿O había venido aquí para ser seducida por un lugareño? Necesitaba una ocupación, eso estaba claro, y planes para mi casa una vez restaurada, pero no podía pensar en ninguna de las dos cosas. Tal vez el curso de español que iba a empezar en un par de meses me permitiera hacer algunos amigos y, posiblemente, un nuevo propósito.

Volvía a estar desganada y preocupada. El sol me quemaba la piel e incluso con la luz brillante no podía evitar una sensación siniestra e insidiosa que me invadía mientras mis pensamientos se centraban en Baraso, que había asesinado a sus cuatro hijas y a su mujer y luego se había suicidado. Gloria había sido inflexible y no tenía motivos para no creerle. Era difícil de procesar. El atroz crimen era antiguo, pero eso no cambiaba el hecho de saber que había ocurrido. Dudaba que hubiera cambiado mucho si hubiera tenido lugar el año pasado. El hecho era que personas y niños habían sido asesinados en mi casa. Me resultaba difícil asimilarlo. Siempre había habido muchas posibilidades de que se produjeran muertes dentro de aquellas paredes a lo largo de los siglos, pero una muerte por

enfermedad o por envejecimiento formaba parte del flujo
normal de la vida. El asesinato era diferente. Era brutal, repentino, impactante y me perturbaba. No recordaba haber estado
nunca tan perturbada por una muerte repentina, aparte de la de
mi madre. Supuse que por eso reaccionaba con fuerza ante los
asesinatos de Baraso. Conocía de cerca el trauma de la muerte
violenta, tras haber presenciado el accidente de mi madre.
¿Había sido atraída, obsesionada y consecuentemente impul-
sada a comprar Casa Baraso debido a mi propio trauma inconsciente? ¿La vida funciona así? ¿O era todo una coincidencia?

Tal vez Olivia Stone se sintió atraída por la casa por la
misma razón. La energía se habría sentido. Sólo que ella había
escapado de una mala situación doméstica para aterrizar en los
ecos de otra, ejemplificando lo que podría haberle ocurrido si
se hubiera quedado con su marido. Si la versión de la realidad
de Paco era cierta.

Se acercaba la hora de comer y los aromas que salían del
restaurante de la playa eran apetitosos. Me acerqué a él y, al
entrar, un amable camarero me condujo a una mesa vacía
situada en la mitad de una pared decorada con guitarras. El
interior tenía un aire hogareño con el suelo pintado de verde.
La parte inferior de las paredes estaba pintada del mismo tono
de verde, que se unía al amarillo ocre a la altura de la cintura.
El color verde siempre es bienvenido en una isla que carece de
él. Las mesas estaban cubiertas con manteles de cuadros
marrones y blancos. Había elegido la silla que daba la espalda a
la cocina y donde podía observar los asientos al aire libre, las
palmeras, la playa y el océano más allá. Pedí un café y me
empapé del ambiente. El paraíso. Era inequívoco. Mientras
otros comensales entraban a comer, llamé al camarero y pedí
tapas de tomates cortados en cuartos, aliñados con aceite y
hierbas y rodajas de ajo, seguidas de paella. Puro capricho, y
como estaba en condiciones de comer fuera de casa a diario,

quizás seguiría haciéndolo. Mi forma de apoyar la economía local.

En los últimos meses, me había acostumbrado a mi propia compañía, pero al ver parejas a mi alrededor, mis pensamientos se desviaban hacia Paco y me preguntaba incluso, si volvería a verlo, y mucho menos a estar con él como su novia o pareja. Eran dudas dolorosas y mis recientes descubrimientos sobre la casa me hacían desear que estuviera siempre conmigo. Me advertí a mí misma que no debía precipitarme en una relación con alguien que apenas conocía, basándome en mi miedo. Me advertí a mí misma de no quererlo simplemente porque estaba ociosa, aburrida, impaciente y deseosa de distracciones. Si quería estar con él, tenía que ser por una razón sólida, y esa razón sería porque lo quería y lo admiraba.

Si lo único que quería era un compañero y un protector, debía conseguir un perro.

Llegué de nuevo al edificio cuando los hombres estaban recogiendo sus herramientas. Dejé el coche en la calle, miré si había algún avance pero no vi ninguno y me dirigí a la parte trasera y al patio. Mario estaba de pie junto al agujero de la pared divisoria, hablando con Helmud. Me saludó al verme y me hizo un gesto para que me acercara.

"Me alegro de que esté aquí", dijo en tono serio. "Tenemos que hablar."

"Ah, ¿sí?"

Dudó. Fue Helmud quien dio la noticia. "Hay que derribar el tabique."

"¡Vaya! ¿Ya?"

"El progreso es rápido cuando tienes tantos hombres. Hoy se han colocado las ventanas de la cocina. Ese dintel", señaló por encima de mi hombro derecho, "y las habitaciones de arriba, en el lado norte, están listos para los yeseros."

"Son excelentes noticias."

"Sólo que tenemos que empezar a trabajar en el balcón. Y no podemos hacerlo hasta que la pared esté derribada."

"Me alegraré cuando desaparezca", dije, imaginando ya la sensación de espacio. "Es una monstruosidad, y significa que el aljibe puede ser arreglado."

"Todo eso, y mucho más. Pero..."

"¿Hay un pero?"

Los dos hombres intercambiaron miradas y luego los dos me miraron a la vez.

"Será muy difícil para usted estar aquí", dijo Mario.

"No será posible", reforzó Helmud.

"Por el polvo."

Empezaban a sonar como Tweedledum y Tweedledee.

"Mucho polvo", continuó Helmud. "Habrá escombros y piedras por todas partes. Los trabajos en el balcón tendrán lugar justo delante de las puertas de sus habitaciones."

"Y todavía no se puede entrar por la puerta principal, ya que todavía se están haciendo las puertas."

"Sellaremos las puertas para proteger tus cosas, pero no tendrás acceso."

"¿Hay algún lugar donde pueda quedarse?" dijo Mario.

Ambos me miraron expectantes. Entonces Helmud le dijo a Mario: "Tal vez puedas visitar otra isla. Gran Canaria o Tenerife."

"Es cierto. Si consigue un vuelo."

Empezaron a alejarse en dirección a la puerta trasera. Los seguí, escuchando.

"Seguramente habrá vuelos", dijo Helmud. "Es sólo una persona."

"¿Para mañana? Tal vez."

"¿Mañana?"

"Bueno, tiene que ir a algún sitio, y como ella dice, no hay alojamiento en la isla."

"¿Una tienda de campaña?"

ISOBEL BLACKTHORN

"Eso es posible."

"¿Por cuánto tiempo?" Dije, interrumpiendo, prefiriendo que me incluyeran en la conversación y no me llamaran "ella".

"Hasta el viernes", dijo Mario.

Helmud puso cara de duda. "Por lo menos."

"Para entonces, deberían haber limpiado lo peor del desorden."

"¿Pero qué pasa con el balcón? Necesitará un casco sólo para ir a su baño."

"Es cierto."

"Haré las maletas y me iré mañana por la mañana."

"Gracias, Claire", dijo Mario, visiblemente aliviado.

"No hay problema."

Aunque era un problema. Uno grande. Me sentí como si me hubieran echado. Sólo llevaba un fin de semana viviendo en el lugar y deseaba que me lo hubieran dicho antes. Helmud debía saberlo. Todo ese trabajo para preparar esas dos habitaciones y yo tengo que dormir en ellas sólo tres noches. Mi mente se puso a pensar en mis opciones. Me imaginé durmiendo en el aeropuerto a la espera del primer vuelo disponible fuera de la isla, con destino a cualquier lugar.

Estaba a punto de entrar en casa cuando vi la vieja cafetera de Paco estacionando delante del limpio Renault azul de Mario. Aliviada, me acerqué y me encontré con él en la acera. Mi preocupación se reflejaba en mi rostro y en mis modales.

"¿Qué pasa?", dijo, besando mis mejillas.

"No te lo vas a creer", murmuré, guiándole por la fachada del edificio y por el lado norte, lejos de Mario y Helmud, que seguían hablando mientras se dirigían a sus coches. "Tengo que mudarme, o al menos no dormir aquí durante al menos una semana." Le expliqué sobre el tabique.

"Será bueno que lo derriben."

"Me han sugerido que vuele a algún sitio o que compre una tienda de campaña."

"¡Una tienda de campaña! No vas a comprar una tienda. Y no vas a volar a ningún sitio."

"Entonces, ¿qué voy a hacer?", pregunté, un poco enfadada porque me decía otra vez lo que tenía que hacer.

"Vivirás conmigo."

"No podría", susurré. Me quedé atónita, un poco emocionada y extremadamente aprensiva a la vez.

"¿Por qué no?" Sonó ofendido.

Dudé. ¿Habría espacio para mí en su piso de Puerto del Rosario, que seguramente sería pequeño, muy pequeño? Quería preguntarle cuántas habitaciones tenía, aunque la pregunta me pareció ridícula después de lo de ayer.

"Si estás seguro."

"¿Por qué no iba a estarlo?" Me miró fijamente. "Será más seguro."

"Sí, será más seguro." Pensé en contarle la versión de Gloria sobre lo que le ocurrió a la familia Baraso, pero no quería dar más peso a sus teorías fantasmales.

Paco regó las plantas mientras yo hacía las maletas. En menos de dos horas estaba de vuelta en Puerto del Rosario, esta vez en la calle Canalejas, en un departamento sobre una tienda vacía.

El departamento estaba a dos calles del paseo marítimo y de la playa y de un montón de restaurantes. El local era animado, ruidoso, más vibrante que la calle Barcelona. En el interior, una amplia sala de estar de planta abierta daba paso a un dormitorio individual. De un vistazo vi que Paco mantenía el lugar ordenado. Si no hubiéramos compartido ya mi cama, habría mirado con alivio el profundo y cómodo sofá y habría planeado mi próximo movimiento, sin duda dejando la isla en el primer vuelo disponible. Mientras veía a Paco depositar mi maleta en el extremo de su cama, me retraje interiormente con resignación. Me habían catapultado a una situación doméstica para la que no estaba preparada. Paco, en cambio, parecía estar bien con el acuerdo, más que bien. Satisfecho.

CINCO DÍAS se convirtieron en cinco semanas mientras los hombres derribaban el tabique y trabajaban en el balcón y el aljibe. Cuando Paco trabajaba, yo pasaba los días paseando por el puerto, nadando o caminando por la pequeña playa, cenando fuera y cenando dentro cuando Paco decidía cocinar. Era un buen cocinero. También parecía disfrutar compartiendo su espacio conmigo, manteniéndome siempre entretenida. Incluso me llevó a sus viajes fotográficos y me presentó a sus padres y a otros miembros de la familia – todos ellos muy parecidos a Paco – como su compañera, la inglesa que restauraba Casa Baraso. Todos ellos, todos y cada uno de ellos, me miraban con verdadero interés, y con una pizca de expectación. ¿Qué más les había contado de mí?

Una tarde hablamos de mi idea de un folleto y nos sentamos juntos a seleccionar las fotos adecuadas entre las decenas que había tomado. No había escrito nada parecido en mi vida, pero pensé en imitar algo similar que había encontrado en una librería. No debería resultar demasiado difícil, pensé, ya que no tenía intención de publicarlo. Fue él quien me sugirió que incluyera un pequeño capítulo sobre Olivia Stone. La idea me pareció absurda, ya que no había pruebas de que ella hubiera pisado mi casa, pero le seguí la corriente.

Al día siguiente me llevó a otra casa en la que se había alojado, situada en la esquina de las calles Ruiz de Alda y León y Castilla, cerca del puerto y a sólo una manzana de la plaza, rodeada por el ayuntamiento y los edificios gubernamentales. Era una casa por la que había pasado muchas veces de camino al puerto y en la que nunca había reparado.

Bajamos por la calle lateral y nos paramos juntos en una esquina opuesta. Paco me dijo que la casa había sido propiedad de José Galán Sánchez y su mujer, Benigna Pérez Alonso, que la regentaban como un pequeño hotel. Olivia Stone ofrece una descripción completa de su curiosa distribución y de sus habitaciones sin ventanas. Me llevé mi copia de su libro y comparé lo que ella había escrito con lo que podía ver desde varios ángulos y seguramente era la casa correcta. Sólo que estaba en completo deterioro, otra ruina, esta vez justo en el corazón de la capital de la isla. Por un momento pensé que me había equivocado de casa. Por otra parte, no me habría gustado vivir tan cerca del centro de la ciudad. Sin embargo, la vivienda no era la única que había quedado en ruinas. Había muchos edificios antiguos repartidos por los alrededores, que databan de hace mucho más de cien años y probablemente se acercaban a los doscientos. El antiguo hotel habría sido un buen café o un pequeño centro de arte, e incluso podría transformarse en un pequeño museo que conmemorara aquella auspiciosa visita de Olivia Stone.

"Ojalá pudiera salvar todos estos edificios antiguos, Paco."

"No es tu responsabilidad."

"Es cierto."

"Pero es un bonito pensamiento, Claire."

En el camino de vuelta a su departamento, tomando la ruta tortuosa a lo largo del paseo marítimo, nos enlazamos los brazos y disfrutamos de la brisa que venía del océano. Sin prisa por volver a los límites del departamento, le propuse ir a tomar un café a algún sitio.

Fuimos al de siempre y nos sentamos fuera. Mientras veíamos pasar el mundo de Puerto del Rosario, un gracioso hombrecillo con una camiseta de I Love Fuerteventura se sentó en la mesa de al lado con su mujer – que llevaba una camiseta idéntica – y varias bolsas. Tenía un tono de voz alto y hablaba con un marcado acento.

"No sé, Fred", dijo la mujer, "el de la esquina parecía más limpio."

ISOBEL BLACKTHORN

"¿Has visto sus precios? Creo que hemos cometido un error al venir tan al sur. Deberíamos habernos quedado en Corralejo."

"Pero eras tú quien quería ver Casa Winter, no yo."

"Pero vale la pena." El hombre llamado Fred se rio. "¡Y quién iba a pensar que nos encontraríamos con Richard!"

"Me he dado cuenta de que Richard Parry tiende a aparecer en todos los lugares a los que vamos."

"No en todas partes, Margaret. No exageres."

"Dijo que estaba investigando otro libro."

"Todavía estoy luchando con el último."

"¿Vas a dejarlo, entonces?"

"Oh, no. Pero todos los autores tienen su momento de inactividad. Y no entendí bien su último…"

Y así continuó. Bromas de vacaciones entre un viejo matrimonio. Después de rebuscar en sus maletas durante unos instantes, se fueron, evidentemente, habiendo cambiado de opinión. Los vi alejarse y vi que se habían dejado un marca páginas. Curiosa, fui a buscarlo.

Era una novela llamada La Mareta, de Richard H. Parry. Guardé el marca páginas en mi bolso, pensando que lo buscaría alguna vez.

De vuelta al piso, Paco editó unas fotos en la mesa del comedor y yo me tumbé en el sofá y leí Olivia Stone. No encontraba nada malo en nuestra convivencia, parecíamos habernos adaptado a las rutinas del otro con facilidad, pero al verlo trabajar sabía que no podía durar. Además, conmigo en el piso, había una gran falta de espacio. También sentí que la situación no era natural y que, de alguna manera, estaba mal. Sin embargo, volver al edificio era como separarse y tuve que censurar mi corazón.

En los días siguientes, me dije una y otra vez que no podía quedarme.

Una mañana, mientras desayunaba, me armé de valor y le

216

dije a Paco que lanzarse a vivir juntos tan pronto no era la forma correcta de empezar una relación, aunque me parecía natural y armoniosa y estaba bien, y que si lo que queríamos los dos era ser pareja, el futuro lo diría. Todo ese discurso lo había sacado de una película que había visto.

Paco estaba visiblemente decepcionado.

Le tomé la mano.

"Necesito pasar esta noche a solas. Por favor, trata de entenderlo. Necesito vivir en mi casa sola y no estar aterrorizada. Si no, nunca viviré allí, o querré que tú vivas allí, sólo porque tengo demasiado miedo para estar allí sola."

Tenía un sentido lógico aunque me sentí fatal y sabía que Paco se lo tomaría como un rechazo.

EL DÍA DE MI REGRESO, llegué a las cuatro de la tarde y me encontré con que se había desatado un infierno en la obra.

El camión de agua se marchaba, pero en su lugar llegaba una ambulancia.

Helmud me vio y se acercó.

"Es un carpintero. Está herido."

"¿Es grave?" pregunté, corriendo hacia donde el carpintero estaba tendido en el suelo del patio interior, retorciéndose y gimiendo.

Helmud me siguió. "Podría ser. Estaba subido a una escalera cuando ese corto tramo de viga se desprendió de la pared y le golpeó en la nuca. Se cayó y se rompió el brazo con una roca. Tiene suerte de estar vivo."

La viga que se cayó, que llevaba cientos de años in situ, estaba situada en el lado sur del tabique, mientras que la última viga del balcón colgaba de la pared este a mitad de camino. Según la descripción de Helmud, la viga había golpeado al pobre carpintero. ¿Cómo era posible?

Todos se preguntaban lo mismo, y los hombres estaban

claramente asustados. Se movían de un lado a otro, con la cabeza gacha, murmurando en voz baja entre ellos. Yo llevé mis cosas, sin esperar a que todos se fueran a casa.

Cuando lo hicieron, pude echar un vistazo a mi alrededor.

En cinco semanas, los hombres habían limpiado casi todas las rocas del patio y construido el balcón en el lado norte y oeste. Era más profundo de lo que había imaginado, con escaleras que subían junto a la pared oeste, a las que se accedía a nivel del suelo, cerca del vestíbulo que conducía a la puerta principal. Los hombres habían vuelto a enlucir el aljibe, también, y arriba, en el lado norte, el enlucido estaba terminado y las habitaciones estaban listas para los pintores. La puerta de entrada estaba colocada, y se había empezado a hormigonar los tramos de patio bajo el balcón, dejando el centro por pavimentar. Tenía un camino despejado y sin escombros hasta la puerta trasera. La cocina y la lavandería seguían siendo cascarones grises y vacíos.

En el lado sur, las paredes estaban completas y las vigas las unían al comienzo de la primera planta. Algunas de las vigas del tejado estaban colocadas. La Casa Baraso pronto se convertiría en la Casa Bennett y me permití un sentimiento de orgullo. Al fin y al cabo, nada podía desmerecer la magnificencia de la casa y no iba a dejar que los fantasmas me estropearan las cosas. Esa era mi determinación y esperaba poder mantenerla.

Repasé todos los rituales que había establecido la última vez que dormí en el lugar. Me dirigí a mi pequeño jardín y examiné mis plantas. Contemplé la vista que me encantaba. Cuando el sol se ocultó bajo la escarpada cresta de la montaña, me di una ducha de cubo para quitarme la sal de mi último baño en la playa de Puerto del Rosario, me lavé los dientes y organicé mi letrina portátil antes de encerrarme para pasar la noche. Puse *La Luna y Las Melodías* de los Gemelos Cocteau, cené atún en lata y una ensalada mixta, y me acomodé para leer un Stephen King en español. Echaba de menos a Paco, pero me negaba a ceder al sentimentalismo. Sobre todo, me negaba a depender de un hombre.

Sólo cuando apagué la última vela, el recuerdo de las muertes violentas de la familia Baraso volvió a aparecer en mi mente. A solas, en la casa por la noche, era difícil deshacerse de la creencia de que el lugar estaba embrujado. La truculenta escena del suicidio se repetía una y otra vez y tardé mucho tiempo en dormirme.

Me desperté con el sonido de un gemido. Venía de la otra habitación. Al principio pensé que era un perro, pero al escuchar me di cuenta de que parecía más bien un niño. Inquieta, me di vuelta, encendí la vela de la cama y miré el teléfono. Eran las dos. Quise usar la linterna del teléfono pero descubrí que mi batería estaba casi agotada. Me había olvidado de cargarla en casa de Paco. En su lugar, tomé una vela y me dirigí en dirección al sonido.

Era difícil de localizar. Me paseé por el comedor y cada vez que creía estar cerca, el sonido parecía venir de otro lugar, como si la fuente estuviera decidida a permanecer siempre fuera de mi alcance. Después de dar una vuelta completa a la sala, supe que no había nada que ver y que no había nadie. El sonido debía proceder del exterior.

Me acerqué a la puerta para comprobar los cerrojos. Estaban cerrados. Mientras reflexionaba sobre mi próximo movimiento, tratando de decidir si me sentía lo suficientemente valiente como para salir al patio, el aire se volvió sobrenaturalmente frío, tan frío que parecía que había entrado en un congelador. Me estremecí. En ese momento, los gemidos cesaron. Entonces la vela chisporroteó y se apagó.

Aterrada, di un paso atrás. La habitación volvió a estar cálida al instante. Me di cuenta, de pie y sin nada más que mis bragas, de que tenía que encontrar el camino de vuelta a la cama en la oscuridad. Mientras daba pasos lentos y tímidos, me juré que a partir de ese momento no dejaría que mi teléfono se quedara sin carga.

No pude dormir. Durante el resto de la noche, me quedé recostada de espaldas, rígida de miedo, pensando en dormir en mi coche pero incapaz de actuar sobre el impulso. Por primera vez, me enfrenté a la asquerosa realidad de que Paco, Clarissa y Gloria tenían razón, los fantasmas existían y mi casa estaba encantada.

CASA CORONELES

Sentía la cabeza densa, borrosa y embotada por la falta de sueño, pero aun así, estaba al límite. El ladrido de un perro, una ráfaga de viento, cada chirrido y crujido me hacían sentir pánico. Un pensamiento se repetía una y otra vez. Si el quejido era un niño, debía ser una de las hijas de Baraso. Ni mi madre, ni Olivia Stone, sino una Baraso y una niña. Tal vez fuera inofensiva, pero no me tranquilizaba. No tenía defensas contra un fantasma.

Fue esa constatación la que me impulsó a levantarme, abrir las puertas y dejar entrar algo de luz. Era agosto y el sol de la mañana ya había salido con determinación. Hice mi habitual rutina de lavado, deseosa de salir de la obra antes de que llegaran los hombres.

Cuando me lavé y me vestí, deambulé por el lugar. El aljibe significaba agua, pero al no tener electricidad tendría que usar un cubo con una cuerda. El pórtico de acceso estaba cubierto con un cuadrado de madera, sostenido por una roca. Imaginé que Helmut había dispuesto que en el futuro se instalara algún tipo de puerta con bisagras adecuada.

Gran parte de la atención se centraba en las habitaciones

delanteras de la esquina sur, donde el nivel superior parecía estar a punto de recibir su suelo. En el exterior, bajo los andamios, la fachada de la casa había comenzado a adquirir su antiguo esplendor, con la inserción de las ventanas de la planta baja. Tenía ganas de ocupar más habitaciones, pero Mario ya me había explicado que la cocina y los baños se instalarían en último lugar, y que era mejor esperar a que los pintores hicieran su trabajo antes de pasar al piso superior.

Tomé mi desayuno habitual en la cafetería, devorando la tortilla de Gloria mientras repasaba el terror de la noche anterior. A la dura luz del día, casi podía convencerme de que había estado soñando, pero sabía que no era así. No pude evitar relacionar los gemidos y el frío glacial con aquel leñador que se había ensañado con el carpintero. ¿Una niña violenta buscando venganza contra su horrible padre? Se me ocurrió que vivir en Casa Baraso podía resultar no sólo espeluznante, sino peligroso.

Durante una pausa en el ajetreo de la mañana, Gloria se acercó y preguntó si había vuelto a dormir en la casa.

Dejé el tenedor. "No podía quedarme en Puerto del Rosario para siempre", dije, sin explicar nada más. Puede que ella supiera que me había quedado con Paco, pero no iba a confirmarlo. Ella no preguntó.

"¿Cómo está el carpintero?" dijo con preocupación.

"¿Ya sabes?"

"La palabra viaja rápido. Vi la ambulancia."

"Averiguaré más hoy. Fue un accidente."

Sacudió la cabeza con fuerza. "No fue un accidente. Por eso los hombres no quieren trabajar en tu casa."

"Pero es una ruina. Nadie ha trabajado en ella desde hace cien años."

"Eso no es cierto. Cejas empezó a trabajar en las reformas hace unos veinte años."

"No hicieron mucho."

"Es verdad. Pero por eso hay un agujero en el tabique."

Ah, así que fue Cejas quien hizo eso. Algo horrible debe haber sucedido. Más de un incidente. Lo suficiente como para que abandonara el proyecto y decidiera demoler.

"¿Sabías que el muro se ha derrumbado?"

Pareció estremecerse. "A los fantasmas de Casa Baraso no les gustará."

"¿Qué quieres decir?", dije, habiendo pensado lo mismo que ella.

"Apenas los hombres de Cejas atravesaron el muro, uno de ellos fue golpeado en la cabeza por una piedra que nadie lanzó. Un trozo de madera cayó sobre otro cuando pasaba por debajo del balcón, y parte de otro muro cayó cuando el tercer hombre pasaba por allí."

Entonces se confirmó mi teoría.

"Todos esos sucesos *podrían* tener una explicación física", dije lentamente.

Nos miramos fijamente. Ninguna de los dos creía que las tuvieran.

"Esos hombres no eran supersticiosos", dijo ella. "Habían despreciado los rumores. Luego experimentaron por sí mismos el poder de los espíritus que rondan la Casa Baraso. Tienen suerte de estar vivos. Eso es lo que dice todo el mundo. Ese carpintero también tiene suerte de estar vivo."

No exageraba. La vi alejarse y decidí que tenía que actuar para protegerme. Tenía que deshacerme de ese fantasma beligerante.

Mientras esperaba a que mi teléfono se cargara, revisé mis correos electrónicos. Había una breve nota de mi padre y otro correo electrónico de Clarissa. No mencionaba a Olivia Stone. Decepcionada, se lo recordé. Luego cerré la computadora portátil y consideré mis opciones para el día. Recordando que Olivia Stone había pasado por Casa Coroneles y había anotado el edificio en su diario de viaje, pensé en visitarlo. Tal vez podría obtener ideas para la decoración. Al menos era algo que hacer en un día caluroso y el interior debía ser fresco.

SITUADA en una amplia explanada de grava, Casa Coroneles está frente a La Oliva en una distancia cercana y algunos volcanes se pueden observar al norte y, a pesar del macizo que hay detrás y el cono perfecto de un volcán al este, el edificio domina el paisaje. Las robustas torres almenadas de las esquinas y la uniformidad del diseño dan un aire de autoridad y dominio militar, el edificio es esencialmente una fortaleza. En la fachada, ocho grandes ventanas – las del primer piso con balcones Juliette – están dispuestas una encima de otra a ambos lados de una gran entrada. Las ventanas enrejadas de los muros laterales completan el aspecto. Las ventanas y puertas son de madera tallada. Si se observa de cerca, se pueden apreciar los detalles.

El patio interior es mucho más grande y grandioso que el mío, con profundos balcones con vistas a un grupo de palmeras. En el interior, los tonos rosa salmón de las paredes resaltan las maderas de los techos abovedados, las ventanas y los pisos. Las habitaciones parecen ofrecer una exposición de estilo museístico, con grandes retratos dispuestos junto a explicaciones impresas. Sala vacía por sala vacía, el visitante es conducido a un viaje histórico del reinado de los coroneles lo que reemplaza mucha lectura. Gran parte de la información es una repetición del libro que había leído por encima en la biblioteca de Puerto del Rosario, el día que investigaba la Casa Baraso. Aun así, leí cada palabra, a la vez que me repelía la glorificación de lo que equivalía a un régimen de terror.

Los coroneles eran una dinastía conocida por su opulencia y el museo reforzaba esa grandeza incluso cuando educaba. Como toda aristocracia, la dinastía se casó para acumular riqueza y propiedades. Como el coronel supervisaba el gobierno militar y también funcionaba como administrador de la isla, tenía poder absoluto y podía hacer lo que quisiera. Los obispos eran cómplices, lo que dejaba a la gente corriente sin ningún lugar al que acudir. En efecto, Fuerteventura, una pequeña isla con una población minúscula, soportó ciento cincuenta años de dictadura despiadada, avalada por el trono de España. Los ricos se alimentaban de abundantes cosechas en tiempos de lluvia, cosechas exportadas para obtener beneficios. Ninguna de esas ganancias se reinvertía en la isla para beneficiar al pueblo.

Salí de la Casa de los Coroneles inquieta. Sabía que los británicos no eran mejores cuando se trataba de dominar otras culturas, pero me entristecía que Fuerteventura hubiera soportado tal opresión cuando, por lo que yo sabía, las demás islas no lo habían hecho.

Ya que estaba allí, fui a comer a una cafetería de La Oliva. Mientras esperaba mi pedido, envié un mensaje de texto a Paco, con la esperanza de que me respondiera enseguida, pero no lo hizo. ¿Estaba enfadado conmigo? Claro que sí. Pasaron diez minutos. Cuando el camarero vino con mi comida, mi teléfono sonó. Deslicé la pantalla. Paco dijo que estaba ocupado, que lo sentía, y que me vería en su próximo día libre. ¿Cuándo era? Decidí no contestar. Definitivamente, estaba herido. Yo también lo estaba. Más que nada, me había puesto en una posición de vulnerabilidad indefensa. No estaba segura de poder pasar otra noche sola en mi casa, sólo que tenía que hacerlo, o nunca viviría allí.

Recordé a Clarissa hablando de hechizos de destierro. Lo que me había parecido una tontería ridícula ahora adquiría la apariencia de cordura y necesidad. Busqué en Internet y, siguiendo varias instrucciones, fui a comprar dos kilos de sal a un supermercado y luego conduje hasta Lajares, donde conocía una tienda de la nueva era, para conseguir un manojo de salvia seca. Todavía tenía unas horas para pasar el rato. Paseé por

Lajares y volví a La Oliva, demorándome en las tiendas y en la iglesia, donde estaba fresco. A eso de las cuatro, volví a Tiscamanita, pasando por el centro de jardinería de Tefía para echar un vistazo.

De vuelta a la casa, cuando los últimos obreros se estaban marchando, comencé mi ritual. Eché sal en las esquinas y entradas de mis habitaciones. Encendí la salvia y la agité mientras recorría el perímetro del espacio. Creé mi propio mantra, pidiendo amablemente al fantasma que se fuera. Al verme envuelta en hechizos de destierro, me burlé de mí misma, aun conociendo la gravedad de vivir en una casa embrujada con un fantasma malhumorado.

Satisfecha de haber hecho lo que podía, cuando llegó la hora de dormir, apagué la última vela con una pequeña seguridad de que todo estaría bien.

Me desperté en la espesa oscuridad de la noche con el sonido de algo raspando el suelo. Se me cortó la respiración. Al principio, pensé que el sonido provenía de una de mis habitaciones, pero pronto me di cuenta de que el raspado estaba justo encima de mi cabeza. Mi corazón latía con fuerza. Unos cuantos rasguños más, un golpe repentino, y luego todo quedó en silencio. ¿Quién estaba allí arriba? ¿Y qué podrían estar arrastrando por el suelo?

Encendí un fósforo con manos temblorosas. El sonido parecía ensordecedor. Encendí una vela y luego otra. Murmuré mi mantra y encendí la salvia. El aroma era penetrante, pero mejor eso que la presencia de un espíritu no deseado. ¿Cuánto faltaba para que se hiciera de día? Consulté mi teléfono. Dos horas. Dos horas sentada en la cama, abrazada a mis rodillas, demasiado asustada para moverme, esperando, escuchando agudamente. Como si el fantasma estuviera satisfecho ahora que estaba despierta y aterrorizada, no hizo más ruido.

Mi mente racional entró lentamente en acción y empeoró aún más mi situación. En este caso, no sabía con seguridad si era un fantasma. Si no lo era, entonces tenía un merodeador. ¿Qué era peor? Había cerrado las puertas con llave. Estaba segura de que había cerrado las puertas. ¿Todavía estaban cerradas con llave? Me obligué a mirar. Sí, lo estaban. Entonces el merodeador no podría entrar. Si era un merodeador. El fantasma no tendría problemas para abrir esos cerrojos. Mi mente dio vueltas y vueltas hasta que me mareé y sentí náuseas. Me encontré deseando que uno de esos brutales coroneles estuviera cerca para deshacerme del tormento.

EMOCIONES FUERTES

AL AMANECER, ESTABA ENFADADA. ENFADADA PORQUE MI ÚNICA gran aventura, mi gran misión en el mundo, tal como era, había sido estropeada por lo sobrenatural. Retiré los cerrojos, abrí las puertas y dejé que entrara la luz. Me puse una muda y unas chancletas y salí al patio. Antes de perder los nervios, subí las escaleras del balcón y entré en la habitación que había sobre mi cama. Las tablas del suelo eran ásperas y las paredes estaban sin pintar. Se había salvado algo de la pintura original en parches de revoque antiguo. El techo abovedado era magnífico y me recordaba a la Casa Coroneles. Me perdí momentáneamente en su potencial antes de que volviera a surgir en mí la ira por el intruso sobrenatural. Nadie ni nada iba a asustarme para que abandonara aquel esplendor.

En la habitación había dos caballetes y una escalera de mano y nada más. No tenía ni idea de si uno de los caballetes había sido movido, pero me alivió encontrar objetos que pudieran explicar el sonido que oí en la noche. Podría haber pensado que tenía un intruso humano vivo, pero esa idea ya no encajaba con otros acontecimientos por mucho que mi mente racional lo deseara, no desde los lloriqueos y la ráfaga de aire frío. Tenía que enfrentarme a los hechos aunque fueran metafísicos. Tenía un duende travieso, un niño, y además enfadado.

Me duché, me vestí y me preparé para el día, guardando mis trajes de baño y una toalla y asegurándome de salir antes de que llegaran los obreros. En la cafetería, hice mi pedido habitual de café y tortilla a una Gloria imperturbable que sin duda vio el cansancio y la irritación en mis ojos, y recibió de mí un comportamiento áspero y hostil, que no era para nada propio de mí.

Me senté en mi mesa habitual y conecté la laptop. Gloria se acercó con mi pedido y yo hice un hueco para el plato y la taza que tenía delante sin levantar la vista ni darle las gracias.

"¿Está todo bien?"

Sonaba tímida, y su pregunta me alertó de mi descortesía.

"Gloria", suspiré, encontrando por fin su mirada, "ese fantasma es persistente. Lo reconozco."

Le dije que me había despertado el sonido de un raspado en el suelo y que había pasado el resto de la noche en vela.

Me tomó del brazo. "Ten cuidado, Claire." Parecía estar a punto de decir algo más cuando entraron en la cafetería algunos de los obreros de mi obra. Los saludé con un gesto de cortesía mientras pasaban. Gloria volvió a ponerse detrás del mostrador.

Le di un mordisco a la tortilla y sorbí mi café. Cuando abrí mis correos electrónicos, me sorprendió encontrar uno de Clarissa. Al ver su longitud, me deleité con la posibilidad de una distracción. Por fin había encontrado tiempo para investigar a Olivia Stone. Al examinar su correo electrónico, vi que ella también había sido minuciosa. Leí con interés, agradecida por tener algo en lo que ocupar mi mente.

Decía que Olivia Stone había nacido como Olivia Mary Hartrick en 1857, una de los cinco hijos del reverendo Edward John Hartrick y Mary Macauley Dobbs. No pudo averiguar nada sobre los Dobbs, pero decía que los Hartrick descendían de los Palatinos Alemanes, aquellos refugiados protestantes de los estados germánicos vecinos que habían escapado al Palatinado para rehacer sus vidas, para volver a huir de la persecución, esta vez enviados a Irlanda por la reina Ana a principios del siglo XVIII. Habrían estado de camino a América, decía Clarissa, pero las arcas de la reina Ana se habían agotado. No tenía ni idea de quiénes eran los Palatinos y no estaba segura de que eso importara mucho, no para mí, salvo que me impresionaron los esfuerzos de Clarissa y era interesante tener un poco de contexto.

Seguí leyendo, hambrienta de la información que importaba: La muerte de Olivia.

Olivia se casó con John Frederic Matthias Stone (nacido en 1853 en Bath) en 1878 y tuvieron tres hijos. Eso ya lo sabía, por el artículo que me había mostrado Paco. Clarissa continuó proporcionando más detalles. John Stone era un abogado que participaba en la vida social del momento, fundando El Club de Cámara en 1885 y El Club de la Caravana en 1907. Era fácil ver quién era el motor de los viajes de la pareja. Aunque era Olivia quien tenía talento con las palabras. Fue una de las más notables escritoras de viajes de su época, habiendo escrito el muy apreciado *Noruega en Junio*, publicado en 1882.

Clarissa contaba que los Stones sentían un gran afecto por las Islas Canarias, y que no sólo se embarcaron en un minucioso viaje de seis meses en 1883, sino que regresaron en 1889 y 1891 para realizar investigaciones para futuras ediciones del libro. De nuevo, eran datos que ya conocía y leí con creciente impaciencia, sin saber si me iban a contar algo importante.

Habían vivido en Londres, y luego se habían trasladado o tenían una segunda residencia en St Margaret's, en Cliffe, cerca de Dover, en una casa que llamaron "Lanzarote". Había subrayado la palabra en amarillo.

¿Lanzarote? Hice una pausa. ¿No "Fuerteventura"?

Paco me dijo que ella había bautizado su casa con el

nombre de su isla. Había sacado esa información de ese artículo del que hablaba, el artículo que yo había traducido minuciosamente para Clarissa. Seguí leyendo. Clarissa había sido meticulosa en su comprobación de los hechos. Decía que probablemente la casa estaba situada junto a la playa de la Bahía de St Margaret, ya que un hotel del mismo nombre había sido bombardeado en la Segunda Guerra Mundial, y la sociedad histórica local comentó que el hotel se había creado a partir de dos villas privadas contiguas. Noel Coward tenía una residencia más allá de la playa. Sonaba como un lugar donde vivirían los Stones. Tenía que ser su casa. No habría habido dos casas llamadas "Lanzarote" en St Margaret.

Cuando John Stone se volvió a casar en 1900 con Lillie Wellbeloved, figuraba como viudo. Descubrir esto, llevó a Clarissa a la búsqueda de la muerte de Olivia. Comentaba que la encontró después de varios intentos, y que la ubicación fue una sorpresa, ya que no había ninguna conexión con el condado de Bedford que ella pudiera averiguar.

Olivia Stone murió el 11 de marzo de 1897 en la calle Priory de Bedford. La causa de la muerte fue la rotura de un aneurisma del arco aórtico. Murió, según Clarissa, de forma repentina mientras daba un paseo por una calle del centro de Bedford, muy cerca de la iglesia de San Pablo. Su marido no aparecía en el certificado de defunción. Caminaba sola o con una acompañante, la señora Blanche Adams, que figuraba como presente en su muerte. Su edad era de 40 años. Clarissa continuó explicando que su muerte habría sido repentina e indolora, y que era inusual que una mujer de su edad muriera de algo así. Probablemente tenía una enfermedad subyacente, probablemente genética. Ese fue el final del correo electrónico. Clarissa incluso proporcionó copias de las pruebas pertinentes.

Busqué en Internet el artículo engañoso que había hecho que Paco hiciera falsas suposiciones y construyera una fantasía sobre su amada Olivia Stone, y me senté a contemplar esa única foto de ella. Era fácil ver cómo Paco había fabulado su historia. Ella tenía un aspecto pálido y nostálgico, casi fantasmal, con aquel vestido holgado de mangas cortas con flecos. Una interpretación de diseño de un vestido de campesina de algún tipo. Sus ojos eran profundos y estaban llenos de anhelo y su cabello, grueso y flexible, era corto y carecía de estilo. En conjunto, parecía el tipo de mujer que se escaparía y viviría una vida secreta en la isla de sus sueños. También parecía resuelta y melancólica, incluso un poco enfermiza. O tal vez mi nueva información estaba coloreando mi percepción.

Una mezcla de decepción e indignación se apoderó de mí. Primero contra Paco, que había insistido en que sus datos erróneos eran ciertos y había construido una fantasía ridícula sobre su base, pero luego contra el investigador y el autor que había redactado el artículo. ¿Cómo es posible que se hayan equivocado en esta información crucial? ¿Es simplemente que el certificado de defunción no había sido introducido en ninguna base de datos en línea de los registros parroquiales? ¿O es que el investigador no se molestó en buscar tanto? Seguro que debían haberlo hecho. Quizás la barrera del idioma había sido un impedimento para la investigación. Sea cual fuera la razón, no habían encontrado el certificado de defunción y habían llegado a la conclusión de que Olivia podría no haber muerto en Inglaterra. La llegada de una persona con el nombre de Stone al "Wazzan" en 1895 era una especie de pista falsa.

El segundo error era comprensible, aunque molesto. Sabía lo fácil que era equivocarse al citar un registro. Todo puede cambiar de un plumazo. Aunque fue bastante sorprendente, ya que pude ver el listado del censo con mis propios ojos. Tenía una docena de excusas, ya que en todos los demás aspectos, el investigador y el periodista que escribió el artículo habían sido meticulosos. Sin embargo, la anotación de que la casa se había llamado "Fuerteventura" era claramente falsa.

Las consecuencias para Paco no eran agradables. Había

sido engañado, basando sus suposiciones en fundamentos falsos. De todas las islas, era Lanzarote la que Olivia amaba, no Fuerteventura. Qué triste, para él y para la isla.

Al menos ahora sabía sin duda que Olivia Stone no había rondado por Casa Baraso. Probablemente nunca puso un pie en la casa. Puede que ni siquiera haya pasado por allí.

Me pregunté cómo iba a abordar el asunto con Paco. ¿Cómo reaccionaría ante la verdad? Queriendo aclarar las cosas lo antes posible, le envié un mensaje. Le dije que realmente necesitaba verlo. Era urgente. Me contestó enseguida diciendo que su turno terminaba a las cinco y que vendría.

Respondí al correo electrónico de Clarissa, agradeciéndole sus hallazgos y describiéndole la angustia de las dos últimas noches. Mencioné los gemidos, las ráfagas de aire frío, los rasguños y el carpintero golpeado en la cabeza por una viga. Le dije que había recurrido a hechizos de destierro.

Pedí más café y, a modo de distracción, anoté en mi cuaderno los últimos avances de la obra y luego recorrí varias páginas web buscando diseños de cocinas. Cuando estaba a punto de cerrar las pestañas, me di cuenta de que había llegado otro correo electrónico a mi bandeja de entrada. Era de Clarissa. Todo lo que decía era que, mientras la situación no se agravara, debería ser capaz de resolverla con los métodos que había descrito. ¿Incrementar? Las cosas ya eran lo suficientemente violentas. ¿A qué se refería? No tenía ni idea. Lo que sí sabía era que mi mente volvía a estar firmemente en lo sobrenatural y que quería estar lo más lejos posible de Tiscamanita sin salir de la isla. Tenía dos opciones. Podía conducir hasta Corralejo, la meca turística de la isla, o dirigirme al sur.

Como no me apetecía mezclarme con una multitud de veraneantes, elegí el sur y me dirigí a Jandía, hasta el extremo sur de la isla. La carretera se convertía en tierra poco después de la ciudad turística de Morro Jable, y serpenteaba a cierta distancia por encima del océano a lo largo de la ladera rocosa y estéril de la montaña. La marcha era lenta, pero las vistas que se abrían a lo largo del camino eran cautivadoras. No era, ni mucho menos, el único vehículo que realizaba el trayecto, y durante un largo tramo me acompañaban los que se dirigían o regresaban de Cofete y Casa Winter y de las playas salvajes situadas bajo el macizo de Jandía. Pasado el desvío, el tráfico se redujo a casi nada. Las playas vacías salpicadas a lo largo de la costa atraían a los intrépidos, a los que estaban dispuestos a descender por los escarpados acantilados. Más allá del macizo, la tierra se aplanaba, y el paisaje del extremo sur de la isla estaba dominado por un único volcán. Me dirigí al faro. Antes de él, antes de que la tierra se estrechara hasta formar una explanada alargada, junto a una playa protegida por la marea, había un grupo de cabañas de pescadores con un campamento adjunto. Un centro turístico aislado para los que prefieren el aislamiento, una verdadera escapada, un lugar al que quizá vayan los lugareños, un lugar alejado del bullicio de otros lugares.

Para el resto de nosotros, el faro era la principal atracción. Situado en una explanada pavimentada al final de la misma, había una robusta torre construida en basalto, uno de los faros más antiguos de las Islas Canarias. La torre había sido construida para formar parte de un edificio formal con un techo plano y altas ventanas arqueadas: la cabaña del guardián. ¡Qué vida de soledad habrán soportado esos guardianes!

Junto a la cabaña había un edificio más pequeño, del mismo estilo, dedicado a una pequeña cafetería. Para la comodidad de los espectadores, se habían colocado algunos asientos al aire libre e incluso una pantalla de plexiglás que protegía del viento. Y la gente se sentaba a contemplar el océano, hipnotizada.

Deseosa de ver más de cerca, me acerqué al borde del acantilado, esquivando a algunos otros que deambulaban por allí. Lo que atraía a los visitantes a este lugar del fin del mundo era el encuentro de las aguas del este y del oeste. Una fuerte corriente presionaba contra el lado suroeste de la explanada y donde se encontraba con las aguas del este, las olas ondulaban y yo percibía la fuerza de esos movimientos mezclados bajo la superficie. Traicionero el mar y para los nadadores, mortal. Estuve de pie hasta que me cansé de estar parada, luego me senté hasta que me cansé de estar sentada. No me cansé de la vista. Había algo encantador en estar en el borde de las cosas, algo en el escenario, la tierra rocosa donde casi nada crecía, con las montañas de Jandia elevándose detrás, y todo ese océano. Como a todos los demás, me resultaba difícil apartarme. Durante toda una hora, las casas encantadas no entraron en mi mente.

Como no estaba dispuesta a marcharme, entré en la casa principal, convertida en museo al igual que la Casa Coroneles, con unos cuantos artefactos y numerosos paneles informativos que explicaban la historia. Cada habitación estaba pintada de un color diferente y representaba un tema distinto. Me detuve en las habitaciones sin asimilar mucho, y finalmente volví a mi coche.

De vuelta a la costa, me detuve en Morro Jable para darme un baño. Fue bueno estar en el agua a pesar de la preponderancia de los veraneantes que eran ruidosos e idiotas. Comí un agradable almuerzo en mi café favorito junto a la playa y luego conduje hacia el interior, cruzando la estrecha cintura de la isla hasta La Pared – un pueblo dedicado en gran parte a los surfistas – y luego seguí mi camino hasta Páraja por una carretera secundaria a través de las montañas. Un paseo por el pueblo y ya estaba de vuelta en Tiscamanita cerca de las cinco.

Cuando Paco se detuvo frente a mi propiedad, ya no tuve valor para desengañarlo de su fantasía de Olivia Stone. El riesgo para nuestra relación, frágil como era, era demasiado grande. Al verlo tan tímido y preocupado, me debilité. Lo necesitaba a mi lado. No podía afrontar otra noche de terror sola en aquella casa.

Nos abrazamos y nos besamos y percibí su alivio. "¿Qué ha pasado?", me dijo al oído.

Me eché hacia atrás y le conté los sucesos de las dos últimas noches, los gemidos, la ráfaga de aire frío, el sonido de raspado de algo arrastrado por el suelo sobre mi cabeza y luego le describí el accidente del carpintero. Paco vio la sal al entrar en mis habitaciones y no pudo evitar el olor a salvia.

"¿Qué *es* eso?", dijo, olfateando.

"Leí en alguna parte que la salvia quemada destierra a los fantasmas y la sal los mantiene a raya." Me reí para disimular mi vergüenza.

Paco parecía serio. "Olivia Stone no querría hacer daño a nadie. Nunca la imaginaría intentando matar a alguien."

"Creo que podría ser otra persona," dije con suavidad, conteniendo mis ganas de divulgarlo todo. En su lugar, conté el testimonio de Gloria sobre la familia Baraso y cómo el señor Baraso había asesinado a toda su familia antes de suicidarse.

Mientras escuchaba, Paco negó con la cabeza. "Murieron de fiebre amarilla. Eso es lo que dice todo el mundo."

"Creo que esa fue la historia que se montó para tapar la verdad."

No habló. Esperaba que no fuera terco. Continué, necesitando que me creyera. "Gloria tiene relatos de primera mano transmitidos por su familia, y estoy convencida de que dice la verdad."

"¿De primera mano?"

"Nada menos que la abuela de su abuela, que trabajaba para los Baraso como criada."

"¿Pero *suicidio por asesinato*?" Se quedó con la boca abierta. Parecía sorprendido.

"Eso explicaría muchas cosas."

Esperé a que procesara la información. Se hizo un silencio entre nosotros. Lo rompió con: "Agradezco lo que intentes hacer, Claire. Pero no puedes estar aquí sola. No hasta que esto se solucione."

No tenía ni idea de cómo iba a lidiar con ese fantasma. Si la sal y la salvia y los pequeños mantras no iban a desterrarlo, ¿qué lo haría? ¿O debería pensar en quién? ¿En un sacerdote?

Lo único que sabía con certeza era que habíamos vuelto a ser pareja. Nuestra unión era tan natural como respirar, la compenetración innegable, y me parecía correcto estar con Paco, aunque nos hubiera obligado a estar juntos un fantasma. Incluso para alguien tan precavida como yo.

Al verle allí tan preocupado por mi bienestar, me di cuenta de que había estado luchando contra el hecho de estar con Paco, no por un sentido de la propiedad en términos de cómo debería desarrollarse una relación, sino por un miedo profundamente arraigado al compromiso. Podía rastrear ese miedo hasta el cruce peatonal y ese horrible momento en que presencié la muerte de mi madre. No fue difícil. Había poco en el medio, aparte de la monotonía de mi trabajo en el banco, las predecibles interacciones con mi padre y mi tía Clarissa, y unos cuantos intentos fallidos de tener novio.

Nunca había vivido con ninguno de esos hombres. No había querido hacerlo. No me habían atraído de esa manera. Ninguno de ellos era adecuado para mí. Aunque quizás yo no había sido la adecuada para ellos.

Me resultaba difícil ser abierta y estar disponible emocionalmente y no podía soportar a un hombre emocionalmente necesitado. Curiosamente, había conseguido atraer a ese tipo de hombres una y otra vez. Hasta ahora. Paco era diferente. Mantenía su reserva. No tenía rabietas, no mostraba celos ni posesividad e incluso manejaba bien el rechazo. Supongo que lo había puesto a prueba, sin quererlo pero aun así, probándolo sin darme cuenta de que era eso lo que estaba haciendo.

Compartimos un plato de ensalada de atún en lata y una botella de vino. Le describí mi día en Jandía y me dijo que me llevaría al otro faro cerca de Gran Tarajal. Estuve a punto de decir que ya lo había visitado, pero me contuve a tiempo. Después de todo, no había estado allí con él, y tras nuestro día en El Cotillo, sabía que él aportaba algo mágico a mis experiencias en la isla. Le pregunté cómo había pasado el día, y me contó una divertida escena en el restaurante donde trabajaba, en la que había una pareja muy ruidosa y muy borracha, tan quemada por el sol que parecía una langosta. El personal estaba compartiendo un chiste interno en la cocina trasera.

"El chef dijo que debía encontrar una olla grande para hervirlos y que nosotros debíamos elegir los ingredientes. Fue realmente muy divertido."

Me reí y bostecé a la vez. Me tomó de la mano. Nos turnamos en el baño, hicimos el amor y dormimos acurrucados uno en los brazos del otro. En cuanto a los fantasmas, esa noche fue tranquila.

UN MES SIN INCIDENTES

Durante el resto de agosto y todo septiembre, me quedé con Paco durante la semana y pasamos los fines de semana en la mía. Nos instalamos en una rutina de compañerismo.

Como parte de mi campaña para forjar una vida con amigos en la isla, asistí a la clase de español en la que me había inscripto en abril, que se impartía en una sala de la biblioteca local y que dirigía una hablante nativa de español que dominaba el inglés. Se llamaba Sofía. Tenía el pelo largo y negro, ojos cálidos y una boca expresiva. Me gustó enseguida. En cuanto a los otros estudiantes, resultaron ser un grupo de expatriados muy competitivos. Hubo muchos empujones por la posición, tanto en lo que respecta a quién hablaba mejor español como a quién estaba más cerca de Sofía. Me resultaron tediosas las interacciones, los comentarios al margen y las púas puntuales, aunque jocosas. Estaba allí para aprender y después de una clase había renunciado a cualquier deseo de hacer amigos. Después de descubrir que no tenía nada en común con ninguno de los participantes, tuve que reprimir mi decepción y obligarme a asistir.

Mi situación se hizo aún más difícil cuando los demás

descubrieron que estaba restaurando la Casa Baraso. Sofía fue quien se lo dijo a la clase. En las presentaciones, me limité a anunciar que estaba restaurando una ruina, por lo que recibí muchas miradas de reojo y comentarios sobre los constructores locales. Fue en la segunda clase cuando Sofía me preguntó, en español, si era la nueva propietaria de Casa Baraso. La honestidad se impuso, no tenía sentido negarlo, y uno de los otros estudiantes lo escuchó y al poco tiempo todos estaban susurrando y armando un escándalo como si no hubiera un mañana. Lo que les molestaba a todos era que yo era rica. De alguna manera, todos sabían que me había tocado la lotería. Apenas podía creerlo. De vuelta al departamento, comenté el asunto con Paco, y entre los dos conseguimos conjeturar que había sido la inmobiliaria la que había hecho correr la voz de que una inglesa a la que le había tocado la lotería estaba restaurando una ruina que ni siquiera el gobierno local había podido comprar al anterior propietario. Chismes. Y vaya si se extendió rápido. Era famosa sin darme cuenta y sin conocer apenas un alma en la isla. Increíble.

Al menos las clases nos dieron a Paco y a mí algo más de que hablar. Nos habíamos acostumbrado a conversar en nuestras dos lenguas maternas por turnos, una costumbre que nos beneficiaba a ambos.

Me esforcé por no mencionar a Olivia Stone y, si salía a relucir, cambiaba de tema. La presión de ocultarlo era dura, se sentía como una traición, pero aún no conocía a Paco lo suficiente como para calcular cómo reaccionaría y no quería que la verdad pusiera en peligro lo que teníamos. Lo más probable es que desencadenara nuestra primera pelea.

En Casa Bennett, había empezado a creer que mis hechizos de destierro estaban funcionando y que el embrujo había terminado.

A pesar del calor, los hombres seguían trabajando duro. Sospeché que tanto Mario como Helmud los presionaban, ansiosos por terminar las obras lo más rápido posible, por si había otro incidente y los obreros bajaran las herramientas y se fueran.

Todas las ventanas estaban colocadas, todas las puertas colgadas y los pintores habían terminado el piso superior del ala norte y las paredes exteriores de esa mitad del edificio. Los suelos estaban lijados y sellados. Una semana más tarde, los andamios bajaron en la pared exterior norte y en secciones de las paredes este y oeste. Los carpinteros habían levantado los maderos para el toldo del balcón en esa mitad del patio. El hierro corrugado protegería el balcón de la lluvia y Helmud me había sugerido que aislara y pusiera una lámina debajo para absorber el calor radiante. Habiendo pasado un verano entero en la isla, me pareció una buena idea.

En el lado sur, la reconstrucción del tejado fue lenta debido al techo abovedado, pero los suelos estaban colocados y las paredes de abajo enfocadas y el balcón estaba en construcción.

La última semana de septiembre recibí la entrega de tres camas de cuatro postes, junto con armarios y cajoneras, que llenaban las habitaciones del comedor, el salón y la cocina. Tomé la habitación sobre la cocina como propia. Tenía un baño – o lo tendría – y una vista espectacular del volcán. Hice los arreglos necesarios para que me entregaran mis posesiones que habían estado en el almacén durante meses y estaba ansiosa de transformar mi casa en propia.

Mario y Helmud se tomaron mi presencia con calma, pero sabía que los obreros preferían que no estuviera cerca. Hasta entonces, me había obligado a marcharme temprano todos los lunes con Paco y a evitar aparecer durante la semana, pero ahora insistía en subvertir el orden de las cosas trasladando mis objetos y haciendo que me instalaran una cocina y la plomería, lo que provocó algunos roces y refunfuños. No estaba dispuesta a ceder. Además, no se podía evitar. Las dos mitades de la construcción, en distintas fases de restauración, con una casi terminada y la otra en proceso, creaban una situación extraña.

Mario cedió y dispuso que un plomero instalara el baño y un retrete en la planta baja y conectara las cloacas en la vivienda. En previsión, compré una bomba para el aljibe.

La conexión de cloacas coincidió con la instalación de la cocina. Elegí un estilo ultramoderno, en blanco brillante, con mesadas de hormigón pulido. Todos los electrodomésticos eran de acero. La habitación era un gran rectángulo con la ventana centrada en la pared más larga orientada al este, lo que determinaba la ubicación de la batea. En la pared más corta, la del norte, estaban las cocinas y la heladera. Una barra de desayuno formaba el tercer brazo de una U, dejando libre la mitad de la habitación. Compré taburetes para la barra de desayuno y una mesa de comedor ovalada con sillas, todo en ébano pulido, dejando espacio para una mecedora de madera a juego en la esquina cercana. Quien se sentara allí podría observar toda la cocina, así como una parte del patio bajo el balcón.

Desembalar la vajilla y colocar los electrodomésticos en los armarios y cajones debía ser la más satisfactoria de las sensaciones. Mi pasado, décadas de él, había encontrado su camino hacia mi futuro y me complacía la combinación.

La vida en Casa Bennett seguía mejorando. El día que vino el electricista – un hombre recatado y menudo llamado Simón – yo estaba cantando dentro. Me interesé mucho mientras conectaba la electricidad y cableaba los tomacorrientes en el lado utilizable de la casa. Puso la cocina en un circuito separado, el horno en uno propio, y todas las luces y tomacorrientes del salón y el comedor junto con los dormitorios de arriba, en un tercero. Creó otro circuito para la lavandería, un enlucido gris y la iluminación del patio. Se acabó el generador. Simón tardó tres días y yo aproveché ese tiempo para buscar pantallas de luz, lámparas de escritorio y mesas auxiliares para colocarlas.

El día en que se conectó la electricidad a la red, volví corriendo a Puerto del Rosario rebosante de alegría para descubrir que Paco tenía noticias propias. Había recibido otro encargo, esta vez para una prestigiosa revista geográfica. Estaría fuera tres semanas y tenía que marcharse inmediatamente. Salimos a cenar para celebrarlo.

Tan llena de alegría por mi propio día especial, no le di importancia a su ausencia, aparte de saber que lo extrañaría. Quería que me quedara en su casa en su ausencia, pero tenía mucho de que ocuparme en la construcción y el fantasma parecía haberse ido para siempre.

La primera noche con electricidad fue el paraíso. Estaba encantada. Podía leer junto a una lámpara, cargar mi teléfono y mi portátil, y subir y bajar las escaleras del balcón sin necesidad de una linterna.

Me quedé en la ventana de mi habitación viendo cómo el cielo se oscurecía tras el volcán al ponerse el sol. La sensación de espacio que me regalaba la vista era estimulante, de amplitud. La Fuerteventura contemporánea se transformaba en una versión del siglo XVIII bajo mi mirada, en una época en la que las explotaciones agrícolas eran una preocupación, en la que Tiscamanita era un centro de actividad. El molino, los pozos y el estilo de vida sencillo eran un idilio. Era una época en la que abundaban las supersticiones. Cuando pensaba en todas esas iglesias en cada pueblecito, me acordaba de la división entre ricos y pobres, de la inquisición española y de la época de los coroneles, en todo ello la iglesia se atenía a los que estaban en el poder.

Mi casa daba una sensación de dominio sobre el entorno y no podía dejar de recordar que representaba la vida que disfrutaban la nobleza y la burguesía al imponerse a un pueblo empobrecido y sumiso. Después de considerar todo eso, era más fácil mirar el presente, el legado, las ruinas que salpican

Tiscamanita. Quería resolver el pasado y el presente, pero no podía. No era mi responsabilidad.

Bajé las escaleras en la penumbra y encendí la luz de la cocina al entrar en la habitación. Fue un momento decisivo, el brillo de todo el blanco resplandeciente deslumbraba lo suficiente como para llevar lentes de sol y me reí para mis adentros. La habitación era un triunfo. La modernidad alojada en paredes antiguas. Funcionaba. Me serví una copa de vino blanco frío para celebrarlo y preparé una ensalada de pollo fría. Cuando hube engullido la montaña de lechuga en mi plato, me senté de nuevo en mi mecedora para escuchar *Tesoro* a través de mi parlante, disfrutando de la forma en que los Gemelos Cocteau llenaban el espacio como si ellos también hubieran estado anhelando espacio para expandirse y respirar.

Siguiendo el ascenso y descenso de las voces, mi cabeza rebosaba de alegría al saber que, hiciera lo que hiciera con mi vida en la isla, iba a deleitarme en mi hogar.

Cuando el álbum terminó, me senté en silencio preguntándome qué escucharía a continuación. Fue entonces cuando el aire que me rodeaba se volvió de repente increíblemente frío. Me estremecí. Quise frotar la piel desnuda de mis brazos, pero no me atreví a moverme. Me quedé mirando fijamente mi cocina blanca y brillante. ¿Se me revelaría esta niña fantasma? ¿Es eso lo que estaba a punto de ocurrir? ¿Podría soportarlo si lo hacía? Tal vez no.

Apenas tuve tiempo de inhalar cuando las luces, mis queridas luces que sólo llevaban unas horas encendidas, se apagaron. ¿Un apagón? ¿Temporal? La habitación seguía helada, lo que significaba que el fantasma seguía por aquí.

No podía quedarme a oscuras. Sumergida en la negrura y sin un teléfono al alcance de la mano estaba desorientada. Necesitaba luz, pero esperé.

Nada cambió.

Me levanté y caminé tímidamente en dirección al banco de

la cocina, tanteando el terreno. Dos pasos y dos pasos más y, cuando creía que estaba a mitad de camino, algo se abalanzó sobre mí desde atrás. Tropecé hacia delante y me golpeé la cadera izquierda contra el banco. El terror se apoderó de mí. Busqué a tientas mi teléfono en el banco de cemento pulido. Había un taburete de bar a mi lado. Me desplacé hacia la izquierda. Sabía que lo había dejado allí en alguna parte.

Cuando mi mano encontró el teléfono, el frío se disipó y las luces se encendieron. Miré a mi alrededor. No había nadie en la habitación. Salí y encendí la luz del patio con la esperanza de captar una figura que saliera corriendo, algo corpóreo, pero no había rastro de nadie. Pensé que tal vez me había demorado demasiado. Mi mente racional me pareció entonces patética, esforzándose por explicar el suceso como fuera para no tener que sentir el terror.

Sabía que no podría dormir. Quería irme, alejarme, pero el impulso me enfurecía. Tenía derecho a ocupar mi propia casa, mi gran y hermosa casa. Si ese fantasma iba a ser territorial, bueno, yo también lo era.

No había cerrojos en la puerta de mi habitación, así que me quedé abajo, planeando encerrarme en la sala de estar que aún contenía mi antigua cama. Sin dejar nada al azar, puse obstáculos bajo la ventana. Esparcí otro rastro de sal por todo el perímetro de la habitación, repitiendo mi mantra de destierro a medida que avanzaba.

Dejé una luz encendida en el comedor, retiré con cuidado la cubierta de plástico y me metí en la cama completamente vestida, subiendo las mantas hasta la barbilla. A pesar de mis precauciones, el miedo se apoderó de mí y supe que estaría despierta toda la noche.

Me encontré tratando de pensar como un fantasma. Si había asustado a mi víctima, si la había dejado helada, si la había privado de la luz y la había empujado con fuerza por detrás, con la suficiente fuerza como para hacerla tambalear, ¿qué haría después?

¿Me iría a descansar a algún sitio, satisfecho? ¿Me complacería el terror que había provocado? ¿O planearía mi próximo movimiento? ¿Los fantasmas piensan o actúan espontáneamente? Pronto descubrí que no era posible pensar como un fantasma. Todo lo que sabía era que me habían agredido físicamente, que esta entidad no sólo podía apagar velas, apagar luces, hacer que la temperatura de una habitación cayera en picada, deslizar cerrojos, abrir y cerrar puertas, mover piedras, hacer volar maderas y gemir, sino que podía establecer un contacto físico real. Se trataba de un fantasma con intenciones obstinadas, un fantasma con malicia en su corazón, un fantasma preparado para abandonar el lugar de su aparición para asustar a su dueña dondequiera que estuviera. Era un espíritu decidido y tenía pocas defensas.

Al menos la sal parecía funcionar. Pasé horas sentada abrazando mis rodillas, intercalando con periodos acostada y dando vueltas en la cama. No ocurrió nada extraño. No hubo rasguños en los muebles, ni portazos. Nada. Lo único que oí fue una ligera lluvia. No duró mucho. En cuanto vi la luz del día, fui a darme una ducha.

Los techadores llegaron cuando me dirigía a la cocina para tomar un café fuerte y desayunar. Oí cómo se acercaban los vehículos y las conversaciones, y luego los pasos en el andamio de fuera. Apenas había amanecido. Entonces Helmud asomó la cabeza por la puerta de la cocina y me saludó diciendo que se preveía más lluvia y que querían poner el tejado antes de que llegara.

Me quedé en la casa y pasé la mañana ordenando mis cosas y limpiando las habitaciones. Ignoré a los obreros y ellos me ignoraron a mí. Había muchos menos hombres en la obra; los albañiles hacía tiempo que se habían ido, y los demás trabajadores especializados también. No me importaba relacionarme con los albañiles, que me parecían un grupo de alborotadores.

Después de comer y tomar más café, necesité un cambio de

ambiente y me dirigí a Gran Tarajal para darme un baño en el mar. El cielo estaba lleno de nubes, pero todavía no llovía, por lo que pude ver. Me pasé toda la tarde dando vueltas en el mar y caminando por la arena.

Los albañiles todavía estaban allí cuando volví a casa a las seis. Pasé una hora en la cocina, leyendo. El portazo de un coche y unas cuantas revoluciones me indicaron que los hombres se estaban marchando. Eran entonces las siete. Observé la nube que se espesaba sobre el volcán mientras preparaba una ensalada y, como no quería salir de la cocina después de comer, me acomodé en la mecedora y puse Dolores Claiborne en mi laptop.

Cuando la película terminó y estaba sentada en la tranquilidad de la casa contemplando si creía que Dolores estaba justificada para hacer las cosas que había hecho, intuí que mi compañera de otro mundo pronto comenzaría sus actividades nocturnas. Era sólo cuestión de tiempo.

Como si estuviera en sintonía con los pensamientos que pasaban por mi mente, la pantalla de mi portátil se quedó en negro. Entonces me di cuenta de que era el ahorro de energía activado. Estaba a punto de levantarme y cerrar la tapa cuando las luces de la cocina parpadearon. Un paso por delante de mi enemigo sobrenatural, tenía la linterna del teléfono preparada. Cuando las luces se apagaron, encendí el haz de luz del teléfono. Fue un breve momento de triunfo. Había superado a un fantasma.

Mi satisfacción no duró mucho. La habitación se convirtió en hielo en un instante. Estaba alerta, tensa, esperando, escuchando.

Nada podría haberme preparado para las frías manos que agarraron mi garganta. La sensación era real, los pulgares contra los huesos del cuello, los dedos apretando, presionando con fuerza contra mi laringe. Tuve arcadas y jadeé para respirar.

La alarma me invadió, cegándome. Me estaba asfixiando. Tuve el impulso de gritar, pero no tenía voz.

Luché por liberarme. Me abalancé hacia adelante en mi asiento, pero no hubo diferencia. Dejé caer el teléfono en mi regazo y estiré mi mano para apartar las manos que estaban decididas a llevarme a la muerte – *pero no había manos. Sólo aire.*

El pánico se apoderó de mí. Me estaban estrangulando. El dolor era insoportable. No podía inhalar ni exhalar. La sangre retumbaba en mi cabeza en sincronía con mi corazón acelerado.

No podía apartar esos dedos asesinos. Seguramente estaba a punto de morir. En un último esfuerzo lleno de terror, salté de la mecedora.

Las manos se deslizaron, al igual que mi teléfono, que cayó boca abajo sobre la luz de su linterna. La habitación se volvió negra. El aire permaneció helado. *No había terminado.*

Jadeaba, cada inhalación de aire era dificultosa. Me tomé el cuello, desorientada. Quería correr, huir de la casa, pero no podía ver. No tenía ni idea de qué dirección tomar ni de dónde vendría el siguiente ataque. *No puedo quedarme aquí.*

Pero en el momento en que di un paso adelante me empujaron por detrás. Tropecé, recuperé el equilibrio y me empujaron de nuevo, esta vez con más fuerza. Me tambaleé hacia delante y caí de rodillas. Oí un crujido. ¿Era una rótula?

Demasiado vulnerable en el suelo, recuperé mi postura. Extendí la mano para tocar la pared y me puse de espaldas a ella. Entonces grité con una voz ronca y rasposa, y en ese grito, le dije a ese fantasma que me dejara en paz.

Todo volvió a la normalidad en un instante. La habitación se calentó y las luces se encendieron. Mi laptop estaba sobre la mesa donde la había dejado. La heladera sonaba. Los platos estaban en el fregadero. Era casi como si no hubiera pasado nada. Vi mi teléfono en el suelo detrás de mí. Una silla estaba torcida. Esa era toda la evidencia del ataque, eso y mi garganta palpitante.

Recogí el teléfono del suelo y utilicé la cámara como espejo para verme. Las marcas rojas alrededor de mi cuello eran toda la confirmación que necesitaba de que no había imaginado aquel ataque. En ese momento supe que los fantasmas eran capaces de provocar daños físicos.

Estaba acomodando mi nueva conciencia y examinando las marcas de los dedos en mi cuello, cuando comenzaron los gemidos. No hay más fantasmas. El sonido venía del patio. No tenía intención de seguir ese sonido, pero necesitaba salir de la casa y sólo había una manera de salir de la cocina, y eso significaba salir al patio y atravesar el pasillo hasta la puerta trasera.

Los gemidos continuaban, el sonido se movía, se desvanecía y luego se hacía más fuerte. Durante un rato, el sonido pareció venir de la puerta y cuando lo hacía, las luces de la cocina parpadeaban. Pensé en encerrarme en la cocina, pero ¿qué sentido tendría? Los fantasmas podían atravesar paredes y no sabía si me atacarían de nuevo.

Como para confirmar mi pensamiento, arriba se oyó un portazo. Di un salto, sobresaltada. Esa era toda la motivación que necesitaba. Tomé el bolso, el teléfono y las llaves del coche, esperé a que los gemidos desaparecieran y salí corriendo de la cocina con el corazón martilleando en el pecho. No me detuve a mirar a mi alrededor. Me dirigí directamente a la puerta trasera, corriendo hacia el picaporte.

No cerré la puerta tras de mí. Simplemente corrí. Corrí sosteniendo mi teléfono para iluminar mi camino. Corrí directamente a mi coche, pulsé el mando a distancia y subí a tientas al asiento del conductor.

Temblaba tanto que me castañeteaban los dientes. Introduje la llave en el contacto, pero no tenía otro sitio al que ir que a casa de Paco, y sabía que no estaba en condiciones de conducir. En lugar de eso, me encerré dentro. Seguramente, al aire libre estaría más segura. Seguramente el fantasma no me atacaría aquí fuera.

El cielo se había despejado. Me senté durante un largo rato mirando las estrellas, viendo la luna salir sobre el volcán. Poco a poco me fui tranquilizando.

Debí quedarme dormida. En algún momento de la noche me desperté. Llovía a cántaros.

Antes de abrir los ojos, supe que no estaba sola. Llámenlo un sexto sentido. No quise mirar. Quería mantener los ojos cerrados y alejar lo que fuera. Pero los abrí y vi, fuera de mi ventana, un rostro. Era la cara de una mujer que me miraba fijamente. Al principio, pensé que era mi madre. Luego vi su largo vestido negro y supe quién era. La señora Baraso. Tenía que serlo. Parecía pálida, desesperada, aterrorizada. Sin embargo, ninguna parte de ella estaba mojada.

Apretó sus manos, secas como un hueso, contra el cristal. Sacudí la cabeza. Le dije que no. Parecía cabizbaja. Se marchó a toda prisa, al edificio anexo donde solía ducharme.

Después de eso, no dormí. Empecé a preguntarme si había soñado esa cara mientras luchaba por recuperar la sensación de normalidad, pero no había sido así. Todo lo que sabía era que tenía dos fantasmas, un niño y su madre. ¿Cuál de ellos me había estrangulado?

Con una certeza enfermiza me di cuenta de que no había sido ninguno de los dos.

A LA CAZA DE TUMBAS

Con la luz del día llegó una calma atormentada, una cabeza confusa por la falta de sueño y un cuerpo rígido en lugares que no debería estarlo: el cuello, la cadera, la parte baja de la espalda y un tobillo.

Me moví y me senté con la espalda recta. El parabrisas estaba empañado. Con el brazo, quité el vaho de la ventanilla lateral. La lluvia había desaparecido, el suelo estaba húmedo y había pequeños charcos aquí y allá. Antes de salir del coche, me miré el cuello por el espejo retrovisor. Los moretones eran evidentes.

Lo primero que pensé fue en hacer las maletas y quedarme en casa de Paco. Pero eso significaría una derrota. Fueran quienes fueran esos fantasmas no tenían derecho a ocupar mi casa. Me aferré a los aspectos prácticos y a un fuerte impulso de proteger mi hogar, indignándome por los posibles daños a mi persona y a mi propiedad que un fantasma de mal carácter podría conseguir. Me habían empujado por la espalda y me habían estrangulado. ¿Y ahora qué? ¿Podría un fantasma realmente matarme?

Salí del coche y entré en mi casa y subí a darme una ducha.

Era fácil ser desafiante y territorial a la luz del día. Una vez limpia y vestida, ordené mis habitaciones y cerré todas las puertas, saliendo por la puerta trasera mientras llegaban los obreros. Dirigiéndome a la parte trasera del granero, sólo podía esperar que me hubiera convertido en el único objetivo de las espeluznantes travesuras y que ninguno de aquellos hombres sufriera daños.

Subí por la calle y estacioné frente a la cafetería, bajo un árbol que daba sombra. El pueblo estaba tranquilo. La iglesia, la atracción principal del pueblo, con sus altos muros blancos y su falta de ventanas, miraba hacia dentro, hacia sí misma y hacia su Dios, protegiéndose de las fuerzas del mal, una fortaleza de fe. Yo no tenía fe. Tampoco tenía mucha confianza en los rituales de destierro. Hice lo único de que se constituía la fe. Llamé a Clarissa.

"¿Cómo estás, querida?" Sólo su voz trajo la paz.

"¿No te estoy interrumpiendo?"

"No, en absoluto. El funeral fue ayer."

Una sacudida me atravesó. ¿El funeral de quién? No me gusta preguntar. "¿Fue bien?" fue todo lo que se me ocurrió decir.

"No hubo problemas. La anciana tenía noventa y cinco años, así que no hubo demasiadas lágrimas."

Dudé. Pero no era el momento de charlar. Quería preguntar. "Estoy teniendo más problemas en la casa." La puse al corriente de los últimos acontecimientos. "No tenía ni idea de que los fantasmas pudieran causar daños físicos a los humanos de forma directa. Pensaba que pasarían a través de nosotros, por así decirlo. Las cosas se nos están yendo de las manos."

"Me preguntaba si las cosas se intensificarían. Suelen hacerlo cuando hay violencia de por medio."

"Intentó estrangularme", dije, con la voz temblorosa al revivir el horror.

"Él, Claire. Podría haber sido el propio Baraso."

"¿Crees que la versión de Gloria sobre lo que pasó allí es cierta?" Le había contado la historia completa a Clarissa en un correo electrónico.

"Estos últimos acontecimientos lo demuestran. Como en la vida, en la muerte."

"¿Y el niño que lloriquea? ¿La mujer que Paco fotografió?"

"Parece que tienes al menos tres espíritus atrapados allí."

"*Tres.*"

"Por lo menos. Podría ser toda la familia."

"Necesito que se vayan", dije con un aire de desesperación.

"Es difícil."

"Debe haber algo que pueda hacer. Los hechizos de destierro no funcionan."

"Puedes probar los diez consejos de Madame Boulanger." Sonaba dudosa.

"Probaré cualquier cosa."

"Pensándolo bien, ya estás empleando lo básico. El exorcismo es el último recurso."

"¡Exorcismo!" Miré hacia la iglesia. Mi mente se llenó de imágenes de sacerdotes y extraños rituales.

"No es tan dramático como crees. He sido testigo de varios. Los espíritus no sólo habitan en ruinas antiguas, Claire. Incluso el habitual cara o cruz puede contener un fantasma malhumorado o dos. Parece que se adhieren a las adolescentes o a otras personas que experimentan sus propias emociones turbulentas."

No hablé. Ambas sabíamos la pena que había albergado en mí.

"¿Dónde están enterrados?" preguntó Clarissa.

"No tengo ni idea."

"Ah, entonces deberías encontrar sus tumbas."

"¿Qué voy a conseguir con eso?"

"Claire, normalmente con estas cosas, la gente sólo quiere

ser escuchada y comprendida. Que se les reconozca de alguna manera. Descansar, por así decirlo."

¿Una búsqueda de la tumba? No podía hacer daño y al menos me daba una estrategia, incluso una posible solución. Le di las gracias y me despedí.

Gloria me sonrió al entrar en la cafetería y me indicó que me sentara. Me pregunté por qué se alegraría tanto de verme mientras ocupaba mi mesa preferida, aunque ya no necesitaba el tomacorriente. Me trajo el café y la tortilla de siempre. Después de dejar mis cubiertos, se alejó un poco, rondando.

"Otro bonito día de sol", le dije, sonriendo, con una sonrisa tras la que sólo podía pensar en cementerios. "La lluvia también fue buena."

"Sí." Dudó e inhaló para decir algo más. "Dime, Claire, ¿qué piensas hacer con tu gran casa?"

Era la misma pregunta, siempre, y me sorprendió que no lo hubiera preguntado antes.

"No lo sé todavía", dije, lo cual era la verdad.

"Deberías venir a la clase de informática de María en Tuineje", dijo y me di cuenta de que, a pesar de su franqueza, en el fondo era tímida. O tal vez recelosa, de mí, de lo que yo representaba. Dudé, sosteniendo su mirada con interés. Allí estaba ella, expectante, entusiasta e insegura, con su delantal pulcro y limpio protegiendo su blusa y su falda. "Es para mujeres rurales maduras", continuó, señalando mi portátil. "Tenemos que aprender toda esta tecnología o nos quedaremos atrás."

"Pero yo ya sé usarla." Mientras hablaba, deseé que se me ocurriera algo que agradecer en su lugar. Afortunadamente, ella no se dejó disuadir.

"Por eso pregunto. Somos diez. Harás muchos amigos." Me dijo que se reunían todos los sábados a las once de la mañana en la biblioteca. "¿Vendrás?"

"Me encantaría. Gracias." Hice una nota en el calendario de

mi teléfono mientras ella se ponía a mi lado. Le mostré la anotación para que la viera. "Ahí está, mi teléfono no me deja olvidarlo."

Las dos nos reímos. Una puerta se había abierto inesperadamente, con la alfombra de bienvenida desplegada. Había conseguido entrar en la vida cotidiana de las mujeres rurales de la zona. La invitación marcó un punto de inflexión. Se habían acabado las clases de español. ¿Una oportunidad de participar en la comunidad local? Nada podría haberme producido mayor alegría. Sabía que era algo raro y lo sentí casi como una recompensa por mi lealtad a su negocio.

Cuando Gloria fue a atender a otro cliente, abrí mi laptop y busqué todos los cementerios de la zona. Apunté a Tuineje y Gran Tarajal al sur, y al norte, Casillas del Ángel, Tetir, el antiguo cementerio de La Oliva y dos en Puerto del Rosario.

Cuando la cafetería se vació, Gloria se acercó corriendo, con una expresión de preocupación en su rostro.

"Tengo que preguntar. ¿Qué te pasa en el cuello? ¿Y tu voz? Suena ronca." Hizo un sonido ronco, por si yo no lo entendía.

No quería decírselo. Sabía que una vez que lo hiciera la noticia se extendería por todo el pueblo. Sin embargo, las pruebas estaban ahí y si no cómo iba a explicar las marcas.

"Algo me estranguló anoche. Creo que intentaba matarme."

"¡Quieres decir, un fantasma!"

"Me las arreglé para liberarme", dije, tratando de restarle importancia al drama. "Y por suerte, estoy viva."

"Te he dicho que no es seguro permanecer en esa casa." Gloria parecía frenética.

"Tienes razón. Pero tengo que hacerlo. No puedo dejar que esos fantasmas ganen."

"No vuelvas a dormir allí, Claire." Me tomó la mano. "Por favor."

"Estaré bien, Gloria. De verdad."

Soltó su mano y yo la retiré pensando que debería haberme puesto una bufanda y fingir que estaba resfriada.

Pagué la cuenta y me dispuse a pasar el día vagando por cementerios amurallados, leyendo lápidas. Para empezar, me dirigí a Gran Tarajal y a Tuineje. En cada uno de los cementerios, había un número mucho mayor de lápidas de nicho, normalmente dispuestas en filas de cuatro alturas flanqueadas por carriles llenos de flores. Nicho sobre nicho, lápida sobre lápida, y en ninguna parte había un solo Baraso. La mayoría de los cementerios contenían entierros recientes y deseé haber sido más minuciosa en el café y haber limitado mi búsqueda a los cementerios que contenían tumbas antiguas. No debía saberlo y, además, quería estar segura y verlo por mí misma. Confiar en Internet no siempre era aconsejable.

Al entrar en el cementerio de Casillas del Ángel me sentí más optimista. Al menos estaba rodeado de tumbas antiguas, muchas de ellas del siglo XIX. Los nichos se alineaban en el muro perimetral y en otros muros interiores. Los senderos serpenteaban alrededor de las tumbas colocadas en la grava rosa. Los muertos, como siempre, estaban protegidos del viento y lejos de las miradas embobadas de los vivos.

El cementerio de La Oliva también era antiguo y contenía la tumba del último coronel, Cristóbal Manrique de Lara Cabrera, completada con una gran estatua de un ángel que miraba hacia abajo como si quisiera bendecir el lugar donde yacía. Los lugareños, supuse, se habrían alegrado de ver su espalda.

Dejé para el final el cementerio cercano al puerto de Puerto del Rosario. El cementerio estaba cerca del departamento de Paco y situado en lo que era esencialmente una rotonda que colindaba con otra, lo que hacía que el entorno de las viejas almas enterradas allí fuera ruidoso y frenético. Un paseo por las tumbas no dio lugar a nada. No había ningún Baraso enterrado allí. Si la familia había sido enterrada en tumbas sin marcar, tenía pocas posibilidades de encontrarlos, salvo buscando en los archivos locales. Desanimada y agotada, entré en una cafetería que Paco y yo frecuentábamos y almorcé tarde.

Mientras devoraba una paella, hice una rápida búsqueda en Internet de información sobre los antiguos cementerios. El primer dato llamativo que descubrí fue que las tumbas del cementerio que había visitado por última vez habían sido profanadas, con cráneos extraídos para rituales satánicos celebrados en algunas casas abandonadas cerca de Caleta de Fuste. ¿Qué pasaba con la gente? ¿Alguno de esos cráneos había pertenecido a un Baraso? Esperaba que no, pues temía adentrarme en aquel oscuro terreno.

Investigando un poco más, descubrí que las tumbas más antiguas también podían encontrarse dentro de los muros de las iglesias. Las tumbas intramuros eran sólo para los ricos y poderosos, gente de honor, aunque el señor Baraso, había sido sin duda un hombre rico, no había sido un dignatario local, lo que hacía improbable un entierro intramuros. Además, a finales del siglo XVIII la nueva legislación exigía la creación de cementerios municipales para enterrar a los muertos, en un intento de acabar con la práctica medieval de los entierros intramuros, entre otras cosas por el hedor de los cadáveres en descomposición en tumbas poco profundas y la preocupación por la salud de los vivos.

Pensé en visitar todas las iglesias de los alrededores de Tiscamanita, pero decidí dejarlo para otro día. Quizá los restos de Baraso y su familia habían sido devueltos a Tenerife para ser enterrados allí. Derrotada, volví a Tiscamanita y llamé para preguntar a Gloria qué sabía. Por suerte, la cafetería estaba vacía cuando entré, y le hice mi pregunta sin ningún preámbulo.

Una sombra se extendió en su rostro.

"La verdad es que no sabría decirte."

"He buscado en los cementerios de toda la isla y no hay

rastro de ningún Baraso. Estoy pensando que quizás sus cuerpos fueran llevados a Tenerife. ¿Ese tipo de cosas ocurrían?"

"Realmente no lo sé. Nadie me lo ha dicho."

¿Me estaba ocultando algo? ¿O simplemente estaba preocupada por mi seguridad? Me fui pensando que tal vez eso es todo lo que la familia quería, después de todo. Que me encontraran.

Volví a casa cuando los obreros se estaban yendo. Debería haber ido a casa de Paco, como había pensado hacer antes, pero el valor y la rebeldía aplacaron mis recelos. Cuidé mi jardín, añadí unas cuantas piedras al muro trasero y paseé por la manzana.

Una extraña paz descendió. Al atardecer, el cielo se tiñó de rojo. Sentí el viento. Era cálido y venía del este. Una calima estaba en camino. Entré en casa y preparé una cena con un poco de queso y verduras del refrigerador, y me las arreglé mientras veía un episodio de Libros Negros.

No fue hasta que cayó la noche cuando empecé a sentir ese miedo tan familiar. Para aplacarlo antes de que se apoderara de mi, rocié el perímetro de mi habitación de arriba con sal. Hice lo mismo con la cocina. Puse una gota de sal en cada una de las puertas. Caminé de habitación en habitación, repitiendo mi mantra una y otra vez. Esparcí sal por todo el edificio, incluso me aventuré a subir a los andamios para manchar las habitaciones que seguían siendo de piedra. Decidí que, en cuanto ocurriera algo, le gritaría al fantasma que me dejara en paz. Era mi última defensa y había parecido funcionar antes. Sería una batalla de voluntades y más me valía ganar.

Lo único que podía hacer era esperar. Agotada por el día, subí a la cama y opté por dejar la luz encendida en el cuarto de baño, por la sensación de seguridad que me proporcionaba. Me tumbé en la penumbra y me dormí lentamente.

UN CASO DE GRIPE

ME DESPERTÉ DESORIENTADA DESPUÉS DE UNA NOCHE COMPLETA de sueño. Al salir del sueño, me encontré pesada y débil y me ardía la garganta. Tal vez estaba deshidratada después del recorrido del día anterior por el cementerio, o todavía estaba ronca y con la garganta inflamada por el estrangulamiento. Fuera cual fuera la causa, me sentía fatal.

La habitación estaba en penumbra. Hilos de gris se colaban por las persianas y noté una franja de luz bajo la puerta del baño. Me senté, ignorando el mareo que sentía en mi cabeza. Había dejado la puerta abierta. Sé que lo había hecho. Ahora estaba cerrada. El miedo se apoderó de mí, mi indeseado compañero.

Alerta a cualquier sonido, encendí la lámpara de la mesa de noche y examiné la habitación. Nada había sido perturbado. La puerta del balcón estaba cerrada. Me levanté, abrí de golpe la puerta de la suite y examiné la habitación. Todo parecía normal.

Me puse una bata y un par de pantuflas y me asomé al balcón, observando el patio de abajo. Había dos carretillas apoyadas contra la pared sur, tal como las habían dejado los

ISOBEL BLACKTHORN

obreros. Bajé a la cocina en busca de señales de cambio, pero no había indicios de que las cosas se hubieran movido durante la noche. Aparte de la puerta del cuarto de baño, mis esfuerzos de destierro debían de haber funcionado, al menos por ahora.

El amanecer se presentó con largas rayas rojas, silueteando el volcán. La calima había llegado. Tal vez era sólo el polvo que irritaba mi garganta, agravando el estrangulamiento. Pero entonces, ¿por qué me sentía tan mal?

Era sábado. Al menos no habría obreros que me interrumpieran. Me preparé un té y me lo llevé mientras recorría el edificio. Había pedido a los pintores que volvieran a crear el friso decorativo de la sala de la esquina delantera de la planta baja. De pie en la puerta, dejé de pensar en fantasmas y me imaginé mis muebles dispuestos en el espacio, la luz entrando a raudales por las ventanas orientadas al sur. Mi casa sería espléndida, digna de aparecer en una de esas revistas de moda. Paco podría hacer las fotos. Me sentaría, primero aquí, luego allí, describiendo lo que se siente al haber restaurado una casa antigua y haberla devuelto a sus días de gloria.

Tarareé para mis adentros mientras preparaba el desayuno de fruta y yogur. Me duché y, sin pensarlo, me puse una camiseta y unos pantalones viejos y me fui a cuidar mi jardín. Estaba de rodillas colocando una piedra en la pared del fondo, consciente de su peso, cuando fui excesivamente consciente de que me dolían los músculos del brazo por el esfuerzo. Entonces fui consciente del calor y del polvo. ¿Qué estaba haciendo aquí? Cuando mi teléfono cobró vida, grité.

Era Paco. Decía que había hecho unas fotos estupendas de Alegranza.

"Te extraño."

"Y yo a ti", respondí con voz ronca.

"¿Qué te pasa en la garganta?"

"Creo que me voy a enfermar", dije, admitiendo por fin que

todos mis dolores y molestias eran síntomas de un fuerte resfrío.

"Ya sabes lo que hay que hacer. Bebe mucho líquido. Mantente abrigada. Descansa. Hay una farmacia a dos manzanas del departamento, en la calle Dr. Fleming."

"Estoy en casa."

Hubo una larga pausa mientras asimilaba la noticia. Luego, "Claire, ¿qué haces allí? Debes ir y quedarte en el departamento. No me gusta pensar en ti en Casa Baraso sola. ¿Y si pasa algo?"

"Estaré bien. Anoche dormí bien. Todo fue tranquilo."

"Puede que eso no sea siempre así. Lo sabes de antes. Ese fantasma es impredecible. No se sabe lo que puede hacer a continuación. Prométeme."

"Lo prometo."

"No suenas como alguien que promete."

"Paco, por favor. No tengo energía."

"Por eso debes conducir hasta Puerto del Rosario, donde hay gente que puede cuidarte. Donde estarás a salvo. Donde..."

La línea se cortó. Intenté devolverle la llamada, pero ya no había cobertura. Llevé mi cuerpo cansado al interior, me preparé un poco más de té y revisé mis correos electrónicos.

Había recibido un correo electrónico inesperado de mi padre. Quería saber cuándo volvería a casa para visitarlo. Le contesté preguntándole cuándo pensaba venir a la isla para ver qué había hecho. Touché.

Como si nuestras longitudes de onda estuvieran sincronizadas, llegó un correo electrónico de Clarissa diciendo que iba a reservar un vuelo a Fuerteventura para Navidad. Le contesté enseguida diciendo que no podía esperar. Su visita me dio una fecha para trabajar. Quería que viera mi casa restaurada, sin andamios y totalmente pintada.

Me cambié la ropa de jardinería y me preparé para ir a la cafetería antes de darme cuenta de que no tenía que salir de casa. Aunque a media mañana, mi garganta estaba en plena ebullición y sabía que la debilidad, el dolor, el toque de fiebre y el dolor de garganta eran signos de gripe. Sin perder tiempo, me dirigí a la farmacia de Tuineje para comprar varios medicamentos para el resfrío. Sin perder tiempo, me dirigí a la farmacia de Tuineje para comprar varios remedios para el resfrío y la gripe, pañuelos y analgésicos. Visité el supermercado de al lado, y me abastecí de productos frescos, yogur, natillas, sopas preparadas, todo lo que pudiera caer fácilmente. Mirando a los demás que empujaban sus carritos, pensé en quién podría haber estado en contacto en los últimos días, alguien que hubiera tosido o estornudado cerca de mí. Alguien de Australia, Nueva Zelanda, Chile o Argentina que hubiera traído el virus de su invierno. Era imposible saberlo. Me había cruzado con decenas de turistas en mis viajes.

A la hora de comer me dolía tanto la garganta que apenas podía tragar. Lo único que podía hacer era intentar estar cómoda y aguantar el virus.

Durante un rato, me senté en la mecedora e intenté leer. Fuera, el viento soplaba y soplaba. Me levanté y miré por la ventana de la cocina. El aire estaba lleno de polvo. Cerré la puerta de la cocina y seguí leyendo. Cuando pasar las páginas se me hizo demasiado difícil, me preparé una taza de sopa y me llevé a mí misma, mi teléfono, las medicinas y una jarra de agua a mi dormitorio. Y allí era donde pensaba quedarme.

El virus resultó ser muy cruel. Pasé el resto del fin de semana con el pecho en llamas, doliéndome de pies a cabeza. Tenía calor y frío a la vez. Durante largos periodos, me hundí en un semidelirio, medio despierta, medio dormida, demasiado enferma para mover un músculo, ardiendo y temblando.

En mi delirio, llamé a mi madre. Experimenté recuerdos, no del accidente, sino tenues recuerdos de cumpleaños y playas. Los recuerdos eran borrosos, sólo fragmentos – un vestido bonito, un día soleado, una risa, un abrazo –, pero eran míos y me aferraba a ellos como consuelo e intentaba reproducirlos, deseosa de recordarlos, deseosa de más.

Me abracé a mí misma y lloré. Paco tenía razón; debería estar en Puerto del Rosario, pero ya era demasiado tarde. Era incapaz de ir a ninguna parte.

De vez en cuando, me arrastraba hasta el baño, y una o dos veces conseguía bajar por comida y agua. La mayoría de las veces no tenía ni idea de la hora, ni siquiera de si era de día o de noche.

Primero vi a cada uno de los niños. Apariciones fantasmales de niñas de distintas edades vestidas con trajes de época. Pensé que podía estar alucinando. Estaba demasiado enferma para sentir miedo de ellas. De pie junto a mi cama, parecían desamparadas, atormentadas, retraídas, con la cabeza inclinada. Las tres mayores evitaban mi mirada. Parecían tímidas. Pero no tan tímidas, ya que querían que las viera.

La más joven estaba más segura de sí misma. Me miró fijamente mientras se chupaba el dedo y gemía. Traía consigo un aire frío. Sin embargo, tampoco me sentí asustada en su presencia. Me consumía la tristeza. Nada más.

La madre tenía una mirada suplicante y acobardada. La reconocí como la mujer de la foto que Paco había tomado en el patio, la misma que había aparecido en la ventanilla de mi coche. Parecía querer comunicarse. Se acercó a mí, como si quisiera tirar de mi mano, pero yo no podía levantarme.

Al ver que no me movía, se agitó y se retorció las manos. Una puerta se cerró de golpe en algún lugar de la casa y luego oí pasos, pesados y lentos, subiendo las escaleras.

La mujer desapareció. Al instante siguiente, el fantasma del señor Baraso estaba de pie junto a mí, mirándome fijamente a la cara, con su propia ira. Tenía un aspecto intimidatorio. Mientras se cernía sobre mí, me fijé en su mandíbula, su bigote y su pelo desordenado. La temperatura de la habitación bajó drásticamente. Sólo entonces reaccioné, levantando las sábanas por debajo de mi barbilla y desplazando mi cuerpo hacia el otro lado de la cama.

Un grito desgarrador resonó en la casa. Baraso se dio vuelta y desapareció. Me imaginé que no se iría por mucho tiempo.

Unos pasos bajaron las escaleras. Hubo una larga pausa en la que me senté en la cama, preguntándome qué debía hacer. Tosí, violentamente, una y otra vez, luego estornudé y gemí.

Más gritos, gritos infantiles y agudos que no cesaban. Debería haber emitido un grito propio, pero cuando lo intenté descubrí que no tenía voz.

Los gritos se convirtieron en chillidos y comenzó un alboroto de actividad, con corridas, muchas corridas entre las habitaciones.

¿Me estaba imaginando todo esto?

La lámpara de la mesa de noche no se encendió cuando pulsé el interruptor. Busqué a tientas mi teléfono entre pañuelos, frascos y blísteres. Cuando mi mano tocó la fría pantalla de cristal, exhalé aliviada. A la luz de la linterna, salí de la cama y me puse la bata y las pantuflas.

Fuera de mi habitación, el alboroto iba en aumento. Había golpes que hacían temblar las tablas del suelo. El estruendo era como de la vajilla cuando alguien lleva una bandeja con una mano inestable. Abrí la puerta, pensando que estaría mejor en otra parte de la casa.

Me asomé al balcón y alumbré con la linterna. El patio estaba vacío. Los fantasmas no se hacían visibles. Entonces la mujer apareció a mi lado. Di un salto, asustada. Dio un paso adelante y me tiró del brazo. Me resistí, apartándome. Se rindió y se apoyó en la barandilla señalando un punto del patio, luego volvió a mirarme y nuestros ojos se encontraron. Le iluminé la cara con la linterna. No entornó los ojos. Intentaba comunicar algo con esos ojos.

Luego se alejó. La seguí con la luz de la linterna. Oí pasos en las escaleras. Dirigiendo la luz hacia el patio, la vi cruzar. Se detuvo en el centro, cerca de donde había estado el agujero en el tabique, y donde el suelo había quedado intacto hasta entonces. Señaló el suelo a sus pies y luego me miró, y su actitud pasó de la angustia a la intención.

Entonces lo vi, el motivo de la angustia, y supe sin necesidad de explicaciones lo que tenía que hacer para poner fin al embrujo. La niña más pequeña había empezado a lloriquear. El sonido provenía de la parte superior de la escalera del balcón. Me dirigí hacia el sonido, temblando mientras el aire se volvía frío. Sentí a sus hermanas cerca. Podía sentir su angustia. ¿Intentaría alguna de ellas detenerme? No estaba segura. Quizás no había consenso entre ellas. Tal vez algunas querían que siguiera los deseos de su madre y otras no, prefiriendo otros cien años de embrujo.

Sentía los pies de plomo y estaba ardiendo, pero seguí caminando. Agarrándome a la barandilla y pisando a la vez, bajé las escaleras. Esperaba un empujón, pero no hubo ninguno. Ninguno de mis compañeros paranormales me impidió salir al granero y volver con un rastrillo y una pala.

¿Dónde se había metido el señor Baraso?

Tenía pocas fuerzas pero una voluntad frenética me consumía. Estaba enferma, sí muy enferma, pero más cansada estaba de los acechos. Debería haber estado aterrorizada, pero no lo estaba. Probé las luces y descubrí que la electricidad había vuelto. Aprovechando la iluminación, encendí todas las luces del patio. Luego me dirigí al lugar que me había indicado la señora Baraso y clavé la horca en el suelo con toda la fuerza que tenía.

Unas cuantos golpes fuertes y la tierra de la superficie estaba lo suficientemente suelta como para palearla. Utilicé el rastrillo para aflojar un poco más. Me puse a trabajar con el rastrillo y la horca, con el objetivo de hacer un agujero de un metro de ancho. Si era más grande, me quedaría sin resistencia.

El camino era difícil, pero persistí, alternando entre las

herramientas. Cada dos paladas tenía que hacer un pequeño descanso. De vez en cuando tenía que parar para toser largamente. Me dolía y tenía fiebre, pero la determinación se había apoderado de mí y no iba a parar.

La marcha se hizo más fácil una vez que había removido unos 60 centímetros y me di cuenta de que no estaba removiendo el subsuelo sino la capa superior del suelo. Alguien había estado aquí antes que yo.

Mi excavación se hizo más urgente. En un momento dado, mi horca clavó algo duro. Paladeé y descubrí que había un gran peñasco situado en el borde, cerca del aljibe. Evité la roca mientras cavaba.

Bajé y bajé. Al poco tiempo, tuve que meterme en el agujero y sacar la tierra del centro con una pala. Luego ataqué los lados. Finalmente, después de cavar y descansar y cavar y descansar, la pala dio con algo blando.

Dejé la pala y me arrodillé sobre las dos rodillas, apartando la tierra con las mis manos.

Mis dedos tocaron tela. Me incliné aún más y utilicé ambas manos para tirar de la tela. Unos cuantos tirones firmes y cedió.

La tela me sirvió de envoltorio. Con cautela, la desdoblé. Intuí por el peso y el tacto lo que era y cuando por fin la tela se desprendió, miré, horrorizada y satisfecha a la vez. Era una calavera. Un cráneo pequeño. El cráneo de un niño. Me temblaban las manos. Lo envolví rápidamente y lo coloqué con cuidado al lado del agujero. Me dolían los huesos al levantarme.

Salí del agujero. Tenía que pensar bien las cosas y actuar, actuar rápido, pero estaba atrapada en una extraña mezcla de terror inmovilizador y fascinación morbosa. La cabeza me daba vueltas. Me sentía débil e inestable. Estaba ardiendo.

Necesitaba llamar a alguien. ¿A Paco? ¿A la policía? Busqué mi teléfono a mi alrededor. Lo vi junto a la horca al otro lado del agujero. Estaba a punto de ir a tomarlo cuando todo se volvió negro.

Tardé en procesar que todavía era de noche y que las luces se habían apagado. Había desenterrado a los muertos en la oscuridad. No era el mejor plan. Quizá pronto se hiciera de día. ¿Habría alguna diferencia?

La temperatura del aire cayó en picada. Supe en un instante que Baraso había vuelto.

Al segundo siguiente sentí un golpe en los hombros y me tambaleé hacia delante. Otro golpe y tropecé y caí en el agujero de los huesos.

El miedo me invadió. Me esforcé por salir. Al oír el crujido y el traqueteo de los huesos debajo de mí, supe que había caído encima de la tumba, la tumba con seis cuerpos enterrados, y mi primer pensamiento fue que no quería romper ninguno de esos huesos.

Me moví con cuidado, poniendo una mano aquí y un pie allá, con la esperanza de no causar más daño. Estaba casi a cuatro patas. Antes de que pudiera colocar mi cuerpo en una posición desde la que poder levantarme, recibí una patada en la cara desde arriba.

La dura bota se encontró con la suave mejilla, y luego con la oreja y con la barbilla, y me desplomé para protegerme la cara. Mi cuerpo adoptó la forma de una tortuga. Pronto descubrí que no era la posición ideal, ya que la bota aterrizó en mi espalda, en la zona del riñón, enviando un dolor agudo a través de mí.

Hubo una larga pausa. Jadeé y me acobardé. Pensé que el ataque podría haber terminado. Si era así, tenía que salir del agujero.

Me levanté lentamente, con cautela, y me incorporé con facilidad. La cabeza me daba vueltas. Estaba sudando. Me senté pesadamente en el borde del agujero, pensando que debía levantarme y salir del patio tan rápido como pudiera. Pero no podía ver. La oscuridad era espesa. Necesitaba desesperadamente mi teléfono. Empecé a buscarlo en la tierra que me rodeaba. Todo lo que sentía eran pequeñas piedras.

Mi corazón galopaba, pero mi cuerpo se enfrió lo suficiente como para darme cuenta de que seguía rodeada de un aire helado.

Hubo un grito. Un grito largo y desgarrador que sonó cerca. Quería saltar. Tenía que saltar. Tenía que intentar al menos salir de la casa. Mientras levantaba las piernas y salía del agujero, unas manos frías me tomaron la garganta.

La presión sobre mi garganta era fuerte. Levanté las manos y me aferré a la nada. Luché por liberarme pero era demasiado fuerte. Apenas podía respirar. Sentía que mi corazón estaba a punto de explotar en mi pecho. Mi cuello ardía y palpitaba a la vez.

La desesperación se convirtió en pánico. Iba a matarme. Me estaba muriendo y no había nada que pudiera hacer para evitarlo. Me retorcí, pero tenía pocas fuerzas.

Me sentí a la deriva, desvaneciéndome, resbalando, cayendo.

Me desmayé.

RECUPERACIÓN

LA ALARMA SE DISPARÓ CUANDO ME DESPERTÉ Y ME ENCONTRÉ con otra cara que se cernía sobre mí. ¿Quién era esta vez? Lentamente vi que era Paco, que me miraba sonriente, con una mirada de alivio. Me tomó de la mano. Se inclinó y me besó la mejilla.

"Gracias a Dios", murmuró.

Sí, pensé, gracias a Dios, al universo, a quien sea, pero ¿dónde estaba yo?

Miré a mi alrededor, al blanco estéril de una moderna habitación de hospital, al soporte de suero a mi lado. ¿Por qué estaba aquí?

Los recuerdos volvieron, gradualmente al principio, y luego a borbotones, y volví a la tumba que había desenterrado en mi patio, una tumba de huesos viejos, una tumba que yo misma había cavado. Recordé haber cavado, haberme caído, no, haber sido empujada. Estrangulada. Luego, nada. Todo estaba en blanco. ¿Había estado tirada en esa tumba toda la noche?

No pude haber estado inconsciente por mucho tiempo. La gripe todavía me tenía atrapada. Sentía la garganta como si alguien la hubiera tratado con papel de lija. Me dolía el cuello. Tragar era una agonía. Me moví y me estremecí.

"Te has roto un brazo", dijo.

¿Me lo he roto? ¿Cómo? Debo haberme caído sobre esa roca.

"Vi un fantasma". Mi voz sonaba ronca y era apenas audible. "Tantos fantasmas."

"Sh. Ahora no. Estás a salvo. Olivia Stone te estaba protegiendo, creo."

Gemí.

Una mirada de preocupación apareció en su rostro. "¿Qué pasa?"

"No es Olivia Stone", dije con dificultad.

Parecía desconcertado. Permanecimos juntos así, yo tumbada de espaldas y él a mi lado, sin que ninguno de los dos hablara. Finalmente, susurré: "¿Quién me ha encontrado?"

"Yo lo hice. El viaje se acortó. Fui a mi departamento y descubrí que no estabas allí, así que conduje hasta la casa. Era antes del amanecer, pero pensé en sorprenderte. Sólo que fui yo quien se sorprendió."

Más tarde, cuando hube ganado algo de fuerza y me sentí capaz de incorporarme, le conté a Paco con frases cortas la información que había estado reteniendo durante meses. Le debía la verdad. Escuchó con paciencia mi tortuoso preámbulo, intentando que parara por el bien de mi garganta, pero no lo hice. Le dije que era importante. Entonces, le conté el primero de mis datos duros.

"Olivia Stone murió en Bedford en 1897. Tengo una copia del certificado de defunción."

Una mirada de incredulidad apareció en su rostro. Luego pareció confundido.

"Entonces no era una reclusa que vivía en Casa Baraso."

"No, no lo era."

"Eso no significa que no se quedara en esa casa."

"No hay constancia de que haya permanecido allí."

"Pero los Stones volvieron a las islas dos veces en viajes de investigación. Es posible que se hayan alojado en su casa entonces. Después de todo, eran amigos de Marcial Cabrera de Tiscamanita y llamaron a su casa "Fuerteventura"."

Me encogí de hombros. Era más fácil contarle a Paco su muerte. "No lo hicieron. Paco, llamaron a su casa "Lanzarote". Tenía que habértelo dicho cuando me enteré. Puedo demostrar que tengo razón. La tía Clarissa hizo toda la investigación."

Parecía cabizbajo.

"Entonces ese artículo estaba equivocado", dijo lentamente.

"Lo siento mucho, pero ella nunca vino a vivir aquí. Se quedó en Inglaterra con su marido y sus tres hijos y murió a los cuarenta años. ¿Dónde está mi teléfono?"

Me lo pasó. Unas cuantas pulsaciones y le mostré la inscripción en el censo y el certificado de defunción. No tardó en asimilar la información. Pensé que se pondría en contra de la verdad, pero me equivoqué. Primero se burló de sí mismo por creer en el artículo y no comprobar los hechos. Fue entonces cuando vi que no estaba tan apegado a su fantasía como había imaginado. Lo único obvio era lo que yo había creído.

Entonces se rio y dijo: "Fue divertido mientras duró, supongo."

"No te sigo", dije con frialdad.

Se encogió de hombros. "Nunca pensé que Olivia Stone hubiera vivido en tu casa. Sólo lo inventé para burlarme de ti."

"¿Qué hiciste qué?" Tosí, haciendo una mueca de dolor que me atravesó la garganta.

"Tómatelo con calma", dijo. Me recosté en las almohadas y él continuó. "Al principio, quería jugar un poco contigo. Luego quise seducirte. Sin esa historia, no te habrías molestado en saber de Olivia Stone, ni de su libro. Te creíste mi teoría y seguiste haciendo preguntas, y no pude cambiar y decirte que me lo había inventado todo. Habrías pensado que estaba loco y habría echado a perder mi treta."

"Pero *en verdad* me hiciste pensar que estabas loco."

"Entonces la broma es para mí. No pretendía llegar tan lejos. Después de tomar la foto de la mujer en el tabique, incluso empecé a preguntarme si tenía razón después de todo. Lo siento, Claire, no me había dado cuenta de que me tomabas tan en serio como todo esto." Hizo un gesto con mi teléfono antes de dejarlo en la mesa de noche.

"Soy una persona seria."

"Eso lo estoy descubriendo". Me sonrió. "Y una cabeza de chorlito."

Cuando una enfermera entró en la habitación, Paco se despidió de mí con un beso y dijo que volvería para llevarme a casa.

A la tarde siguiente, volví a Casa Bennett, a un agujero gigante en el patio y una montaña de tierra al lado. Había hombres por todas partes, recogiendo sus herramientas para el día. Al verme llegar, Helmud se acercó y me dijo que se habían llevado los restos para investigarlos y que luego los enterrarían en Tenerife, de donde era oriunda la familia.

Paco ya lo sabía.

Había recortado todos los artículos de la prensa y yo los leía mientras preparaba la sopa de pollo, levantando la vista de vez en cuando para ver cómo la preparaba, maravillándome de él al ver mi cocina. Era una delicia verlo.

Más tarde, Paco abrió su laptop y la conectó a mis parlantes. Me dijo que escuchara mientras ponía un grupo llamado Taburiente. La música sonaba tan anticuada como los Gemelos Cocteau y me encantó. Las voces se elevaban, las melodías eran conmovedoras y evocadoras y me gustaba saber que estaba escuchando música local para variar. Las canciones me hicieron imaginar las islas, la cultura y las tradiciones.

Cuando el álbum terminó, me di cuenta de que no le había contado la otra noticia que había estado ocultando durante meses.

"Nunca te conté lo de las luces extrañas que vi."

Levantó la vista. "¿Luces?"

"Esa noche, cuando vine a ver si había un intruso. Después de que ese tipo, Cliff, tuviera sus herramientas reubicadas. Estaba a punto de irme cuando una luz extraña surgió del patio y empezó a dar vueltas. Era roja. Otra luz, azul esta vez, se levantó de la dependencia que usaba para mi cuarto de ducha rústico. Esa luz era una locura, zigzagueando por todo el lugar. Incluso rebotó en mi pecho antes de subir al cielo."

"Eso fue hace meses", dijo con un tono de reproche. "Todavía estabas alquilando ese departamento. ¿Por qué no me lo dijiste?"

"Volvió a ocurrir. Mientras dormías abajo. Fue nuestra primera noche juntos."

Me miró con verdadera atención. "Asombroso."

"¿Qué es asombroso?"

"Que tú, una extranjera, hayan visto esas luces."

"¿Qué quieres decir?", dije dudando.

"Es un mito local llamado La Luz de Mafasca."

"¿Otro de tus cuentos chinos?"

"Este es real. O al menos, muchos lo dicen. Puedes leerlo si quieres."

"Cuéntame."

Esperé a que se pusiera a pensar.

"Cuenta la leyenda que un grupo de pastores volvía a casa después de un largo día en las montañas. Cansados y hambrientos, acordaron descansar y hacer una hoguera para asar el carnero que habían matado ese día. Mientras recogían leña, uno de los pastores encontró una gran cruz de madera escondida detrás de un arbusto. Sabía que alguien había muerto en ese lugar."

"Ahora bien, la leña era difícil de encontrar, así que al caer la noche, los pastores decidieron aprovechar la cruz para alimentar su pequeña hoguera, con la esperanza de llenarse la barriga y entrar en calor."

"Cuando las llamas habían devorado la mayor parte de la cruz, una pequeña luz, poco más que una chispa, surgió del fuego y comenzó a moverse entre los pastores. Al principio, se quedaron perplejos. Luego se aterraron. La luz saltaba de un pastor a otro, como si tuviera vida propia. Y se dieron cuenta de que era la luz del alma de la persona enterrada detrás del arbusto. Al tomar la cruz y prenderle fuego, aquellos hombres habían perturbado el sueño de esa alma, destruyendo el único recuerdo que aún la unía al mundo humano."

"¿Estás diciendo que las luces que vi eran las luces de esos fantasmas?"

"Tal vez. O tal vez eran las luces de un alma antigua enterrada en tu propiedad mucho antes de que se construyera tu casa."

"¿Qué pasó con los pastores?"

"Salieron corriendo aterrorizados. Desde entonces, esa alma inquieta, que toma la forma de esta chispa de luz, se aparece a los viajeros que pasan por zonas despobladas de Antigua en las noches oscuras y despejadas. Según la leyenda, la luz es brillante y siempre tiene un color fuerte – azul, amarillo, verde o rojo – y es similar a un cigarrillo encendido en la oscuridad. A veces, la luz puede alcanzar un gran tamaño antes de volver a su pequeño punto habitual. Todos los que la han visto dicen que la luz se mueve de forma inteligente, como si fuera consciente. Puede quedarse quieta, o acelerar, de repente."

"Entonces, no tiene nada que ver con los fantasmas de la familia Baraso."

"No, aparte de que podría haber estado tratando de advertirte."

Lo dejé pasar. Quería permitirle a Paco sus fantasías metafísicas del mismo modo que quería que Clarissa tuviera las suyas. Después de todo, no podía objetarlas cuando sabía que el mundo de los espíritus existía y si el terror de los últimos meses me había enseñado algo, era eso.

Además, me había hecho a la idea de que quería a Paco en mi vida como alguien habitual.

Dudé en pedirle que se mudara conmigo por si eso hacía mella en su ego masculino, pero una semana después, cuando me dijo que el contrato de alquiler de su departamento no se renovaría, ya que los propietarios preferían la tentación del lucrativo alquiler vacacional, le rogué que viniera a quedarse en mi casa. "Hasta que encuentres otra cosa", le dije, pero ambos sabíamos que eso nunca iba a suceder.

Durante el desayuno del día siguiente, hablamos de la casa y de lo que pensaba hacer con ella en el futuro. Todavía no tenía ni idea. "Aprovecha todo el espacio que quieras", le dije. A mis oídos, el comentario sonó frívolo.

Se mostró tímido.

"Por favor", añadí.

"Puedo utilizar los dos cuartos oscuros en la planta baja."

"Creía que hoy en día la fotografía era digital."

Se rio. "Me encantaría tener un cuarto oscuro. Y un estudio."

"Entonces, considera esos cuartos como tuyos."

"¿Estás segura?"

"No se me ocurre un uso mejor para ellos."

"Eso sólo deja cinco habitaciones vacías."

"No voy a abrir esta casa para alquilarla a huéspedes", dije, toda arrogante y desafiante. "Además, será bueno tener un par de habitaciones libres para las visitas."

"Dejando tres habitaciones libres."

"Un cuarto de costura. Una habitación para escribir. Un cuarto para pintar."

"¿Hablas en serio?"

"Diablos, no lo sé. No me veo cosiendo, escribiendo o pintando, pero esas son las cosas que la gente hace con las habitaciones."

"O celebrar sesiones de espiritismo."

"¡Sesiones! Estás bromeando."

"Eres una médium. Sólo que no quieres reconocerlo."

Me rebelé contra la palabra, los conceptos, lo oculto en general. Sin embargo, tenía razón. Al final, todos esos fantasmas se habían comunicado conmigo. Pero no querría ponerme en semejante riesgo y, desde luego, no iba a organizar visitas de fantasmas en mi propia casa.

MI BRAZO ya no estaba enyesado cuando Clarissa llegó para Navidad. El radio roto seguía dándome punzadas, sobre todo cuando conducía, pero por lo demás estaba bien. Lo primero que dijo cuando la fui a recibir al aeropuerto fue que parecía un esqueleto. Había perdido dos tallas de ropa desde que me había mudado a Fuerteventura, pero tardó unos instantes en darse cuenta de las implicancias de lo que había dicho y ambos nos reímos de ello de camino a Tiscamanita.

Adoró la casa desde el momento en que frené para subir al cordón y le señalé las distintas características. Para entonces, se habían retirado todos los andamios, el edificio estaba totalmente restaurado y pintado y sólo quedaba levantar un garaje y trabajar en el jardín. Paco había terminado de reparar el muro de la parte trasera y habíamos empezado a delimitar los canteros y a plantar las zonas que rodeaban la casa y el granero. Había decidido dejar las otras dos dependencias por el momento, como reliquias de una larga e inquietante historia. Parecían pintorescas ahora que las utilizábamos como infraestructura para albergar hierbas, verduras y árboles frutales.

"No esperaba que fuera verde", dijo, mientras observaba el paisaje al mostrarle el lugar.

"A veces lo está. Ha llovido un poco."

"Ya veo por qué querías venir aquí. Esto es magnífico."

"Me alegro de que pienses así."

Entramos por la puerta trasera y, empezando por el piso de arriba, le enseñé a Clarissa la casa. Ella se quedó embobada al entrar en cada una de las habitaciones, fijándose en todos los detalles de la decoración y el mobiliario.

"Has hecho un gran trabajo, Claire, de verdad."

Me llené de orgullo.

"Esta habitación es tuya", dije. La había instalado en el dormitorio situado encima del salón principal. Era muy luminosa y daba al jardín.

Abrió los brazos y dijo: "¡Cuánto espacio! Puede que tengas problemas para que tus invitados se vayan si los recibes aquí."

"Son bienvenidos a estar aquí todo el tiempo que quieran."

"No es eso lo que estaba insinuando, pero seguro que me animo a volver."

Fue un comentario que me hizo brillar por dentro. La llevé a la planta baja.

"¿Qué hay aquí?", dijo, acercándose al comedor principal.

"El estudio de Paco."

"Entonces, mejor no entrar", dijo riéndose. La llevé a la sala de estar orientada al sur y, cuando nos sentamos, Paco gritó desde el patio.

"Estamos aquí", dije.

Clarissa se puso de pie y miró hacia la puerta, con una actitud expectante. Los observé atentamente mientras se saludaban y me alivió ver ojos brillantes y miradas de verdadero aprecio. Paco se acercó y también me besó.

"¿Vino?"

Se retiró de la habitación, apareciendo momentos después con dos vasos y una botella de blanco de Lanzarote.

"¿No te unes a nosotros?" dijo Clarissa, mirándole a la cara mientras tomaba la copa que él le ofrecía.

"Hay que deshacer la compra y preparar la comida."

Me lanzó una mirada de sorpresa divertida y yo le respondí con una sonrisa.

"Lo tienes bien entrenado", dijo Clarissa cuando nos quedamos solas.

"Simplemente lo hace."

Nos sentamos de nuevo en nuestros asientos y nos empapamos del ambiente festivo. Había comprado un pequeño árbol de Navidad y creado un centro de mesa navideño para la mesa de mármol. Clarissa, vestida con un traje de falda rojo y un pañuelo al tono, contribuía a la sensación de alegría navideña. Pasó la mano por el brazo de su silla, admirando la tela – era un damasco dorado. Me preguntó cómo pasaba mis días ahora que la casa estaba restaurada y le hablé de mis sábados en la biblioteca de Tuineje, donde me sentaba a charlar con otras diez personas sobre ordenadores, teléfonos inteligentes y otras tecnologías en una clase diseñada para ayudar a las mujeres rurales a familiarizarse con la era moderna.

"Probablemente podrías dirigir el curso", dijo Clarissa.

"Pero no querría hacerlo. Lo estoy pasando demasiado bien conociendo a todo el mundo."

Intercambiamos sonrisas. Había establecido un vínculo especialmente estrecho con Gloria, que disfrutaba exhibiéndome como la mujer que había desterrado a los Barasos. Era una especie de celebridad local, aunque no había hecho otra cosa que casi matarme.

La conversación derivó hacia mi padre, que ambos estábamos de acuerdo en que nunca cambiaría, y hacia mi relato de las tribulaciones de la restauración de una ruina, deteniéndose finalmente en el inevitable tema del embrujo.

"Lo que me pregunto es: ¿por qué yo? ¿Por qué me atrajo esta casa y por qué se me aparecieron todos esos fantasmas?"

"Eso son muchos porqués y hay que desentrañarlos. Para empezar, trajiste contigo la angustia por la pérdida de tu madre."

"Nunca supe cuánto me había afectado su pérdida", dije en voz baja.

"Fue de la forma en que la perdiste."

"Lo sé."

"Y tu dolor no resuelto te conectó, te hizo un conducto para la angustia de los espíritus."

Tenía sentido. Incluso mi propia razón no podía discutir su comentario. No tuve respuesta. Ahora tenía pocos recuerdos de mi infancia, de cuando mi madre estaba viva. Sólo podía esperar que volvieran más, algún día.

Tomó un sorbo de su vino y me miró de reojo. Su rostro se ensombreció.

"Traté de advertirte cuando leí la astrocartografía."

"Nunca mencionaste nada sobre el mundo de los espíritus."

"No quería asustarte. Y además, no me habrías creído."

"Ahora te creo."

Ella asintió sabiamente. "Eres lógica. Siempre lo he sabido."

"Paco dice lo mismo."

"Es un buen hombre."

"Acabas de conocerlo."

"Se nota."

"Seguro que sí."

"Estamos preparando un folleto sobre la historia de esta casa", me ofrecí, explicando que sería un recuerdo, nada más.

"Le interesaría a mucha gente", dijo. "Deberías pensar en hacer una tirada."

Típico de Clarissa. Supongo que pensó que incluiría los detalles de los fantasmas. Lo siguiente que me diría es que organizara visitas guiadas de fantasmas. Por suerte, no había fantasmas en Casa Bennett, ya no, desde que los huesos habían sido trasladados.

Me pregunté quién de los Baraso había movido mi recuerdo rocoso, de la estantería al suelo, y del armario de la cocina a la puerta principal. La madre, tuvo que ser. Había intentado advertirme, incluso protegerme.

¿Y mi propia madre? ¿Dónde estaba, en la tierra o libre?

El sol poniente arrojaba rayos de luz cálida en la habitación. Llené las copas y bebimos el vino en silencio y con admiración. Cuando estuvo lo suficientemente oscuro, fui a encender las luces. Clarissa cambió el ambiente al levantarse inesperadamente y salir por la puerta. Curiosa, la seguí.

Cuando llegué a la puerta, se arrastraba por el patio.

Paco salió de la cocina e intercambiamos miradas. Me encogí de hombros y seguí. Él se unió a mí.

Cuando llegamos al vestíbulo, ella había abierto la puerta del salón de un empujón. Paco estaba a punto de seguirla, pero extendí un brazo.

Al poco tiempo, ella salió y se paró al pie de la escalera. Su rostro mostraba una expresión curiosa, en parte de asombro y en parte de extrañeza.

"¿Esas son las dos habitaciones que habitabas cuando te mudaste por primera vez?"

"Sí", dije lentamente. "¿Por qué lo preguntas?"

Nos dedicó una sonrisa diabólica y dijo: "Tenemos compañía."

ESPERAMOS que hayas disfrutado leyendo *La advertencia de Clarissa*. Si tienes un momento, déjanos una reseña – aunque sea breve. Queremos saber de ti.

¿Quieres que te avisemos cuando uno de los libros de Creativia se pueda descargar gratis? Únete a nuestro boletín de noticias libre de spam en www.creativia.org.

· · ·

Un saludo,

Isobel Blackthorn y el equipo de Creativia

ACKNOWLEDGMENTS

Estoy enormemente agradecida a J. F. Olivares, fotógrafo y artista autóctono de Fuerteventura con el que entablé amistad cuando empezaba a investigar para esta novela y cuyas fotos, enlaces e historias de su isla, junto con nuestro mutuo afecto por la escritora de viajes Olivia Stone, resultaron una importante fuente de inspiración. Comparto con Juan una pasión perdurable por la preciosa isla de Fuerteventura, en la que hace tiempo estuve a punto de vivir. Gracias a la generosidad y el entusiasmo de Juan, he podido recuperar recuerdos perdidos y capturar algo de la esencia de una isla que demasiado a menudo sólo se conoce por sus idílicas playas.

Mi más sincero agradecimiento a Miika Hannila y al equipo de la editorial Creativia por haber confiado en mis escritos y por haberlos acompañado hasta su publicación.

En mi serie sobre las Islas Canarias, escribo desde la perspectiva de los turistas y de los emigrantes británicos (expatriados), pero siempre incluyo uno o dos personajes locales y hago todo lo posible, dentro de los límites de la ficción, para ayudar a dar a conocer la historia, la cultura y el medio ambiente especiales de las islas.

Algunas notas históricas: Me gustaría agradecer a Susan Middleton y al grupo de discusión 1841-1939 *Más Allá de la Genealogía* de Facebook por ayudarme a investigar a la escritora de viajes victoriana Olivia Mary Stone. También agradezco a Daniel García Pulido su artículo biográfico de Olivia Stone en La Prensa del Domingo, El Día, al que se puede acceder aquí - http://eldia.es/laprensa/wp-content/uploads/2015/02/20150215la-prensa.pdf

Hay una regla general en la ficción, que dice así: si quieres que haya una panadería entre el carnicero y el verdulero, pon una allí. He trasplantado un magnífico edificio de La Oliva, la Casa del Inglés, he cambiado sus dimensiones y lo he situado en Tiscamanita. He conservado la pared divisoria, ya que ha sido una importante fuente de inspiración. El muro se construyó para separar el edificio por la mitad como parte de una herencia. También tomé prestado el hecho de que el propietario de la Casa del Inglés era reacio a vender la ruina al gobierno local.

Querido lector,

Esperamos que hayas disfrutado leyendo *La Advertencia De Clarissa*. Tómese un momento para dejar una reseña, incluso si es breve. Tu opinión es importante para nosotros.

Atentamente,

Isobel Blackthorn y el equipo de Next Charter

SOBRE LA AUTORA

Isobel Blackthorn, de origen londinense, ha escrito acerca de más de setenta locaciones hasta la fecha, en diversos lugares de Inglaterra, Australia, España y las Islas Canarias. Algunos elementos de su extraordinaria vida suelen aparecer en su obra de ficción, lo que le proporciona una gran fuente de inspiración.

Isobel creció en Adelaida (Australia del Sur) y sus alrededores como una Inglesa de diez libras. Era 1973 y acababa de cumplir once años cuando descubrió que quería dedicar su vida a escribir ficción. Era el año en que sus padres tenían un bar de carretera con una mesa de billar, una máquina de discos y una de juegos. Fue el año en que crió un cordero con biberones y pasó los fines de semana en la granja de su mejor amiga. Isobel podría haber perseguido su sueño en ese momento, pero la vida tenía otros planes.

Isobel volvió con su familia a pasar su adolescencia de nuevo en Londres, donde asistió al infame Eltham Green Comprehensive en el año inferior a Boy George. Su pasión creativa fue aplastada en un instante y soportó años de implacable acoso escolar.

Cuando su familia volvió a Australia, Isobel se quedó. Para entonces era una rebelde de diecinueve años, y pasó a vivir de forma salvaje y libre durante la década de 1980. Primero se trasladó a Norwich, donde satisfizo sus impulsos creativos escribiendo letras de canciones sensibleras inspiradas en Joy Division, y pequeños fragmentos de poesía. Su deseo de escribir novelas nunca desapareció, pero le faltaban la confianza, las habilidades y esa orientación tan crucial.

Pronto se trasladó a Oxford, donde se convirtió en activista política de la Campaña para el Desarme Nuclear, protestando a menudo en Greenham Common. Vivió un tiempo en Barcelona, enseñando inglés como segunda lengua. Tras otra estancia en Oxford, se trasladó a una casa ocupada cerca de Brixton, en el sur de Londres. Desde allí se trasladó a Lanzarote, donde renovó una antigua ruina de piedra, enseñó inglés y se mezcló con los lugareños.

Nunca planeó dejar la isla de sus sueños, pero se enamoró perdidamente de un hombre que la llevó a Bali. Cuando poco a poco se dio cuenta de que su vida podía estar en peligro, se marchó a Australia con una visa de vacaciones y se reunió con su familia.

Durante todo este tiempo, Isobel estudiaba su licenciatura en la Open University. Se graduó con matrícula de honor y sin saber qué hacer con ella.

Después de esa década imprudente, la vida dio un giro aleccionador. Isobel fue madre de dos niñas gemelas y se formó y trabajó como profesora de secundaria. Decidió que la enseñanza no era lo suyo, así que emprendió un doctorado. Se doctoró en 2006 por su investigación sobre las obras de la teósofa Alice A. Bailey. Tras un paréntesis de vuelta a su tierra y una breve etapa como asistente personal de un agente literario, Isobel llegó a la escritura a los cuarenta años. Para entonces, su creatividad estaba lista para explotar.

Las historias de Isobel son tan diversas como lo ha sido su vida. Habla y representa sus obras literarias en eventos de diversa índole, imparte talleres de escritura creativa y escribe reseñas de libros. Sus reseñas han aparecido en Nuevos Libros Brillantes, Críticas de Libros Newtown y Ficción de Viajes. Habla con frecuencia sobre libros y escritura en la radio, en

Australia, y en los Estados Unidos, el Reino Unido y las Islas Canarias.

Isobel vive ahora con su pequeño gato blanco no muy lejos de Melbourne, en la salvaje costa sur de Australia. En su tiempo libre, disfruta de la jardinería, aprendiendo español, visitando a su familia y amigos y viajando al extranjero, especialmente a su amada Lanzarote, una isla que ha cautivado su corazón.

Ávida narradora con mucho que contar, la ambición profesional de la autora es seguir escribiendo novelas de suspenso ambientadas en las Islas Canarias, intercaladas con otras obras de ficción.

La Advertencia De Clarissa
ISBN: 978-4-86747-260-6

Publicado por
Next Chapter
1-60-20 Minami-Otsuka
170-0005 Toshima-Ku, Tokyo
+818035793528

21 Mayo 2021